Im Schatten der

Vergangenheit

von

Christine Ferdinand

Zitat:

Wir blieben noch eine gewisse Zeit einfach so stehen und genossen die Ruhe, die Stille und die Gewissheit das alles nur ein Traum gewesen war.

Sarah

Ohne es zu wissen, begann heute ein Tag, den ich nie vergessen werde. Da ich hiervon natürlich nichts ahnte, machte ich mich, wie jeden Tag, für die Arbeit fertig.

„Seh zu das du hier wegkommst!", rief eine schrullige Stimme aus dem Flur. Ich zuckte schon nicht mal mehr zusammen. Es war fast täglich das meine Nachbarn, egal ob über, unter oder neben mir, schreiend durch das Haus riefen. Doch das war das übel, endlich auf eigenen Beinen stehen zu wollen. Eine Ein-Zimmer-Mini Wohnung, mit Mauerblick und wöchentlich verstopfter Toilette, in der besten Arbeitswohnlage, die es gab. Mehr konnte ich mir jedoch mit meinem einfachen Büro Job derzeit nicht leisten. Ich stand, wie sagte man so schön, ganz unten auf der Gehaltsliste. Bei Bugs & Newman musste man sich, je nachdem wie lange man dort überlebt hatte, hocharbeiten. Und da dies erst mein dritter Monat war, gab es noch eine Menge Luft nach oben. Um mir überhaupt zwischendurch mal etwas leisten zu können und auch mal ein Taxi anstatt die U-Bahn zu nehmen, ging ich jeden Samstag zusätzlich noch Hunde ausführen. Hoffentlich würde es dieses Wochenende nicht schon wieder in Strömen regnen. Obwohl das zu dieser Jahreszeit, leider fast an der Tagesordnung war.

Verträumt sah ich noch immer in den Spiegel. Meine dunklen Haare band ich mir schnell zu einem Knoten zusammen, der von hinten fast aussah als würde er gleich explodieren. Auch ein Friseurbesuch wurde leider bald mal wieder fällig. Ich stolperte aus dem Badezimmer, griff mir meinen Pumps und zog diese noch im laufen an. Für heute hatte ich mir extra meinen blauen Blazer rausgesucht, da wir mit ein paar Kollegen noch in eine Bar wollten. Das taten wir ungefähr einmal im Monat. Ein Glück, denn mehr konnte ich mir auf keinen Fall leisten. Und die Männer waren auch nicht mehr das was sie mal waren. Die Emanzipation der Frauen war ja schön und gut, aber das hatte gravierende Folgen für die wenigen Gentlemen, die noch frei herumliefen.

Ohne es zu wollen schweiften meine Gedanken zu meinem letzten Freund. John. Wir hatten über vier Jahre ein ON-OFF Beziehung. Die endgültige Trennung war mir tatsächlich erst gelungen, als ich aus unserer Kleinstadt in der Nähe von Morristown wegzog und hier in Manhattan ein neues Leben anfing. Wieso es uns immer wieder zueinander gezogen hatte, war mir bis jeher ein Rätsel gewesen. Vermutlich, weil er tatsächlich der letzte Gentleman war? Zumindest wenn wir zusammen ausgegangen waren, bestand er darauf zu zahlen oder meinen Mantel zu halten. Den Stuhl vorrücken und über jeden noch so kleinen Witz von mir zu lachen. Er war sehr aufmerksam. Doch ich war nicht die einzige die diesen Gentleman erleben durfte. Auch dutzende andere Frauen, wie mir viel zu spät mitgeteilt wurde, hatte er an der Hand. Mir drehte sich der Magen um, wenn ich daran zurückdenken musste. Ich legte mir die Hand auf den Bauch. Zwar brachte auch der Gedanken an John meinen Bauch ins Schwanken, aber die Klarheit, dass ich wieder mal nichts gefrühstückt hatte, tat ebenfalls seinen Beitrag. Kurzer Hand überquerte ich die Straße, um den nächsten Coffeeshop anzusteuern.

Die Tür klingelte leise, als ich sie aufmachte. Es war kaum zu hören, denn es waren so viele Leute in dem Laden das ein lautes Gemurmel alles andere übertönte.

So gut es ging, drängelte ich mich durch die Masse.

„Eins, zwei, drei, vier, fünf, eins, zwei, drei, vier...", murmelte ich vor mir hin. Es war einen art Tick von mir das ich, wenn ich irgendwo warten musste, die Leute vor mir zählte. Daraus ließ sich einigermaßen ableiten, wann ich drankam.

„Eins, zwei, drei", ich stoppte. Irgendetwas nahm ich aus dem Augenwinkel wahr und erweckte meine Aufmerksamkeit. Es war ein junges Pärchen. Sie kicherte leise vor sich hin. Strich immer wieder eine Strähne von ihrem schwarzen Haar hinter das Ohr. Fast war es peinlich, wie sie sich verhielt, doch als ich sah warum, wusste ich, was sie fühlte. Der Mann, welcher ihr gegenübersaß, bestand darauf zu Zahlen. Er war gut gekleidet, trug einen grauen Anzug, hatte einen Vollbart und kurz geschorene dunkle Haare. Sie zog die Rechnung mit ihren grazilen Händen, wo die rot lackierten Nägel nur so aufloderten, die ganze Zeit zu sich herüber. Doch er nahm zärtlich ihre Hand runter und drückte sie zurück. Dabei setzte er ein unglaublich großartiges und zugleich bedrohliches lächeln auf. Auch wenn er einen Vollbart trug, sah man das Blitzen seiner Zähne, und

6

das Funkeln in den Augen. Er meinte es ernst. Tod ernst. Das wusste auch die Frau mit den roten Fingernägeln. Am Ende gab sie sich geschlagen und überließ ihm die Rechnung.

„Tschuldigung, gehts mal weiter?", drängelte der Mann mit unruhigem Schritt hinter mir. Ich sah nach vorne. Nur noch zwei Leute vor mir.

„Natürlich", sagte ich kurz und schloss die Lücke. Ein letztes Mal warf ich einen Blick zur Seite. So unauffällig wie möglich drehte ich meinen Kopf, um noch etwas mitzubekommen. Das Pärchen von eben war auf dem Weg nach draußen. Er ließ ihr den Vortritt, hielt aber noch schnell die Tür auf. Ich war tatsächlich auf einen der letzten dieser aussterbenden Art gestoßen. Ein echter Gentleman. Benommen drehte ich mich zurück nach vorne, nahm meine Bestellung entgegen und verließ ebenfalls den Coffeeshop. Dieses Mal lag allerdings ein weiteres komisches Gefühl der Leere in mir. Doch nicht in meinem Magen, sondern in meinem Herzen. Der Mensch war einfach nicht dafür gemacht allein zu sein. War das vielleicht der Grund wieso wir andauern zu John zurück ging? Kopfschüttelnd lief ich weiter die Straße hinab zur nächsten U-Bahn-Station.

„Sarah, hast du das schon fertig bearbeitet?" Nancy stand nervös vor mir. Ihr blondes schulterlanges Haar wippte hin und her. Schnell kramte ich die Mappe raus und drückte sie ihr in die Hand. „Ja alles fertig", sagte ich und schenkte ihr ein Lächeln.

„Oh danke!" Wie ein Rettungsboot krallte sie die Mappe fest an sich. „Du bist meine Rettung. Ansonsten hätte ich das nie geschafft. Wenn du erst mal soweit bist, dann frag mich später auch ruhig. Ich werde dir dann helfen."

„Miss Hawener!" Die Worte flogen so hart durch den Raum, das beinah etwas kaputt ging.

„Komme!", rief Nancy und sauste los.

Mein Lächeln verstummte, denn mein Magen machte sich erneut bemerkbar. Der Cookie von heute früh hatte leider nicht lange vorgehalten. Wie ein Verbrecher sah ich mich um. In unserem Büro, wo zu Spitzenzeiten fast sechzig Leute gleichzeitig durch die Gegend liefen, war auch heute gut gefüllt. Und da Mr. Winchester mit Nancy beschäftigt war, erlaubte ich mir fünf Minuten eher in die Mittagspause zu gehen. So unauffällig es ging, schleuste ich meine Handtasche mit nach draußen. Erst als die Fahrstuhltür sich schloss, entwich die ganze Luft aus meinen Lungen. Die Anspannung, so groß wie Backsteine, viel von meinen Schultern.

Unten angekommen, war ich dankbar das mein Lieblings-Coffeeshop einer großen Kette angehörte. Direkt auf der anderen Straßenseite unserer Firma gab es ebenfalls eine Filiale davon. Das vertraute klingeln ertönte. Viel besser zu hören als heute Morgen. Es war noch lange nicht so viel los.

Ich lief quer durch den Laden. Auf halbem Weg konnte ich meinen Augen nicht trauen. Der Gentleman von heute Morgen saß dort an einem Tisch mit einer Frau. Aber Stopp. Diese Frau war blond und hatte keine feurig roten Nägel. Das einzige was sie gemeinsam hatten, waren eine Model-ähnliche Figur. Fassungslos und unglaublich wütend auf diesen Mann, obwohl ich ihn überhaupt nicht kannte, schnaubte ich verächtlich. Wohl etwas zu laut. Der Möchte-gern-Gentleman-ich-kann-jede-haben, sah auf der Stelle zu mir hoch. Diese gefährlichen Augen von heute Morgen fixierten mich. Fast legten sie mir Fesseln an und ich war mir sicher das es ein kurzes auffunkeln von Zorn darin gab. Automatisch drehte ich mich weg. Meine Wangen glühten. Rot wie eine Tomate gab ich direkt meine Bestellung auf. Ohne auch nur einen weiteren Blick zu wagen, nahm ich meine Tüte, den Kaffee und verließ den Shop, so schnell es ging. Die Straße überquerte ich zum Glück ohne Schaden. Als sich die Fahrstuhltür gerade schloss, atmete ich stoßartig aus. Mein Kopf viel mir in den Nacken. Es wurde wirklich zeit das es Wochenende wurde.

„Tschüss!", riefen ein paar Leute im Vorbeigehen.
„Tschüss", erwiderte ich. Endlich Feierabend. Heute war ich stolz auf mich. Trotz des Gefühlschaos zwischendurch, hatte ich wirklich viel Arbeit schaffen können.
„Kommst du endlich?" Emma und Nancy hatten schon ihre Mäntel übergezogen.
„Ja", sagte ich und sprang auf. Zu dritt gingen wir in Richtung Fahrstuhl. Als die Tür aufging, standen schon mehrere Leute drin.

Wir suchten uns eine Ecke, um nicht den ganzen Weg laufen zu müssen. Die Tür schloss sich.

Emma schubste mich am Arm. Dann beugte sie sich zu mir herüber und tuschelte mir ins Ohr:

„Die sollten sich mal ein Zimmer nehmen." Mit einem Nicken zeigte sie nach links. Dort stand ein Mann mit einer Frau. Sie stand mit dem Rücken zu ihm und er umschlang ihren Körper. Presste seinen, ohne Rücksicht zu nehmen, wie das auf anderen wirken könnte, an sie heran. Den Kopf vergrub er in ihrem rot leuchtenden Haar. Soeben wollte ich meinen Blick abwenden, als der Mann den Kopf hob. Mir fiel die Kinnlade runter. Das war der Möchte-gern-Gentleman-ich-kann-wirklich-jede-haben, dem ich den ganzen Tag schon über die Füße laufe.

„Erde an Sarah?" Nancy winkte mit der Hand vor meinem Gesicht hin und her. Ich zwinkerte unvermeidbar und drehte mich weg so dass der Mann, wenn er den gucken sollte, nur meinen Rücken sah. Schnell band ich noch meinen Zopf auf. Mein dunkles dickes Haar viel mir in Wellen über die Schultern. Ich hoffte nur dass er mich nicht erkannte. Warum auch immer, hatte ich das Gefühl, nachdem ich mich heute Mittag so komisch geäußert hatte, dass er es mir auf eine Art und Weise heimzahlen wollte.

„Alles okay Sarah? Willst du heute jemanden abschleppen oder warum zeigst du uns jetzt erst deine großartigen Haare?"

Nancy schnappte sich eine Strähne die mir über den Rücken viele und wickelte sie immer wieder um einen Finger.

„Haha. Und den verführerischen Blick üben wir wohl noch, oder?"
Sie rümpfte die Nase, ich zog eine Grimasse zurück. Der Abend
konnte jetzt einfach nur noch besser werden. Wenn Mister Macho,
wie er ab sofort für mich hieß, mir nicht wieder über den Weg lief.

Das „Docks" war ungefähr zwei Blocks entfernt. Die Straße war gut
ausgeleuchtet, so dass man selbst im Dunkeln keine Angst haben
musste allein dort hinzugehen. Wir saßen an einem gemütlichen
Tisch an der Ecke. Dort konnte man alles sehen und wir konnten
hemmungslos über die Leute in der Bar reden. Nach fünf Cocktails
wusste ich trotzdem das ich das morgen bereuen würde.
„Ich werde gehen", verkündete ich und nahm meine Handtasche.
„Nein", sagen Emma und Nancy im Chor.
„Doch", ich stand auf „sonst müssen die Hunde mich morgen
hinter sich her schleifen."
„Dann nehme dir aber ein Taxi." Bestand Nancy und kramte in
ihrer Handtasche. Kurz darauf drückte sie mir zwanzig Dollar in die
Hand. Ich versuchte es ihr zurückzugeben. Es war mir unangenehm
Geschenke, geschweige denn Geld von anderen anzunehmen. Sie
schob es mir erneut zurück. Um den ganzen ein Ende zu setzten,
beschloss ich mir tatsächlich ein Taxi zu nehmen.
„Ich nehme mir ja ein Taxi, aber bitte lass das mit dem Geld."
Sie schob es ein letztes Mal rüber und winkte ab.
„Ich bestehe darauf! Ohne dich wäre ich nie in die nächste Runde
gekommen."

Mir war klar das sie dir Arbeit meinte. Weil ich ihr heute geholfen hatte, wollte sie sich so dafür bedanken. Unsere Chefs machten den Aufstieg auf der Karriere Leiter zu eine Art Spiel. Wenn es darum ging höher zu kommen, musste man so viele Aufgaben erledigen, die eigentlich gar nicht allein zu schaffen waren. Und wenn man es doch schaffte, wussten sie, dass man es draufhatte. Entweder hatte man Beziehungen unter den Kollegen oder bestach welche. In den Augen von Mr. Winchester, war der Kollege, welcher eines von den beiden Sachen besaß, ein Glücksgriff für die Firma und kam in die „nächste Runde".

Um jetzt nicht noch einen Streit vom Zaun zu brechen, steckte ich das Geld ein. Ohne es Nancy aber zu sagen, würde ich es am Montag wieder in ihre Tasche zurück schmuggeln.

Emma und Nancy drückten mich noch mal fest, als ich geradewegs das Lokal verließ.

Mir schoss die kalte Luft ins Gesicht. Es hatte vor kurzem noch geregnet. Dieser unverwechselbare Duft war kaum zu überriechen. Mit geschlossenen Augen nahm ich einen tiefen Atemzug. Schnell riss ich die Augen wieder auf, als ich merkte, wie ich zur Seite kippte. Es war ein langer Tag und den sollte ich jetzt schnell enden lassen.

Fast zehn Minuten wartete ich auf ein Taxi. Doch wenn eines kam, waren andere Leute schneller als ich und schnappten es mir weg. Im angetrunkenen Kopf beschloss ich, es einfach einen Block weiter zu probieren. Meine Beine setzten sich in Bewegung. Erst als ich bereits einige Minuten unterwegs war, bemerkte ich das mich jemand verfolgte. Zumindest lief jemand schon ziemlich lange hinter mir.

„Alles gut", säuselte ich vor mir hin. Das bildete ich mir wahrscheinlich doch alles nur ein. Die Straßenlaternen leuchteten so hell, dass niemand es wagen würde, hier jemanden zu überfallen. Seelenruhig lief ich also weiter. Die Schritte hinter mir wurden hörbar und schneller, meine passten sich dem Tempo an. Ich bildete es mir also doch nicht ein. Ich warf immer mal wieder ein Blick zurück. Das einzige was ich jedoch erkennen konnte, war das die Gestalt einen langen schwarzen Mantel trug.

„Wo bleiben denn die Taxis?", brummte ich mit zittriger Stimme. Beim nächsten Atemzug packte mich etwas von hinten, schleuderte mich gegen die Mauer eines Hauses und drückte mich an die Wand. Der Laut, welcher mir aus dem Mund drang, wurde vom Aufprall erstickt. Wir standen im Schatten einer riesigen Treppe. Keiner konnte uns hier sehen. Der Mann drückte mir seine riesige Hand auf den Mund. Automatisch kniff ich die Augen zusammen.

„Was wollen sie von mir?" Seine Stimme war kalt und Rasiermesser scharf. Mein Atem ging schneller. Ich? Was ich von ihm wollte? Der Duft seines Parfüms zog mir tief in die Nase. Unter anderen Umständen roch es verdammt gut. Aber jetzt drehte sich mir nur noch der Magen.

„Warum verfolgen sie mich?" Er drückte mich weiter gegen die Wand. Tränen sammelten sich in meinen Augen. Bei jedem Wort was der Mann sprach, ging mein Atem noch schneller. Bei der wenigen Luft, die ich bekam und doch immer mehr und mehr versuchte sie einzusaugen, war es nur noch eine Frage der Zeit bis ich in Ohnmacht fallen würde. Noch als ich dabei war den Gedanken zu denken und die Bewusstlosigkeit zu begrüßen, ließ er von mir ab. Ich sackte ein wenig zusammen. Meine Lungen füllten sich mit frischer, nicht parfümierter, klarer Luft. Die Augen gingen auf und ich sah, wer vor mir stand. Es war der Mann aus dem Coffeeshop von heute Morgen und heute Mittag. Mit letzter Kraft sah ich fest in seine Augen. Dieses Blick Duell wollte ich nicht verlieren. Und das tat ich auch nicht. Der Mann ging zwei Schritte zurück, sah sich unsicher um. Immer wieder fiel sein Blick auf mich zurück.

„Entschuldigen sie. Ich...es tut mir leid. Ich weiß nicht was in mir gefahren war." Der Mann kam einen Schritt in meine Richtung. Reflexartig wich ich zur Seite. Die Warnung verstand er sofort und nahm erneut Abstand. Wieder dieser suchende Blick in die leere Straße und auf mich. Dann drehte er sich um und verschwand. Einfach so, ohne noch etwas zu sagen war er plötzlich weg.

Mir war nicht klar wie lange ich noch in der Ecke stand. Vielleicht zehn oder sogar zwanzig Minuten. Dann ging ich aus dem Schatten in den Schutz des Lichtes, lief schnell in Richtung Bar zurück, wo mir zum Glück bereits ein freies Taxi über den Weg fuhr und diesen schrecklichen Abend für mich noch zum Guten beendete.

Aiden

„Komm Baby, aufstehen. Ich habe noch Termine." Wie mir das immer auf die Nerven ging. Nur weil man ein bisschen Spaß haben wollte, dachten die Weiber immer, man würde sie sofort heiraten und eine Familie gründen. Aber das war mit Sicherheit nicht mein Hintergrund. Nach meiner letzten Beziehung mit Amal, die mich mehr als ausgenutzt hatte, war mein Bedarf dran gedeckt. Auch nach dem Ende unserer Beziehung versuchte sie mich zu kontrollieren und im Auge zu behalten. Erst mit einer einstweiligen Verfügung konnte ich sie auf Abstand bringen. Meinem Umfeld gegenüber hatte ich es nicht erwähnt. Es war mir peinlich das mich eine Frau so fertig gemacht hatte, dass ich rechtliche Schritte einleiten musste. Sprüche wie: Echte Männer regeln das auf andere Art und Weise und nicht mit Rechtsmitteln, hallten mir damals in den Ohren. Im Großen und Ganzen muss ich allerdings zugeben, dass ich ihr sogar ein wenig dankbar war für das was sie getan hatte. Sonst wäre ich nicht zu dem Mann geworden, der ich jetzt war.

Die Frau von gestern trat aus meinem Badezimmer. Das riss mich aus den Gedanken. Ich war bereits seit über einer halben Stunde fertig. Warten war nicht meine Stärke.

„Na endlich. Zieh deine Schuhe an und dann los."

Sie kam elegant auf mich zu. In meiner Hose fing es an zu zucken. Hätte ich jetzt schon Feierabend würde ich mich glatt auf eine neue Verführung einlassen, doch ich hatte mich heute früh mit Amanda, oder war es Alexa, verabredet. Namen waren für mich Schall und Rauch. Mir ging es darum jemanden für die Nacht zu haben. Allein schlafen, geschweige denn allein zu sein, war wie die Hölle auf Erden. Es war als wäre ich in dem Moment in ein schwarzes Loch gezogen worden und nicht mehr herauskommen. Wenn ich Ablenkung hatte und dazu noch auf meine Kosten kam, was konnte mir Besseres passieren.

Unten angekommen, winkte ich ein Taxi ran.
„Ciao", ich nahm die blonde Schönheit vor mir noch einmal fest in den Arm und drückte ihr einen sanften Kuss auf. Auch wenn ich sie so schnell nicht wiedersehen würde, man wusste nie wofür, die Begegnung gut wäre. Und von meiner Gentleman Ehre ganz abgesehen, wurde ich so erzogen.
„Ciao", hauchte sie atemlos. Ich wusste, was für eine Wirkung ich auf Frauen hatte und zugegeben, genoss ich es.

Wir saßen an einem kleinen Tisch im Coffeeshop. Um so weiter es auf acht Uhr zuging, umso mehr Leute waren unterwegs. Gab es denn niemanden mehr der noch eine vernünftige Kaffeemaschine besaß?
Amanda, zur Sicherheit hatte ich noch mal nach ihrem Namen gefragt, saß direkt vor mir und erzählte mir von ihrer stressigen Woche. Frauen mochten es, wenn man ihnen zuhörte und hin und wieder auf Schlagwörter reagierte. Wenn Männer sagten, dass

Frauen kompliziert wären, dann sollte ich vielleicht ein Buch veröffentlichen mit dem Code, wie jede Frau zu knacken war. Automatisch begann ich ein wenig zu lächeln. Amanda schenke mir ein zuckersüßes lächeln zurück. Sie dachte wohl das, dass gerade für sie gedacht war. Ich ließ das so im Raum stehen. Vorsichtig ließ ich meinen Blick ein wenig durch den Raum wandern. Andere Leute beobachten fand ich durchaus spannend. Besonders wenn interessante Menschen dabei waren, bei denen man nicht genau wusste, was sie taten. Die Neugier lag irgendwie in meiner Natur. Vielleicht war ich aber auch durch das Stalking von meiner missratenen Ex Frau mit der Zeit nur so aufmerksam geworden. In der sehr langen Reihe am Tresen stand eine Frau, an der ich hängen blieb. Sie murmelte etwas vor sich hin. Es lag ein Lächeln auf ihren Lippen. Was dachte sie wohl gerade? Vielleicht war sie Schizophren, schoss es mir durch den Kopf, und hatte sich selbst gerade ein Witz erzählt. Was mir allerdings noch auffiel, dass sie eine äußerst gute Haltung besaß. Ihre Figur war weiblich. Es stand ihr sehr gut. Der blaue Blazer, den sie trug, passte sich genau ihrer Taille an. Äußerst modebewusst. Was machte sie wohl beruflich? Der strenge Zopf deutete eindeutig auf einen Bürojob hin. Die leichte Bräune auf ihrem Gesicht zeigte jedoch das sie sich auch durchaus draußen bewegte.

„Aiden?", Amanda ruckelte mich an. Mist! Ich hatte ihre Aufmerksamkeit verloren.

„Entschuldige. Ich dachte, ich hätte jemanden von früher gesehen."

Schnell ergriff ich ihre Hand. Sie wurde Rot. Bingo! Ihr Misstrauen war verflogen. Vielleicht konnte ich sie für heute Abend nehmen? Den ganzen Tag konnte ich mir ihr Gerede allerdings nicht anhören. In der Nacht jedoch könnte ich sie zum Schweigen bringen.

„Ich muss dann jetzt auch los." Umgehend holte ich mein Portmonee aus der Tasche und winkte der Kellnerin zu. Sie kam sofort zu uns herüber und legte die Rechnung auf den Tisch.

„Nein, ich werde zahlen", sagt Amanda kokett. Sie zückte ihre Tasche. Doch ich war es gewohnt zu zahlen. Am Geld sollte es nicht scheitern, denn schließlich verdiente ich als Partner in einer der größten Kanzlei des Landes, viel davon.

„Ich zahle, keine Widerrede!" Mein Blick wurde ernst. Amanda schluckte trocken. Sie reagierte jetzt schon sehr auf meine Anwesenheit. So wie ich es liebte. Heute Abend würde ganz sicher noch was laufen. Erneut lächelte ich. Etwas zu viel. Amanda fühlte sich abermals angesprochen. Ich stand auf, zog ihr den Stuhl hervor und ging mit ihr aus dem Coffeeshop.

Der Vormittag verging sehr schnell. Es lagen viele Akten auf meinem Tisch. Ich bearbeitete mehrere parallel. Viele meiner Kollegen schafften das nicht und konzentrierten sich meist nur auf einen großen Fall, für mich kam das jedoch nicht in Frage. Es war innerlich das Gefühl, als wäre es nicht genug. Als wäre da noch Platz über etwas anderes nach zudenken, was ich bei weitem nicht wollte.

Es klopfte.

„Ja", sage ich eisern und in Gedanken noch bei meinem letzten Fall.

Natalia schaute um die Ecke.

„Kommst du?", fragte sie ohne auf meine Art einzugehen.

Ich fuhr mir mit den Händen, durch die kurzen Stoppeln auf meinem Kopf. Wieder ein Date. Das hatte ich vollkommen vergessen. Obwohl es mit Natalia anders war. Sie war eine der Sekretärinnen an unserer Kanzlei. Ich hatte sie ein paar Mal flachgelegt. Sie mochte es gerne an ungewöhnlichen Orten. Für zwischendurch war das sehr praktisch. Sie, und auch ich wusste, was wir aneinander hatten. Es ging lediglich um Sex.

„Ich komme", sagte ich kurz und schlug die Akte vor mir zu.

Sie ließ die Tür ein Spalt auf und lief vor.

„Das will ich ja wohl hoffen." Ihre zweideutige Art brachte mich zum Schmunzeln. Obwohl ich im Moment den Kopf so voll hatte, das ich mir sicher war, jetzt einfach nur etwas zum Mittag zu mir zu nehmen.

Der nächste Coffeeshop war direkt um die Ecke der Kanzlei. Elegant hackte sich Natalia ein. Für Außenstehende sah es bestimmt so aus, als wären wir ein Pärchen. Doch wir wussten, wie schon gesagt, beide das es nicht so war und auch nie so sein wird.

Im Shop angekommen waren wir pünktlich vor der Rushhour dort.

Wir gaben direkt unsere Bestellung auf und suchten uns einen Platz.

„Du hast den Kopf nicht frei", sagte Natalia, als wir uns setzten. Als wäre das was Neues, schnaufte ich verächtlich ein wenig auf.

„Ist das je anders?" Ich wusste selbst nicht, ob das eine Frage oder Antwort von mir war.

„Du hast wieder einen großen Fall?", fragte sie vorsichtig.

Ich nickte zustimmend. Zwar arbeitete sie in derselben Firma, sprach ich jedoch mit niemanden über meine Fälle. Außer mit den Klienten selbst. Und genau das wusste Natalia auch.

„Gleich ist die Voranhörung", sagte ich trocken.

„Dann wünsche ich dir viel Glück."

Ein Nicken sollte als Dank ausreichen. Damit war das Thema beendet.

Minuten vergingen, der Raum füllte sich langsam. Neben dem bekannten klingeln der Tür Glocke, entrann jemanden ein abwertendes Schnauben. Es klang wie ein Zischen. Diese Niedrigkeit kannte ich nur von Amal. Wie sie mich immer runter gemacht hatte und wie sehr ich nichts wert sei. Sofort sah ich in die Richtung, aus der das Geräusch kam. Als ich bemerkte das es die Frau von heute Morgen in dem blauen Blazer war, fing mein Puls an schneller zu schlagen. Sie fixierte mich. Was wollte sie nur? Keiner von uns beiden sah weg. Bis sie von dem Typen hinter sich angesprochen wurde und am Tresen weiter vorrückte.

„Aiden?" Natalia holte mich ins hier und jetzt zurück. Verdammt!

Erneut hatte diese unbekannte Frau es geschafft mich von meiner eigentlichen Begleitung abzulenken. Das durfte nicht zur Gewohnheit werden. Für die nächsten Augenblicke versuchte ich mich vollkommen auf Natalia zu konzentrieren. Im Augenwinkel sah ich, dass die fremde Frau schnell den Coffeeshop verließ. Eine gewisse Erleichterung durchfuhr mich. Kurzerhand beschloss ich ebenfalls meine Mittagspause abzubrechen und ging mit Natalia zurück in die Kanzlei.

„Vielen, vielen Dank Mr. Brooks." Die Mutter meiner Mandantin schüttelte mir überschwänglich die Hand.
„Sehr gerne. Aber passen Sie bitte auf ihrer Tochter auf."
Ich setzte das falscheste Lächeln auf, was ich hatte. Dieser Fall war mir so unangenehm und brachte mich fast dazu mich zu übergeben.
Die sechzehnjährige Mandantin stand mit dem Rücken an der Wand gelehnt und nahm das alles nur am Rande wahr. Mit deutlich genervtem Blick beobachtete sie die Unterhaltung zwischen mir und ihrer Mutter.
Ohne mich von der Tochter zu verabschieden, ging ich den großen Saalartigen Gang entlang.
„Aiden!", rief eine Frauenstimme. Ich sah mich um. Das erste was ich sah, waren die Feuerroten Haare von Lucy. Sie war Schreiberin im Gericht und kam mir gerade sehr gelegen.
Ich blieb stehen und setzte meinen charmantesten Blick auf.
„Lucy", meine Stimme klang dunkel. „Wie schön dich zu sehen.

Das versüßt mir den Tag mehr als ich verdient hätte." Sie wurde rot.
Ein weiteres Bingo für heute. Noch ein zwei Sätze weiter und ich
würde sie mit zu mir nehmen können.

„Ich wollte nur, also", stammelte sie. Es war deutlich zu sehen das
ich sie komplett aus der Bahn geworfen hatte. Ihr Beine drückten
sich leicht gegeneinander und mit schüchternem Blick sah sie zu mir
hoch.

„Du wolltest mit mir zu Abend essen", sagte ich fordernd. Schnell
ergriff ich ihre Hand. Mit einem Ruck zog ich sie mit. Ihr blieb
hörbar die Luft weg. Meine Mundwinkel zogen sich nach oben. Die
Vorfreude in meiner Hose putschte mich an.

Sie eröffnete mir das sie noch etwas aus ihrem Büro abholen
musste. Natürlich begleitete ich sie. Diese kleine Geste zeigte ihr,
dass sie mir wichtig war. Zumindest für die nächsten Stunden.
Bereits auf dem Rückweg im Fahrstuhl hatte ich sie soweit.

Ein paar Stunden später und zwei schnellen Nummern auf der
Toilette, nahm ich meine Umgebung zum ersten Mal richtig wahr.
Was mir dann allerdings auffiel, ließ meinen Magen drehen. Die
Frau von heute im blauen Blazer saß in der Ecke am Tisch mit zwei
weiteren Frauen. Zwar trug sie die Haare diesmal offen, war die
Kleidung dieselbe. Das war definitiv die Frau. Alle am Tisch
unterhielten sich angeregt. Bis auf diese eine Frau. Ihr Blick
schweifte in der Bar herum. Obwohl es dunkel war, konnte ich
erkennen, wie sie angestrengt nach irgendetwas Ausschau hielt.

Amal – schoss mir durch den Kopf. Sie hatte sie mit Sicherheit auf mich angesetzt, um mich unter Beobachtung zu halten. Die Frau nahm ihre Handtasche und verabschiedete sich von den anderen. Das war meine Gelegenheit sie zur Rede zu stellen.

„Ich werde jetzt gehen", sagte ich zu Lucy ohne sie anzusehen. Sofort entriss ich mich ihrem Griff. Darüber Diskutieren wollte ich jetzt mit Sicherheit nicht. Die Frau war schon kaum noch zu sehen. Schließlich fand ich sie vor der Bar im Getümmel wieder. Sie wartete auf etwas oder jemanden. Ich stellte mich etwas abseits, um den richtigen Moment abzupassen. Ich konnte ihr kaum hier zwischen den ganzen anderen Leuten meine Vermutung unterbreiten. Was mir bei näherem Hinsehen auffiel, das die Frau müde und erschöpft aussah. Plötzlich sah sie auf ihr Handy und lief los. Ohne nachzudenken nahm ich die Verfolgung auf. Vielleicht musste sie Amal Bericht erstatten? Wo wollte sie nur hin? Nach ein paar Metern wurden ihre Schritte schneller. Sie muss mich bemerkt haben. Immer wieder drehte sie sich herum. Das Adrenalin in meinem Körper kochte über. Der Tequila tat den Rest und ich rannte der Frau nach, packte sie an der Schulter und drückte sie mit der Hand auf dem Mund in den Schatten unter eine dunkle Treppe. „Was wollen Sie von mir?", brüllte ich sie an. Reflexartig schloss sie die Augen und stand starr vor mir.

„Warum verfolgen sie mich?" Mein Druck wurde fester. Ich hatte sie ertappt! Ihr Atem wurde schneller und flacher. Sekunden lang passierte daraufhin nichts. Mist! Was tat ich hier überhaupt? Sofort ließ ich sie los. Ihr Körper zog sie leicht nach unten.

„Entschuldigen sie. Ich", die aufgestaute Wut war auf einmal wie verflogen. „Es tut mir leid. Ich weiß nicht was in mir gefahren war." Zögerlich ohne wirklich zu wissen was ich sagen sollte, versuchte ich mich zu entschuldigen.

Natürlich wollte ich ihr helfen und ging etwas auf sie zu. Automatisch wich sie mir aus. Die Angst in ihren Augen war grausam mit anzusehen. Wie konnte ich einer völlig Fremden nur so viel Angst machen? Ich sah mich um. Niemand war da der ihr helfen konnte. Verzweifelt versuchte ich nach einer Lösung zu suchen und beschloss sie allein zu lassen. Natürlich war ich jetzt der falsche, der ihr helfen konnte. Zügig ging ich fort und ließ sie allein im Dunkeln zurück.

Sarah

Zu Hause angekommen schloss ich schnell die Tür hinter mir und verriegelte diese sofort. Noch ganz unter Schock zog ich mich schnell um und ging direkt in mein Bett. Ich wollte nie wieder an den heutigen Abend zurückdenken. Nie wieder. Langsam machten sich die dunklen Gedanken breit was alles hätte passieren können. Was dieser Mann mit mir hätte angestellt, wäre er nicht von selbst zur Einsicht gekommen. Ich zog mir die Decke über den Kopf, um von der Welt draußen noch weiter zu fliehen. Irgendwann schlief ich endlich vor Erschöpfung ein.

„Ja ich bin dabei. Das hatte ich dir doch versprochen Matt." Mit drei Hunden an der einen und meinem Bruder am Handy an der anderen Hand, lief ich den kleinen Park in meinem Viertel entlang. „Danke Sarah. Du bist die Beste. Aber", er sprach nicht weiter. „Aber was?", schnaufte ich und schloss die Augen. Was kam jetzt wohl für eine Hiobsbotschaft?
„John ist auch da." Meine Schritte verlangsamten sich bis ich stehen blieb. Stille herrschte.
„John?", fragte ich zögerlich noch mal nach, nur um sicher zu gehen das ich mich nicht verhört hatte.
„Ja, du weißt doch das ich mit ihm noch immer Kontakt habe und er macht ein bisschen Urlaub hier und deswegen ist er auch da. Aber es sind ja auch noch ganz viele andere Leute da. Ihr müsst

euch ja überhaupt nicht unterhalten. Bitte, ändere jetzt nicht deine Meinung. Du weißt, wie viel es mir bedeutet das du Christin endlich kennen lernst." Seine Stimme klang traurig gegen Ende.

Christin war die neue Freundin meines Bruders. Er hatte nach einem Rosenkrieg mit seiner Ex-Frau, nach langer Zeit endlich wieder jemanden gefunden. Sie waren schon ein paar Monate zusammen, doch ergab sich noch nicht die Gelegenheit für mich sie kennen zu lernen. Mein Bruder und Christin hatten sich nach kurzer Zeit bereits ein kleines Haus in Green Village angemietet. Das war ein absoluter Glücksgriff und deswegen mussten sie sich schnell entscheiden.

„Na gut. Ich bin dabei", sagte ich mit zusammen gebissenen Zähnen.

„Danke! Du hast was bei mir gut. Dann bis heute Abend. Hab dich lieb kleine Schwester." Matt klang glücklich. Zwar war es mir wichtig, gerade für Menschen, die mir alles bedeuten, da zu sein und für sie zu tun, fühlte es sich falsch an hier und heute Matt zugesagt zu haben.

„Ich dich auch großer. Bis später."

Leicht genervt legte ich auf. Ich musste mich heute Abend tatsächlich auf der Party meines Bruders mich mit meinem Ex herumschlagen? Das würde ein Spaß werden.

Mit mulmigem Gefühl machte ich mich zu Hause fertig. Da es kalt war, entschloss ich mich für eine schwarze Jeans mit meinem weißen, am Rücken mit Spitze bedecktem Shirt. Meine Windjacke natürlich nicht zu vergessen. Die Haare band ich mir, wie im Büro, zu einem Zopf. Jetzt noch eine komplizierte Frisur herzuzaubern, hatte ich keinen Sinn dran. Schnell noch meine Tasche und losging es.

Kaum zwanzig Minuten später war ich bei Matt angekommen. Ich klopfte und er öffnete die Tür.

„Hi!", sagte ich erfreut. Wir nahmen uns in die Arme. Obwohl wir uns ein paar Monaten schon nicht mehr gesehen hatten, hatte er sich nicht verändert. Er hatte noch immer einen kleinen Bauch, was bei seinem muskulösem, stabilen Körper und seiner Größe nicht wirklich auffiel. Die kurzen dunkeln Haare hatte er nach hinten gekämmt und die schwarze Hornbrille verzierte noch immer seine Nase. Hinter ihm kam eine groß gewachsene schlanke Frau, mit kurzen Haaren hervor. Matt löste sich von mir.

„Sarah, das ist Christin." Sie nahm mich sofort in den Arm. Das überraschte mich sehr positiv. Es war schön so herzlich empfangen zu werden.

Ich trat ganz ein und Matt schloss hinter mir die Tür. Ruckartig blieb ich stehen, als wir direkt John in die Arme liefen. Sein großer durchtrainierter Körper wirkte noch definierter, als ich es in Erinnerung hatte. Die Haare trug er noch immer kurz und die schwarze Brille war ebenfalls die gleiche.

Mir rutschte mein Herz in die Hose. Die Freude von eben war

verflogen. Ein komisches Flattern machte sich in meiner Magengegend breit.

„Sarah", sagte John mit der mir so bekannten warmen Stimme.

„John" Ich versuchte meine Stimme so kühl klingen zu lassen wie es ging.

„Wo geht's in die Küche?", fragte ich und sah meinen Bruder direkt an.

„Hier lang. Komm ich zeig es dir." Ohne John auch nur einen weiteren Blick zu würdigen, folgte ich Matt.

Wir saßen an einem großen Tisch. Es waren bestimmt fünfzehn Leute hier. Freunde und Arbeitskollegen der beiden. Das Essen war wirklich lecker. Christin hatte ihre Tapas Künste unter Beweis gestellt. Sie und Matt sahen wirklich glücklich aus. So sah er, selbst am Anfang der Beziehung mit seiner Ex nicht mal aus. Meine Gedanken schwelgten zurück in Erinnerung an die Zeit wo John und ich glücklich schienen. Nach außen sahen wir immer glücklich aus. Schließlich wusste ich, da noch nicht was für ein Schwein er war und wie oft er mich wirklich betrogen hatte.

Ohne es zu merken, sah ich John, der Schräg gegenüber von mir saß, direkt in die Augen. Hektisch sah ich auf meinen Teller, griff nach meinem Glas Wein und nahm einen Schluck. Die Unterhaltungen der anderen störte meine Handlung nicht. Zum Glück hatte meine Träumerei niemand bemerkt. Bis auf John natürlich.

„Entschuldige mich", sagte ich zu Christin, die links von mir saß. Christin nickte nur und setzte ihre Unterhaltung mit Matt fort. Ich brauchte dringend frische Luft. Vorsichtig schob ich meinen Stuhl zurück und stand auf. Ohne mich umzusehen, ging ich nach hinten auf die Veranda.

Die kalte Luft tat gut. Es war schön mal kein Lärm und rauschen um mich herum zu haben. Die Nacht hatte sich bereist über die Dächer gelegt. Ein unwohles Gefühl überkam mich erneut. Die Erinnerung an gestern Abend war noch sehr präsent. Zwar versuchte ich einfach nicht an diesen Überfall zu denken, war das weitaus schwieriger, als ich dachte. Besonders der fremde Mann ging mir nicht mehr aus dem Kopf. Nicht unbedingt die Angst vor ihm, sondern eher die Angst was ihn wohl beschäftigte und zu solch einer Handlung verleitete?

„Sarah" Johns Stimme durchschnitt die Stille. Ich kniff die Augen zu. Zwei Schritte überquerten die Veranda. John stand jetzt direkt hinter mir. Ich ging einen kleinen Schritt vor, ohne mich umzusehen.

„Lass mich in Ruhe John." Meine Stimme noch immer kühl. Was aber mit Sicherheit auch an der Kälte hier draußen lag.

Plötzlich lagen seine großen warmen Hände auf meinen Schultern. Die Wärme umschloss mich vollkommen. Es war so schön und einfach rundum vertraut. Jeder Muskel in meinem Körper entspannte sich zunehmen.

„John" diesmal klang sein Name zu sanft aus meinem Mund. Ich wollte ihn doch dazu bringen aufzuhören.

„Sarah. Bitte es tuut mi leid." Säuselte er mit den Lippen an meinem Hals. Ich riss meine Augen auf. Es war deutlich zu hören das er zu viel getrunken hatte. Zudem wollte ich mich nicht wieder rumkriegen lassen. Warum hatte ich diesem Abend nur zugestimmt und war nicht einfach zu Hause geblieben?

Wütend, weites gehend auf mich selbst, verschränkte ich die Arme vor der Brust und lief ein Stück weiter in den Garten. Automatisch entriss ich mich Johns Griff.

„Sarah, komm, bitte." Er folgte mir.

„Nein!", rief ich laut. Mir war es im Moment egal, ob das jemand hören würde. Mit geschwollener Brust drehte ich mich wütend herum und sah ihn direkt an. Er kam langsam und stark schwankend, auf mich zu.

„Du hast alles kaputt gemacht." Platzte es aus mir raus. „Ich dachte, wir hätten eine Zukunft, aber du konntest dich ja nicht unter Kontrolle halten."

Es war irgendwie gemein ihm das jetzt alles an den Kopf zu knallen, besonders weil ich nicht wusste, was er morgen davon überhaupt noch wissen würde. Das Licht der Veranda zeigt mir genau, was sich in Johns Gesicht abspielte.

„Du hast alles kaputt gemacht!", sagte ich erneut sehr deutlich.

Seine Augen zogen sich noch enger aneinander. Seine Schritte wurden langsamer und sicherer.

„Ich soll alles kaputt gemacht haben?" Die Tonlage seiner Stimme hatte sich deutlich verändert. Genau das war immer der Augenblick, in dem ich wieder zurückruderte. Er hatte seine Macht gezeigt. Was in bestimmten Situationen durchaus anziehend auf mich wirkte. Doch jetzt nicht mehr.

„Ja, das hast du!" Umso sicherer und deutlicher Johns Stimme wurde, begann meine zu zittern. Er sollte jedoch nicht merken das ich unsicher wurde. Mittlerweile stand er dicht vor mir. Ich spürte die Wärme, welche von ihm ausging.

„Wenn es jemand kaputt gemacht hat", schimpfte er leise „dann warst du kleines Miststück es!" Die letzten Worte schrie er mit solch einer Wucht in mein Gesicht, das mein Trommelfell anfing zu vibrieren. Ich wollte nur noch hier weg. Ich brauchte Raum, platz, Luft!

Meine Beine liefen los. Kurzer Hand entschloss ich, um das Haus herum, nach vorne auf die Auffahrt zu laufen. Ich wurde schneller, rannte fast.

„Du bleibst gefälligst hier!", schrie er mir nach. Ich stand bereits vorne am Haus. John kam mir, ohne zu zögern nach. „Bleib stehen!", hallte es durch die Nacht.

Aus unerklärlichen Gründen tat ich, was er sagte. In mir kochte es. Ich wollte nicht mehr wegrennen. Langsam drehte ich mich herum und suchte seinen Blick. Mein Kopf lief auf Hochtouren. Doch mir vielen so schnell nicht all die Worte ein, die ich ihm am liebsten noch gesagt hätte.

„Warum? Was willst du noch?", entgegnete ich ihm im selben Ton Volumen wie er. „Wofür willst du mir die Schuld geben, wenn du dich mit anderen Frauen vergnügst, als wäre nichts dabei!" Mein Körper begann zu zittern. Zwar war etwas Luft raus, doch es staute sich noch mehr in mir auf. Das spürte ich. Erneut drehte ich mich weg und lief weiter.

„Wenn du mich öfter ran gelassen hättest dann wäre das alles nicht passiert!", schrie er mir hinterher. Es war, als hätte er diesen Satz geübt. So leicht und deutlich kam er von seinen Lippen.

Wie von einer Notbremse gestoppt, blieb ich stehen. Lief nicht mehr weiter, lief nicht mehr weg. Solch einen Vorwurf musste ich mir nicht bieten lassen. Ich drehte mich abermals in seine Richtung. John stand direkt vor mir. Reflexartig schleuderte ich meine Hand hoch und verpasste ihm eine Ohrfeige. Noch nie zuvor hatte ich Hand an jemanden gelegt, doch an dieser Stelle ging es zu weit. John rührte sich kaum. Ein abscheuliches Lächeln lag auf seinen Lippen. Dann hob er die Hand und wollte soeben ausholen, als er unterbrochen wurde.

„Ich würde das lassen", sagte eine Stimme hinter mir. Johns Blick wanderte in die Dunkelheit. Schließlich nahm er den Arm runter. Erleichtert, aber mit dem Bewusstsein was John gerade mit mir machen wollte, sackte die Erleichterung auf einmal durch meinen ganzen Körper. Ich taumelte ein paar Schritte zurück. Bis ich gegen etwas oder besser jemanden, stieß. Dankbar nahm ich die Gegenwart dieses Fremden an. Er hatte mich schließlich gerade vor

John gerettet.

„Alles in Ordnung?" Die Worte waren so sanft und leise das nur ich sie hören konnte. Ich nickte kurz. Meine Stimme hatte ich noch nicht wiedergefunden. Dann richtete der fremde Mann das Wort an John.

„Du solltest dich hier jetzt verziehen."

Ich konnte nicht genau sagen, was John darauf gemacht hatte. Doch plötzlich war er verschwunden.

„Wohnst du bei Matt?" Noch immer sah ich auf den Boden vor mir. Der Mann ging um mich herum und stellte sich vor mir. Das erste was ich sah, waren schwarze Schuhe und eine dunkle Jeans.

„Ja", ich räusperte mich. „Matt ist mein Bruder." Noch während ich sprach, hob ich den Kopf. Was ich dann sah, nahm mir jeglichen Atem. Als würde ich in einem wiederholten Alptraum festsitzen, stand genau der Mann vor mir, welcher mich gestern auf dem Weg nach Hause überfallen hatte.

Aiden

Tagen wie heute verbrachte ich gerne in meiner zweiten Wohnung in Green Village. Auch wenn ich nicht gerne allein war, konnte ich das was gestern mit der fremden Frau passiert war nicht so schnell vergessen. Was hatte ich mir nur dabei gedacht sie zu verfolgen! Scheiß Alkohol.

„Nein!", schrie auf einmal eine Frauenstimme von draußen. Da ich grundsätzlich die Fenster offen hatte, wenn ich schlafen ging, viel solch eine laute Stimme sehr in dieser Gegend auf. Ich legte die Decke zur Seite und ging rüber zum Fenster. Im Garten unserer Nachbarn stand ein Mann und eine Frau. Es waren jedoch nicht die eigentlichen Mieter. Matt und Christin waren vor wenigen Monaten hier eingezogen. Ich hatte noch nicht viel Gelegenheit mit ihnen Bekanntschaft zu machen. Schließlich war ich selbst unter der Woche in meiner Wohnung direkt in der Stadt.

Das fremde Pärchen diskutierte weiter.

„Du hast alles kaputt gemacht!", sagte die Frau. Ihre Haltung wirkte unsicherer, umso weiter der große Typ auf sie zuging. Wie ich es hasste, wenn Männer den Frauen solch eine Angst einjagten. Obwohl ich nichts besser war. Wie gerne würde ich mich bei der Frau von gestern entschuldigen.

Die Frau huschte um das Haus herum. Der Mann folgte ihr schnaubend und schrie ihr hinterher. Es war deutlich zu erkennen das er Alkohol getrunken hatte. Meiner Meinung nach zu viel. Ich zog mir meine Jeans und Schuhe an, streifte mein schwarzes Sweatshirt über und lief nach unten. Im Schutz der Dunkelheit lief ich meine Hofauffahrt hoch und sah, wie die beiden noch weiter stritten. Die Frau stand mit dem Rücken zu mir. Ihn hingegen konnte ich genau ins Gesicht sehen.

„Warum? Was willst du noch?", schrie die Frau. Auch sie muss wohl ein wenig getrunken haben. Hätte sie sich nicht etwas mehr hier unter Kontrolle haben können? „Wofür willst du mir die Schuld geben, wenn du dich mit anderen Frauen vergnügst, als wäre nichts dabei?" Okay, ich nehme alles zurück. Wenn das wirklich der Fall wäre wie sie sagte, hätte er die Ansage nicht anders verdient.

„Wenn du mich öfter ran gelassen hättest dann wäre das alles nicht passiert!", schoss es aus ihm heraus.

Autsch! Das war ein harter Vorwurf. Gerade wollte die Frau weiter gehen, blieb sie starr stehen. Kurz passierte nichts, bis sie dem Mann mit ihrer ganzen Kraft eine Ohrfeige verpasste. Der Mann schnaubte verächtlich und bäumte sich auf. Im Wissen was gleich passieren würde, trat ich hinter die Frau. Und wie ich es schon geahnt hatte, bei solchen Typen war das nämlich immer das gleiche, erhob dieses Arschloch tatsächlich seine Hand gegen die junge Frau.

„Ich würde das lassen", sagte ich, ohne zu zögern. Der Mann sah mich an. Auch wenn er einen Kopf größer war, wusste ich, dass ich aufgrund meiner langjährigen Judo Erfahrung, ihn mit Leichtigkeit außer Gefecht setzen konnte.

Die Warnung schien zu reichen, so dass der Mann seine Hand

sinken ließ. Die Frau vor mir taumelte ein wenig zurück. Ich ging ein Schritt vor und umfasste sie an den Oberarmen, damit sie nicht zu Fall kam. Ein Duft von Vanille und Kokos flog mir in die Nase. Sie roch unglaublich gut. Ich zog sie ein wenig enger zu mir ran, legte meine Lippen dicht an ihr Ohr. Umso näher ich kam, umso intensiver und köstlicher erschien ihr Duft für mich.

„Alles in Ordnung?", flüsterte ich. Sie begann zu zittern. Ihr bebender Körper in meinen Händen verwirrte mich. Sie hatte lediglich ein Shirt und Jeans an. Ihre Haut war kalt und unglaublich weich. Nie zuvor hatte ich das Vergnügen weichere Haut zu berühren. Schnell rüttelte ich mich selbst wach. Wie konnte mir in solch einem Moment nur so etwas auffallen?

Ich sah hoch zu dem Mann, welcher noch immer vor uns stand.

„Du solltest dich hier jetzt verziehen." Mit so viel Verachtung wie ich aufbringen konnte, sprach ich den Mann an. Er reagierte kaum, sagte nichts und verschwand im Dunkeln der Straße.

„Wohnst du bei Matt?", sprach ich die Frau an. Sie zitterte noch immer stark in meinen Händen. Ich ging langsam um sie herum und stellte mich vor ihr. Meine Hände weiterhin wärmend auf ihrer ausgesprochenen weichen Haut liegend.

„Ja", sprach sie gebrochen. „Matt ist mein Bruder." Als sich darauf unsere Blicke trafen, traf mich fast der Schlag. Die Frau vor mir war die Frau von gestern, die ich verfolgt hatte.

Sofort ließ ich von ihr ab. Das hätte ich vielleicht nicht machen sollen. Ohne Stütze stolperte sie zurück und landete ungeschickt auf den Asphalt.

„Au", zischte sie.

Ich ging auf sie zu.

„Alles okay? Haben Sie sich verletzt?"

Sie sah zu mir auf. Selbst im leichten Licht der Straßenlaternen konnte ich die Panik in ihren geweiteten Augen sehen. Sie erkannte mich also ebenfalls. Wenn nicht jetzt wann dann! Sprach ich zu mir selbst. Ich kniete mich neben die Frau.

„Hören sie, das mit gestern es tut mir leid." Die Worte sprudelten nur so aus meinem Mund. Es kam sehr selten vor das ich mich bei jemanden Entschuldigte. Nahezu überhaupt nicht. An das letzte Mal konnte ich mich noch nicht einmal erinnern. Innerlich hoffte ich sehr das die Frau vor mir es verstehen würde.

„Ich hatte sie gestern verwechselt und es tut mir unglaublich leid ihnen so viel Angst gemacht zu haben." Mitten in meinem Entschuldigungsfluss, ging die Eingangstür von Matts Haus auf.

„Sarah?" Sarah war also ihr Name. Er klang wunderschön und passte perfekt. Matt stand in der Tür und sah mich und seine Schwester hier im Dunkeln auf der Auffahrt sitzen.

„Sarah!", rief Matt lauter und rannte auf uns zu. Ich stand auf. Umgehend kniete sich Matt zu Sarah runter.

„Hey, ist alles okay?" Er schenkte mir einen wütenden Blick. „Was ist passiert? Hat er dich belästigt?" Zwar sollte ich sauer sein das er so etwas sagte, doch konnte ich ihn verstehen. Die ganze Situation hier sah schließlich anders aus, als es eigentlich war. Matt und ich sahen beide auf Sarah und warteten auf eine Antwort. Würde sie ihm das von gestern erzählen?

„Nein, es ist alles in Ordnung." Matt half Sarah hoch. Ich hielt mich lieber im Hintergrund auf. Wieso fühlte ich mich auf einmal so klein? Diese Frau hatte mich mit ihrer Art und Weise erneut völlig entwaffnet.

„Was ist denn passiert?", fragte Matt erneut nach. In Sarahs Augen bildeten sich Tränen. Scham stand ihr ins Gesicht geschrieben. Schließlich erklärte ich Matt was gewesen war.

„Hier war noch ein großer Typ, der sie beschimpft hat. Bevor noch mehr passieren konnte, bin ich dazwischen gegangen." Das klang als würde ich hier den Helden spielen wollen. Doch dem war nicht so. Vielleicht sollte ich das von gestern ebenfalls erwähnen? Nur damit ich nicht so gut dastand? Irgendwie war ich ja auch nicht besser als der Typ von eben.

„John?" Matt sah Sarah angestrengt an.

„Ja", bestätigte sie brüchig. Ein innerer Wunsch sie jetzt in den Armen zu halten kam hoch. Was sollte diese Reaktion von mir? Mein männlicher Beschützer Instinkt legte ich bewusst in den Schlafmodus.

„Tut mir leid dass ich ihn eingeladen hatte. Ich hatte ja keine Ahnung" Matt versuchte sich bei Sarah zu entschuldigen. Sie winkte ab.

„Ist schon okay. Es ist ja nichts passiert." Sie zitterte noch immer, obwohl Matt sie an sich ran drückte. Dann wand er sich mir zu, streckte mir die Hand entgegen. Ich erwiderte deinen Handschlag. „Danke Aiden." Matts Handschlag war stabil und feste. Trotz dieser Situation war mir diese Familie sehr sympathisch. Mein Blick fiel erneut auf Sarah. Wie ein kleiner Haufen Elend wirkte sie viel zu klein zwischen den starken Armen von Matt.

„Danke", sagte Sarah. Der Blick von ihr war ehrlich und ohne Angst. Viel mehr war Neugierde darin zu erkennen. Auch wenn ich mich noch nicht richtig bei ihr entschuldigte, hatte ich das Gefühl hiermit wenigstens wieder ein bisschen was gut gemacht zu haben.

Sarah

Matt bestand darauf das ich heute Nacht bei ihm übernachten sollte. Mir war die ganze Sache äußerst unangenehm und sehr peinlich. Ich gab mich geschlagen und redete nicht weiter gegen an.

„Ich leg mich direkt hin", sagte ich zu Matt. Seine Hände lagen auf meinen Schultern. Wir standen im Gästezimmer. Sein Gesichtsausdruck war quälend.

„Es tut mir leid, dass ich dieses Schwein eingeladen habe."

Ich wollte da nicht mehr drüber reden. Mit den herannahenden Tränen winkte ich ab.

„Ist schon gut. Du kannst ja nichts dafür. Und schließlich ist ja nichts passiert."

„Aber nur, weil Aiden da war", schnaubte Matt.

Aiden – das war der Name meines Retters. Ich war froh das er, da war und doch wusste ich nicht, wie ich mich bei ihm bedanken sollte. Eine Handynummer von ihm hatte ich nicht und vor der Abfahrt bei ihm klingeln und mich persönlich bedanken, dafür war ich ganz ehrlich zu feige. Was mir allerdings klar war, das was den Abend davor passierte, war für mich schon völlig in den Hintergrund gerückt. Mir war klar das Aiden mich, wie er sagte, verwechselt haben musste. Doch was war sein Grund so sauer auf jemanden zu sein? Meine Neugierde würde mir noch mal das Genick brechen. Das war auf jeden Fall sicher.

Den Sonntag fuhr Matt mich mit dem Auto früh zurück nach Hause. John hatte sich nicht mehr bei mir gemeldet. Das war auch gut so. Allein der Gedanken an ihn versetzte mich in Panik. Ich verbrachte den Rest des Tages damit meine Wohnung auf Vordermann zu bringen. Die Ablenkung brachte meine Gedanken jedoch nicht zum still stand. Andauernd verschaffte mir allein die Erinnerung an Aidens Stimme eine Gänsehaut.

Montag stand ich früh auf. Wie die Nacht davor ließ mir das alles keine Ruhe. Was dachte sich John nur dabei fast handgreiflich gegenüber mir zu werden? Mein Unterbewusstsein hingegen beschuldigte mich ebenfalls, daran nicht ganz unschuldig gewesen zu sein. Schließlich war ich es, die angefangen hatte ihn zu Ohrfeigen. War das alles vielleicht doch meine Schuld und John meinte es nur ehrlich mit mir?

In meiner schwarzen Jeans, einer weißen Bluse und schwarzem Blazer, verließ ich mit der Jacke unterm Arm und der Handtasche in der anderen Hand, meine Wohnung. Es brachte nichts sich über das alles Gedanken zu machen. Was passiert war, war eben passiert.

In der U-Bahn drängelten sich wieder, typisch montags, sehr viele Leute in einen Wagon. Ich war so spät dran, dass nicht einmal Zeit blieb, mir einen vernünftigen Kaffee aus dem Coffeeshop zu holen. Ich würde das auf jeden Fall in der Mittagspause nachholen. Bis dahin musste ich eben ohne auskommen.

Im Büro tummelten sich dutzende von Mitarbeitern. Die wöchentlichen Meetings wurden auf Grund der vielen Arbeit verschoben.

„Hey Sarah. Wie war dein Wochenende?" Nancy stand vor mir und sortierte, pro forma, Akten vor sich hin, nur damit wir ein bisschen reden konnten.

„Gut", log ich und schenkte ihr ein Lächeln. Meine Verwirrung konnte ich ein Glück unterdrücken. Mein Bruder oder auch John hätten es wohlmöglich sofort gemerkt das mich etwas Beschäftigte. Doch Nancy kannte mich eben noch nicht gut genug.

„Bei mir auch", sagte sie singend. Ein Ich-hatte-das-ganze-Wochenende-Sex-Blick lag auf ihrem Gesicht.

„Aha", lächelte ich zurück. „Ich will alles wissen. Aber leider später. Ich muss hier noch so viel erledigen." Angestrengt sah ich auf den Stapel Akten, der vor mir lag. Nancy wusste, wovon ich sprach, schließlich war sie bis vor kurzen auch noch an meiner Stelle.

„Wollen wir uns heute Abend vielleicht auf einen Absacker treffen?", schlug sie euphorisch vor.

„Also eigentlich hat mir das Wochenende gereicht, was Alkohol angeht", sagte ich und ließ mich im Stuhl zurück fallen.

Ihr Blick wurde neugierig. Das kannte ich nur zu gut, denn ich sah genauso aus, wenn ich etwas wissen wollte.

„Dann hast du ebenso was zu erzählen. Ich will auch alles wissen."

Sie lächelte. Ich erwiderte es, in dem Wissen, das ich es ihr nicht

alles erzählen werde. Das ging niemanden, außer mir, etwas an.
Ein wildes Raunen ging durch den Raum. Ein klares Zeichen das
Mr. Winchester unterwegs war. Nancy räumte ihre Sachen zügig
zusammen und verschwand. Ich stürzte mich konzentriert in die
Unterlagen. Ohne mich zu bemerken, was wirklich positiv war, ging
Mr. Winchester an mir vorbei.

Die Mittagspause konnte ich fünf Minuten später als eigentlich
beginnen. Mir war jetzt schon klar das ich ewig anstehen musste, um
mir etwas zu essen zu organisieren. Doch es nützte nichts.
Schließlich brauchte ich etwas im Magen, um den Nachmittag gut
zu überstehen. Von dem Kaffee ganz anzusehen.

Auf dem Weg zum Coffeeshop, checkte ich noch schnell meine E-
Mails, um zu sehen, ob ich die fünf Minuten noch hinten
dranhängen konnte, oder doch pünktlich zurück sein musste. Es
sprach nichts dagegen, also wagte ich es und machte meine vollen
fünfundvierzig Minuten Pause.
Die Schlange ging fast bis zur Tür, das konnte ich von außen schon
erkennen. Was mir allerdings ebenfalls auffiel, war ein Mann im
Anzug, der an den großen Scheiben davorstand und angestrengt auf
sein Handy schaute. Er trug einen Vollbart und sah Aiden
verdammt ähnlich. Meine Lippen verzogen sich zu seinem Lächeln,
denn es war Aiden. Endlich konnte ich mich bei ihm bedanken. Nur
wie sollte ich das anfangen? Mein Herz fing schneller an zu

schlagen. Ich war nervös. Als ich näherkam, ging sein Kopf, wie angezogen, automatisch nach oben. Unsere Blicke trafen sich.

Plötzlich ging alles ganz leicht. Das Lächeln, seine Nähe zu suchen.

Es war wie Fügung das wir uns jetzt und hier treffen sollten.

Aiden

Verdammt. Die letzte Vorverhandlung lief überhaupt nicht, wie ich es wollte. Ich brauchte dringend den Kopf frei. Ich schrieb Amanda eine Nachricht, dass ich sie gerne treffen wollte und wir da weiter machen würden, wo wir am Freitag aufgehört hatten. Sie war einverstanden und wollte mit mir Mittag essen gehen. Vielleicht funktionierte es ja noch das ich sie zwischendurch irgendwo vögeln könnte. Das war genau das was ich jetzt so dringend benötigte. Eine schnelle Nummer auf dem Klo oder im Fahrtstuhl.

Mein Handy vibrierte. Ich verdrehte die Augen. Sie schrieb mir, dass sie sich etwas verspäten würde. War denn heut zu Tage, auf niemanden mehr verlass pünktlich zu sein? Ich war sauer. Worauf genau wusste ich nicht. War es das anstrengende Wochenende oder der fehlende Sex? Wohl möglich auch die misslungene Verhandlung. Ich wusste es nicht. Doch irgendwo musste ich den Druck ablassen. Ich ließ mein Handy in die Jacketttasche zurücksinken und schaute mich um. Was ich dann sah, war, als würde die Sonne aufgehen. Aus all der Menschenmenge sah ich sie auf mich zukommen. Sarah. Seit dem Wochenende hatte ich viel an sie gedacht. Doch nicht so wie ich an die anderen Frauen dachte. Ich hatte keinerlei Hintergedanken. Mein Interesse war rein eigennützig. Zumindest redete ich mir das ein. Schließlich wollte ich nicht, dass sie mich anzeigte. Genau, ich wollte sie zufrieden stimmen damit sie mir und meiner Karriere keinen Strich durch die Rechnung machte. Aber wenn ich mir das Lächeln ansah, welches sie mir entgegenbrachte, war mir schon klar, dass sie mir keine Steine in den Weg legen würde.

„Aiden", sagte sie freudig, als sie bei mir ankam. Erleichtert schenkte ich ihr ebenfalls ein Lächeln. Ihre Augen strahlten richtig. Heute trug sie ihre langen Haare halb offen nach hinten gelegt. Es stand ihr wirklich gut. Auch wenn sie mit ihrer Figur eindeutig nicht in mein Beuteschema passte, war sie eine schön anzusehende Frau.

„Sarah, wie schön sie hier zu sehen", sagte ich bestätigend zurück. Ich war förmlicher, als ich eigentlich wollte. Doch wir hatten uns praktisch noch nicht einmal richtig bekannt miteinander gemacht. Dann konnte ich sie auch nicht gleich duzen. Mit geschärftem Blick beobachtete ich sie genau. Ihr war anzusehen das sie nach den passenden Worten suchte. Konfrontationen waren wohl nicht ihre Stärke. Ich ließ sie noch etwas zappeln. Schließlich fand sie doch ihre Stimme wieder.

„Aiden, ich wollte mich bei dir bedanken. Wegen, also, du weißt wegen dem was am Wochenende passiert war." Sie fing also gleich an mich zu duzen. War sie so gestrickt oder warum wurde sie gleich so persönlich? Mit dieser Frage beschäftigte ich mich allerdings nicht weiter. In meinem Kopf arbeiteten immer mehrere Punkte auf einmal.

„Das habe ich gern gemacht. Ich hoffe" jetzt fehlten mir die Worte. Ich musste mich einfach noch einmal bei ihr entschuldigen. Auch wenn sie sichtlich nicht mehr sauer war, konnte ich es mit meinem

Gewissen einfach nicht vereinbaren. „Ich wollte dir am Freitagabend wirklich keine Angst machen." Das musste reichen. Sie nickte nur. Doch das wunderschöne Lächeln verblieb auf ihrem Gesicht. Ich schmunzelte. Sie hielt es wie ich. Oftmals nahm ich auch alles nur mit einem Nicken hin.

„Darf ich dich vielleicht als dank auf einen Kaffee einladen?" Sie zeigte mit ihrer Hand auf den Coffeeshop hinter uns.

„Ich bin schon verabredet." Sobald ich die Worte ausgesprochen hatte, veränderte sich ihr Blick. Fast peinlich sah sie mich an.

„Achso, natürlich." Wie gerufen kam Amanda auch schon um die Ecke. Mir wurde unwohl. Eine Situation mit zwei Frauen kannte ich durchaus, doch dies hier war anders. Zwischen Amanda und Sarah entfachte gleich eine Art Konkurrenzkampf. Amanda stellte sich provokant direkt neben mir, hackte sich ein und gab mir einen Kuss auf die Wange. Ich ließ es zu, schließlich wollte ich sie heute noch flachlegen.

„Aiden, entschuldige die Verspätung." Ich nickte nur bestätigend. Sarahs Reaktion von gerade flog mir in Gedanken vorbei. Ich lächelte unvermittelt. Amanda fühlte sich angesprochen und strich sich mit ihren künstlichen Fingernägeln die Haare hinter die Ohren. Sie war mit Sicherheit zu spät, weil sie zu lange im Schönheitssalon war. Aber das sollte mir jetzt egal sein. Schließlich profitierte ich nur davon.

Ein leises Klingeln rüttelte mich wach. Sarahs zog ihr Handy aus ihrer Jacke.

„Entschuldigt mich." Sie wand sich etwas ab und ging ran. Sie konnte also doch gepflegte Konversationen halten. Das stimmte mich komischerweise zufrieden. Amanda säuselte mir irgendetwas ins Ohr, was ich jedoch nicht mitbekam. Mein Blick war auf Sarah gerichtet. Sobald sie an ihr Handy ging, veränderte sich ihr Gesichtsausdruck dramatisch. Die Farbe wich vollkommen aus ihrem Gesicht. Wer war das am anderen Ende der Leitung?

„Jetzt nicht", sagte sie mit Nachdruck. „Ja ich melde mich später. Tschüss." Sie legte auf und drehte sich erneut zu uns.

„Wer war denn das?", schoss es mir aus dem Mund. Wieso stellte ich solch eine Frage? Es konnte mir doch völlig egal sein, wer sich bei ihr meldete. Was aber, wenn es wieder dieser Arsch von John war.

„Nichts. Also, ist schon gut. Das war nur", nervös sah sie auf ihre Hände. „Ein Bekannter."

Zwar lächelte sie, doch das Leuchten in ihren Augen fehlte. Mein Blick wurde finsterer. Fast Böse sah ich sie an. Ihre Augen wurden gläsern. Nicht mehr lange und sie würden überlaufen. Nach ihrer jetzigen Reaktion war ich mir sicher, dass es sich um John am anderen Ende gehandelt hatte. Meine Hand ballte sich zur Faust. Um abzulenken, sah Sarah auf ihre Uhr und stellte fest das sie spät dran war.

„Mist. Ich muss los. Meine Pause ist jeden Moment zu Ende." Sie sah sich noch kurz um, doch der Coffeeshop war noch immer brechend voll.

„Aiden." Ihre Worte klangen wunderschön. Sie sprach meinen Namen mit Würde aus. Das hatte keine Frau bisher geschafft. Zumindest nicht so dass ich es wahrnahm.

„Sarah." Kaum ausgesprochen war sie auch schon verschwunden. Sie lief in ihrem viel zu dünnen Blazer gegenüber in das große Büro Gebäude. Dort arbeitete sie also.

„Können wir dann auch?", hackte Amanda leicht genervt nach und schmiegte sich an mir ran. Ich werde nur kurz einen Snack mit ihr essen und dann flachlegen. Irgendwie musste ich meine Wut diesem Mistkerl John gegenüber ablegen. Wenn ich daran dachte, dass er sich noch mal mit ihr treffen würde, kam es mir fast hoch. Ich zog Amanda mit und versuchte mich für die nächste Stunde abzulenken.

Sarah

Hektisch lief ich zurück ins Gebäude. Mein Kopf fing an zu pochen. Warum meldete sich John gerade jetzt bei mir? Seine Stimme klang sehr traurig, was mein Mitgefühl ihm gegenüber mehr als ansprach. Ich würde ihm schon gerne die Chance geben sich erneut mit mir zu treffen und sich zu erklären. Das war ich ihm als langjähriger Freund irgendwie schuldig.

Den Nachmittag über bemerkte ich, dass meine Nase verstopfte. Neben den mittlerweile dauerhaften Kopfschmerzen war dies ein deutliches Zeichen, das ich mir am Wochenende wohl eine Erkältung eingefangen haben musste. Das fehlte mir jetzt gerade noch. Am nächsten Morgen glühte zusätzlich meine Stirn und der Hals tat mir weh. Liegen oder jegliche Bewegung schmerzte. Ich meldete mich für heute auf der Arbeit krank. So schnell es ging, musste ich mir etwas aus der Apotheke besorgen, damit ich am besten morgen wieder auf der Arbeit sein konnte. Einen längeren Ausfall konnte ich mir einfach nicht leisten. Ich zog mir meine Jeans und Turnschuhe an, ein Sweatshirt und eine dicke Daunen-Weste. Die nächste Apotheke war nicht weit. Ich beschloss dennoch die nächsten zwei Blocks mit der U-Bahn zu fahren. Zu mehr war ich aktuell nicht in der Lage.

Bei der Apotheke angekommen, packte mir die Apothekerin Brausetabletten, Schmerztabletten und Vitamine ein. Zudem sollte ich viel trinken und morgen bereits eine deutliche Besserung spüren. „Danke", verabschiedete ich mich und ging aus der Tür. Der kalte Wind war wie ein Hammerschlag gegen meinen eh schon lädierten Kopf. Nur am Rande nahm ich den Heimweg wahr und wie die Bahn an meiner Station hielt und ich ausstieg. Wie in Zeitlupe lief ich die letzten Meter bis zu meiner Wohnung.

„Sarah", sagte eine bekannte Stimme. Ein Blitz schoss mir durch den Körper. Ruckartig sah ich mich um. John stand vor mir. Er trug ebenfalls eine dicke Weste. Mit den Händen in den Taschen sah er mit einem Gesichtsausdruck zu mir runter, den ich nicht richtig deuten konnte.

„John", flüstere ich. „Was machst du denn hier?" Mit einem Taschentuch in meiner Hand, schnaubte ich mir die Nase.

„Ich wollte noch mal mit dir reden Sarah. Es tut mir so leid, was am Wochenende passiert war." Er kam näher. Ich war zu müde und kaputt dem zu widerstehen. Um ehrlich zu sein würde ich mich am liebsten jetzt einfach bei ihm im Arm verlieren. Seine warme Hand legte sich an meine Wange. Plötzlich kribbelte meine Nase und ich musste heftig niesen.

„tschuldige", ich schniefte mir weiter die Nase.

„Du bist krank. Komm ich bring dich hoch", sagte John umgehen und schenkte mir seine Fürsorge.

„Aber" Ich hatte nicht aufgeräumt, dachte ich als erstes. Was würde er von mir denken? Doch John kannte mich durch und durch. Erschöpft ließ ich zu, dass er mit zu mir nach oben kam.

„Ab ins Bett!", befiel er mir. „Ich koche dir einen Tee und du schläfst okay?" Mein Magen flatterte. Lag das an John oder an meiner schweren Erkältung, ich wusste es nicht. Wortlos machte ich, was John sagte, zog mir die Schuhe und Weste aus und legte mich direkt ins Bett. Da ich nur eine Ein-Zimmer-Wohnung besaß, stand mein Bett direkt hinten in der einen Ecke gegenüber der Couch.

Mit einem Becher Tee in der Hand kam John auf mich zu. Er stellte die Tasse auf den Nachttisch und legte erneut die Hand auf meine Stirn.

„Sarah. Ich wollte mich wirklich noch mal ganz ehrlich bei dir entschuldigen. Es hätte nie soweit kommen dürfen." Ehrlichkeit und Aufrichtigkeit war in seinen Augen zu erkennen. Genau in diesem John, der vor mir saß, hatte ich mich verliebt. Und ich konnte es nicht anders, als zuzugeben, dass ich noch immer was für ihn empfand. War das so, wenn man die erste große Liebe gefunden hatte? Konnte man nie von ihr lassen?

„Es ist schon okay. Es ist ja nichts passiert." Sein Ausdruck änderte sich. Erleichterung überwand alles.

„Oh Sarah." Er beugte sich vor und küsste mich. So erkältet und verschnupft, wie ich war, war es ihm völlig egal das ich krank war. Er hatte tatsächlich auch noch Gefühle für mich. Ohne zu zögern, erwiderte ich den Kuss. John krabbelte zu mir ins Bett und kuschelte sich an mich ran. Den ganzen Tag verbrachten wir im

Bett. John brachte mir alles was ich benötigte. Irgendwann schlief ich in seinen Armen friedlich ein.

Traumlos erwachte ich noch immer in Johns Armen. Mir war heiß, viel zu heiß. Doch ich merkte das es mir deutlich besser ging. Mein Wecker zeigte mir sechs Uhr an. Ich würde heute auf jeden Fall wieder zur Arbeit gehen. Leise krabbelte ich aus dem Bett und ließ John schlafen. Als ich fertig geduscht und angezogen war, schrieb ich noch schnell einen kleinen Zettel. Einen kurzen Moment blieb ich vor ihm stehen und sah in sein Gesicht. War es falsch sich wieder auf ihn einzulassen? Irgendetwas tief in mir sagte das es nicht gut ausgehen würde. Doch vielleicht war es nur die Angst vor dem was passieren könnte und die eventuelle Enttäuschung. Kopfschüttelnd verließ ich meine Wohnung und machte mich auf den Weg zur Arbeit. Ich war früh genug dran, um mir noch einen Kaffee zu holen. Wobei ich heute lieber noch bei Tee blieb. Mein Hals schmerzte noch ziemlich.

Ich lief die Straße, wo sich am Ende meine Arbeit befand, entlang. Mein Handy klingelte. Vorsichtig zog ich es mir aus der Handtasche. Eine fremde Nummer wurde angezeigt.

„Hallo?", sagte ich zögerlich.

„Sarah?" Mir rutschte mein Herz in die Hose. Diese eindringende Stimme erkannte ich sofort. Es war Aiden. Wo hatte er nur meine Nummer her?

„Aiden", bestätigte ich ihn.

Stille am anderen Ende.

„Hallo?", fragte ich nach.

„Entschuldige. Ich habe die Nummer von deinem Bruder bekommen. Ich wollte mich nur vergewissern das es dir gut geht. Am Montag nach dem Telefonat." Er stoppte. Mir wurde unwohl bei dem Gedanken, als John mich anrief. Besonders in Aidens Gegenwart. Ich würde ihm vorerst nichts davon erzählen, dass ich mich wieder auf John eingelassen hatte.

„Danke, aber es geht mir gut." Oh nein, meine Nase kribbelte. Ungeschickt nieste ich ins Telefon.

„Tschuldige", raunte ich sofort hinterher.

„Bist du krank?" Sorge schwang in seiner Stimme mit. Zunächst putze ich mir die Nase, als ich antwortete.

„Ja, ein wenig. Aber es geht schon besser." Die Erinnerungen an das letzte Wochenende ließen mich erschaudern. Welches mich allerdings in Erinnerung rufen ließ, dass ich mich noch mit einem Kaffee bei Aiden bedanken wollte.

„Ach Aiden, ich wollte mich doch noch bei dir bedanken. Hast du vielleicht die Woche Zeit für einen Kaffee?"

Er überlegte kurz. Ich ließ ihm den Moment, bis er schließlich antwortete.

„Sieht eher schlecht aus. Aber wie wäre es am Freitagabend mit einem Drink nach der Arbeit?"

Unbewusst lächelte ich wie ein Honigkuchenpferd. Zugleich machte sich mein schlechtes Gewissen breit. Was würde John nur dazu sagen, wenn ich mich mit einem anderen Mann traf? Wobei wir offiziell noch überhaupt nicht wieder zusammen waren. Bewusst schob ich die Gedanken daran weit weg.

„Das klingt super. Um sieben am Coffeeshop?", fragte ich nach.

„Gut. Machen wir. Dann bis Freitag." Plötzlich legte er auf. Was war das denn für eine Verabschiedung? Mit dem Handy in der Hand starrte ich noch für eine kurze Zeit auf das Display. Kopfschüttelnd rüttelte ich mich selbst wach und speicherte erst einmal die Nummer von Aiden ab. Anschließend besorgte ich mir meinen wohlverdienten Tee, ein Cookie, ein Sandwich und begab mich an die Arbeit.

Aiden

Was war ich nur für ein Stalker? Wieso konnte ich sie einfach nicht
in Ruhe lassen? Was allerdings zwischen uns passiert war, hatte uns
auf irgendeine skurrile Art und Weise zusammengeschweißt.
„Reiß dich zusammen", schimpfte ich mir selbst entgegen. Es war
noch sehr früh und somit kaum jemand im Büro. Ich hatte mir
gestern Sarahs Nummer von ihrem Bruder besorgt. Dafür war ich
extra nach Green Village rausgefahren. Unter dem Vorwand, dass
ich nur sicher gehen wollte, ob alles in Ordnung wäre, rückte er sie
raus. Besonders nach dem Telefonat von Montag war ihr
Gesichtsausdruck so leidend. Ich konnte es nicht zulassen das dieser
John sie erneut verletzte.
Jetzt saß ich da. Leicht am Schwitzen mit meinem Handy in der
einen und einem kleinen Zettel in der anderen Hand. Schließlich
wählte ich ihre Nummer und wartete, mit den Fingern auf dem
Schreibtisch klopfend, darauf das sie abnahm.
„Hallo?", sagte sie fragend. Natürlich kannte sie meine Nummer
nicht.
„Sarah?", fragte ich, um sicher zu gehen das ich mich nicht verwählt
hatte. Ihr kleines Hallo war mir aber eigentlich schon Bestätigung
genug. Sie hatte einen ganz besonderen Ton in ihrer Stimme, den
man kaum beschreiben konnte.
„Aiden!" Ich stutze. Woher wusste sie, dass ich es war? Nervös
schluckte ich schwer.

„Hallo?", fragte sie nach kurzem Schweigen nach. Wie brachte diese Frau mich nur immer wieder dazu die Fassung zu verlieren? Schon beim zweiten Mal, hatte ich mir geschworen, das dies nicht mehr vorkommen durfte.

„Entschuldige", begann ich mich zu erklären. „Ich habe die Nummer von deinem Bruder bekommen. Ich wollte mich nur vergewissern das es dir gut geht. Am Montag nach dem Telefonat." Die Hitze in meinem Körper staute sich. Wut stieg in mir auf. Auf mich selbst und die Tatsache das dieses Arsch noch frei herumlief.

„Danke aber es geht mir gut." Ein lautes Niesen hallte durch das Telefon.

„Tschuldige", flüsterte sie.

„Bist du krank?" Mein Gesicht zog sich besorgt zusammen. Sie putze sich die Nase. Ich ließ ihr Zeit, denn mir war schon klar das sie krank geworden war.

„Ja, ein wenig. Aber es geht schon besser." Angespannt ließ ich mich zurück in meinen Sessel sinken.

„Ach Aiden?", fragte sie auf einmal. „Ich wollte mich doch noch bei dir bedanken. Hast du vielleicht die Woche zeit für einen Kaffee?" Das hatte ich vollkommen vergessen. Aber vielleicht war das ein guter Abschluss, um sie aus meinem Kopf zu kriegen. Ich würde mit ihr etwas trinken gehen und sie abschließend in gute Hände, nämlich in ihre eigenen, zurück in ihre Wohnung bringen. Das war ein guter Plan. Ich liebte gute Pläne. Doch bei mir passte es diese Woche nur zum Abend.

„Sieht eher schlecht aus. Aber wie wäre es am Freitagabend mit einem Drink nach der Arbeit?" Natalia klopfte an der Tür und sah kurz herein. Ich hatte ihr von zu Hause aus bereits eine SMS geschrieben das ich sie so früh wie möglich in meinem Büro sehen wollte.

„Das klingt super. Um sieben am Coffeeshop?", schlug sie vor.

„Gut. Machen wir. Dann bis Freitag." Ich legte direkt auf. Für überschwängliche Worte war ich jetzt nicht in der Lage. Ich musste Druck ablassen. Und zwar hier und jetzt. Mit einem Schwung schmiss ich mein Handy auf meinen Schreibtisch und stand unverzüglich auf.

„Schließ die Tür", herrschte ich Natalia an. Zügig trat sie ein und schloss die Tür hinter sich.

„Schließ sie ab", befahl ich ihr. Ein geiles Grinsen machte sich auf ihren Lippen breit. Sie wusste, was jetzt kommen würde. Mein Schwanz zuckte bereits voller Vorfreude. Ich ging um meinen Schreibtisch herum, während sie die Tür abschloss. Bei ihr angekommen drehte sie sich zu mir herum, doch ich wollte es heute schnell und auf eine ganz bestimmte Art. Um Sarah aus dem Kopf zu bekommen, wollte ich die Oberhand haben. Bei jeder Aktion, die ich diese Woche vollziehen werde, wollte ich am längeren Hebel sitzen. Ich packte Natalia an den Hüften und drehte sie zurück. Ihre Hände legten sich auf das Türblatt vor ihr. Ein sanftes Stöhnen kam aus ihr heraus. Das alles nur meinetwegen. Ich war höllisch scharf und bereit. Ich hatte immer mindestens zwei Kondome in meiner

Jacketttasche. Damit auch sie wenigstens auf ihre Kosten kam, strich ich ihr die Haare zur Seite und küsste ihren Nacken. Mit der anderen fuhr ich unter ihren eh schon ziemlich kurzen Rock. Von da war es nicht weit bis zu ihrer Mitte. Langsam ließ ich einen Finger in sie einsinken. Sie war mehr als bereit. Ohne weiter zu warten, öffnete ich meine Hose, zog das Kondom heraus und über mein Glied. Ungeduldig wartete ihr praller, nackter Hintern auf mich. Unsanft stieß ich feste zu und versank so tief wie es ging in ihr. Ich überließ meinen Hüften die Arbeit, indem ich sie heftig nahm. Mit meiner einen Hand stütze ich mich auf ihren Rücken ab. Die andere knetete wild ihren Busen. Nach kaum einer Minute war alles vorbei. Ob sie kam, war mir in diesem Augenblick egal. Sie diente lediglich dem Mittel zum Zweck. Ich zog mich aus ihr raus, drehte sie herum und gab ihr einen Kuss, den sie so schnell nicht vergessen würde.

„Ich danke dir", flüsterte ich außer Atem.

„Gerne doch." Das Lachen auf ihren Lippen zeigte mir, dass auch ihr es gefallen hatte. Ohne weiter auf sie zu achten, ließ ich das Kondom in den Mülleimer fallen, rückte meine Hose zurecht und ging zurück zu meinem Stuhl. Natalia war bereits auf dem Weg nach draußen.

„Wenn du mich mal wieder brauchst, dann sag Bescheid." Einem Zwinkern von ihr entgegnete ich mit einem nicken. Endlich konnte ich mich ein wenig freier auf meine Arbeit konzentrieren.

Der Freitagabend war gekommen. Es fühlte sich gut an heute mit Sarah ein Abschluss unter die ganze Sache zu bekommen. Ich wartete wie verabredet vor dem Coffeeshop. Es war zehn vor sieben. Nervös stellte ich mich von einem auf das andere Bein. Zum Zeitvertreib ging ich die E-Mails in meinem Handy durch.

„Hallo Aiden." Diese Worte, diese Stimme. Ich sah hoch und wunderschöne tief grüne Augen strahlten mich an. Überrascht musste ich feststellen das wir fast dieselbe Augenfarbe besaßen. Noch eine Gemeinsamkeit.

Ich ließ mein Handy in die Hosentasche gleiten und machte einen Schritt auf sie zu.

„Sarah", sagte ich erfreut. Wie bei jeder Frau, die ich ausführte, küsste ich sie als Begrüßung zärtlich auf die Wange. Es schlug mich beinah um. Ich hatte fast vergessen, wie gut sie roch. Vanille und Kokos. Dazu diese weiche Haut, von der ich leider nur ein wenig kosten durfte.

Komm mal wieder klar! Schrie mein inneres laut auf. Was sollten diese weichgespülten Gedanken von mir? Ich sollte mich nicht so an sie Heranmachen, besonders nicht so an sie denken. Schließlich wollte ich lediglich etwas mit ihr trinken und mich dann für immer verabschieden.

„Wollen wir?" Noch immer lag ein tolles, einfaches, ehrliches Lächeln auf ihren Lippen. Ich reichte ihr meinen Arm und sie hackte sich ein. Gemeinsam gingen wir das Stück gemeinsam zur Bar, in der wir auch das letzte Mal waren.

Dort angekommen, nahm ich ihr den Mantel ab und führte sie weiter rein. Sie war durchaus kooperativ und würdigte mit liebreizenden Blicken meine Gesten. Andere Frauen, die ich kannte, nahmen es als selbstverständlich. Doch Sarah wusste es noch zu schätzen das ein Mann sich so einer Frau gegenüber verhielt.

Wir saßen an einem Tisch in der Ecke. Sarah hatte ihn ausgesucht. Gute Wahl, ich hasste es wie auf einem Präsentierteller zu sitzen. Viele ließen sich gleich am Tresen nieder. Aber ich wollte in Ruhe mit Sarah reden und einfach einen schönen Abend verbringen.

Wir tranken unseren dritten Drink und Sarah erzählte mir aus ihrem Leben. Ihre Mimik spielte bei jedem Wort, was sie sagte mit. Zu jedem Thema sah sie anders aus. Sie trug ihre Gefühle nach außen, zumindest wenn sie es zuließ. Gespannt hörte ich ihr weiter zu.

„So", sagte sie und haute ein wenig mit der Faust auf dem Tisch. „Jetzt weißt du fast alles von mir, aber ich nichts von dir."

Ich lachte von dieser Erkenntnis ein wenig auf.

„Da gibt es nicht viel", begann ich zu erzählen. Das von Amal erwähnte ich natürlich nicht. Das ging sie nichts an. „Ich arbeite schon seit ein paar Jahren als Anwalt in der City. Zudem habe ich eine Wohnung, wie du ja weißt, bei deinem Bruder in der Nachbarschaft. Unter der Woche bin ich aber meistens in meiner zweiten Wohnung hier im Zentrum."

„Das ist aber ein kurzer Lebenslauf", stellte sie fest. Ihre Augen verengten sich. Neugierig stocherte sie mit dem Strohhalm in ihrem Drink herum, ohne den Blick von mir zu nehmen.

„Mehr gibt es da nicht zu erzählen", betonte ich ein wenig ernster und nahm einen kräftigen Schluck von meinem Whiskey, um nicht doch von Amal anzufangen.

„Das glaube ich dir nicht. Wie sieht es mit den Frauen aus? Wie kommt, es das du keine feste Freundin hast?"

Fast blieb mir der letzte Tropfen im Hals stecken. Der Alkohol machte sie ganz schön mutig so etwas zu fragen. Bei anderen Frauen ging ich diesem Thema aus dem Weg. Sie wussten von Anfang an oder wenigstens nachdem wir im Bett waren, worauf die Sache mit mir hinauslief.

Sarah legte den Kopf schief, beugte sich etwas vor und flüsterte mir zu.

„Du kannst es mir ruhig sagen. Ich werde es auch nicht meinem Bruder erzählen." Sie zwinkerte mir zu. Auch mein Whiskey hatte mich mutig werden lassen. Und wenn sie es wissen wollte, sollte sie es wissen. Ich lehnte mich ebenfalls in ihre Richtung vor. Wir waren uns so nah das ich ein wenig von ihrem verführerischen Duft empfangen durfte.

„Ich lege keinen Wert auf Beziehungen. Ich wurde mal ziemlich verarscht und seitdem nehme ich die Frauen wie sie kommen. Nur für mich, nur zum Spaß." Die bewusste Bösartigkeit bei meiner Aussage, ließ sogar mich selbst ein wenig fürchten.

Sarah viel zurück in ihren Stuhl und sah mich starr an. Mit der

Antwort hatte sie nicht gerechnet. Nur was hätte ich sonst denn sagen sollen? Dass ich die richtige noch nicht gefunden hatte oder an die wahre Liebe glauben würde?

„Oh", antwortete sie nur.

„Ich hoffe, ich habe dich damit nicht zu sehr erschreckt. Aber so bin ich nun mal", steuerte ich kühl nach. Sichtlich hatte Sarah jetzt eine Maske aufgesetzt. Sie senkte den Blick und lockerte bewusst die kleinen Falten auf ihrer Stirn. Trotzdem konnte ich noch ziemlich gut erkennen das sie etwas beschäftigte.

„Woran denkst du jetzt?", forderte ich sie auf zu erzählen. Ob sie dem wohl nachkam?

Ertappt zeigte sie auf sich.

„Ich? An nichts." Doch so einfach kam sie mir nicht davon. Ich winkte der Kellnerin zu und symbolisierte ihr das ich noch zwei von unseren Drinks haben wollte. Sie nickte mir zu, dann wand ich mich wieder zu Sarah. Ich machte es wie sie gerade und beugte mich ein wenig vor. Vielleicht verstand sie ja die Geste.

„Ich werde es auch nicht weitersagen", interpretierte ich sie von vorhin. Sarah verstand es nicht. Oder viel mehr wollte sie es einfach nicht erzählen, an was genau sie dachte. Ich fuhr etwas zurück und sah sie finster an. Zwar machte mich der Alkohol auch mutig, aber zugleich förderte er auch die negativen Seiten an mir. Mein eh schon kurzer Geduldsfaden, war kaum mehr als ein Docht. Zudem hasste ich es, wenn ich nicht das bekam, was ich wollte. Sarah sah meinen Blick und lenkte tatsächlich ein. Braves Mädchen, dachte ich. Mein

Ego klopfte sich innerlich auf die Schulter.

„Darf ich dich was fragen?", konterte sie. Also gut, sie wollte noch was wissen, dann nur zu. Wenn wir schon gerade so ehrlich miteinander waren, konnte sie mich auch noch was fragen. Und dann hoffte ich, dass sie mir verdammt noch mal erzählen würde was sie gedacht hatte.

Ich nickte ihr also bestätigend zu.

„Hast du bei uns auch so gedacht?" Sie wollte wissen, ob ich auch mit ihr ins Bett wollte. Einerseits fühlte ich mich geehrt, dass sie so etwas dachte, andererseits war sie so überhaupt nicht der Typ von Frau auf den ich stand.

Ich schüttelte umgehend den Kopf. Das reichte ihr jedoch nicht und sie wartete auf eine Erklärung.

„Nein, also es ist schwer zu erklären." Die Kellnerin brachte uns die Getränke. Ich wartete kurz, bevor ich weitersprach. „Du bist hübsch aber, so überhaupt nicht mein Typ. Es ist eher wie Bruder und Schwester zwischen uns."

Sarah

„Das glaube ich dir nicht. Wie sieht es mit den Frauen aus? Wie kommt es, dass du keine feste Freundin hast?" Wie wunderbar locker meine Zunge wurde, wenn ich ein paar Drinks hatte. Das brachte meine natürliche Neugierde noch mehr in Schwung.

Aiden sagte nichts. Ich ging etwas vor und flüsterte ihm zu.

„Du kannst es mir ruhig sagen. Ich werde es auch nicht meinem Bruder erzählen." Mit einem Augenzwinkern schloss ich die ganze Sache ab. Es war lustig mit ihm, das musste ich zugeben. Auch die letzten Stunden waren ausgesprochen unterhaltsam. Er fragte mich immer mehr über mich aus. Sogar bis in meine Kindheit hinein hatte er alles über mich wissen wollen. Da war es doch jetzt nur fair, dass ich auch etwas über ihn erfuhr.

Endlich lenkte er ein und kam mir ebenfalls ein Stück entgegen.

„Ich lege keinen Wert auf Beziehungen. Ich wurde mal ziemlich verarscht und seitdem nehme ich die Frauen wie sie kommen. Nur für mich - nur zum Spaß." Aidens Stimme war ruhig und bedeckt. Er meinte das völlig ernst, was er dort soeben gesagt hatte.

„Oh", entrann mir. Mit der Antwort hatte ich jetzt nicht gerechnet. Waren wir Frauen denn für die Männer nur Gebrauchsgegenstände? Waren tatsächlich alle Männer gleich und sahen uns nur als Mittel zum Zweck? Wenn ich mich an den Tag zurückerinnerte, als ich Aiden das erste Mal begegnet war, waren es an dem Tag allein drei verschiedene Frauen. Hatte er etwa mit allen geschlafen? War Aiden wie John? Lag es vielleicht in der Natur des Mannes nicht bei einer Frau zu bleiben und sich gleich wieder das nächste Freiwild zu suchen? Vielleicht war es ein großer Fehler sich wieder auf John eingelassen zu haben.

„Ich hoffe, ich habe dich damit nicht zu sehr erschreckt. Aber so bin ich nun mal", erklärte Aiden weiter.

Das hatte John auch schon mal zu mir gesagt. So sei er nun mal und er bräuchte den Sex, die Ablenkung. Das hätte er auch anders und mit mir haben können. Diesmal versicherte er mir allerdings, dass es anders war, dass er sich geändert hätte. Gerade nach der Aussage von Aiden, bezweifelte ich dieses sehr.

„Woran denkst du jetzt?", bohrte Aiden nach, nachdem ich in meinen Gedanken versunken war und keine Antwort mehr gegeben hatte.

„Ich?", fragte ich überrascht. „An nichts!", ergänzte ich deutlich.

Er beugte sich etwas vor. Aiden wollte an der Stelle weiter machen, wo der Abend noch nicht den Bach runter gegangen war. Doch jetzt noch die Kurve zu bekommen, war gar nicht so einfach.

„Ich werde es auch nicht weitersagen", flüsterte er. Ich rührte mich nicht. Warum waren alle Männer immer nur auf das eine aus? Wollte Aiden mich etwas auch nur ins Bett bekommen? Ich sah ihn in die Augen und erschrak. Er sah mich böse an. Hatte ich ihn jetzt verärgert? Nun ja zumindest hatte er mir eine ehrliche Antwort gegeben, da war ich ihm das ja auch irgendwie schuldig.

„Darf ich dich was fragen?" Langsam versuchte ich unser Gespräch wieder ins Rollen zu bekommen. Er nickte bestätigend.

„Hast du bei uns auch so gedacht?" Ein Glück verstand er, was ich fragen wollte, ohne es komplett auszusprechen. Er schüttelte den Kopf.

„Nein, also es ist schwer zu erklären." Aiden wartete, bis die Kellnerin die Drinks auf den Tisch gestellt hatte und den Rückzug aufbrach. „Du bist hübsch, aber so überhaupt nicht mein Typ. Es ist eher wie Bruder und Schwester zwischen uns."

Mir klappte der Mund auf. Tränen sammelten sich in meinen Augen. Das hatte er jetzt nicht gesagt. Wie zwischen Bruder und Schwester? Mein Herz krampfte sich zusammen. Wieso reagierte ich so emotional auf diesen Macho vor mir, der jede Frau abschleppte, die Kleidergröße Zero besaß?

„Entschuldige mich.", stieß ich gerade noch hervor. Ich musste für einen Moment hier weg. Schnell stand ich auf und lief auf die Toilette. Ich schloss die Tür hinter mir und lehnte mich mit meiner fast nackten Haut an die kalte Tür. Es war eine fünfzig-fünfzig Chance das er gleich noch da sein würde, wenn ich wiederkäme. Oder er war verschwunden und wir gingen jeder unsere Wege.

Nur ein paar Minuten später hatte ich mich wieder gefangen und lief zurück zum Tisch. Als Aiden mich sah, hätte ich schwören können eine gewisse Erleichterung bei ihm zu sehen.

„Tut mir leid, aber die vielen Drinks." Ob er meine Ausrede schluckte, war mir egal. Doch die Blöße vor ihm zugeben, konnte ich nicht. Das Thema ‚Bruder und Schwester' besprachen wir nicht weiter.

Holpernd kam unser Gespräch wieder in fahrt.

„Was wollte denn John am Montag von dir?", fragte Aiden plötzlich. Mir wurde heiß. Woher wusste er, dass ich mit John telefoniert hatte? Ich nahm den letzten Schluck aus meinem Glas. „Er wollte sich entschuldigen." Die Worte kamen gefestigt aus meinem Mund.

„Das glaubst du ihm doch nicht", setzte er nach, ohne darüber nachgedacht zu haben. Damit lehnte Aiden sich definitiv zu weit aus dem Fenster.

„Woher willst du das denn wissen? Natürlich glaube ich ihm das", fauchte ich zurück. Er funkelte mich an. Wie als würde er mich scannen durchdrang sein Blick mich vollkommen.

„Hast du dich etwa wieder auf ihn eingelassen?" Seine Stimme wurde herrisch. Was fiel ihm ein? Er behandelte mich, als würde ich ihm gehören. Dabei hatte er doch vor wenigen Minuten noch gesagt das zwischen uns nie etwas laufen würde, weil ich nicht in sein Beuteschema passte.

Wütend stand ich auf und zog meine Jacke über. Aiden stellte sich ebenfalls hin.

„Sarah" Auch wenn er unsicher klang, lag noch immer viel Zorn in seiner Stimme.

„Lass mich in Ruhe!", schrie ich ihn an. „Mit wem ich was habe, hat dich überhaupt nicht zu interessieren." Ich drehte mich weg und lief durch die Menschenmenge nach draußen. Aiden kam so schnell nicht nach. Er musste noch die Drinks bezahlen. Das Geld würde ich ihm nächste Woche per Post zukommen lassen. Ohne auf Aiden zu warten, nahm ich mir das nächst beste Taxi und stieg ein.

Am nächsten Morgen lief ich mit meinen drei Ausgeh-Hunden an der Leine durch den Park. Trotz der Drinks von gestern Abend war ich klar im Kopf und mir ging es ganz gut. Aiden hatte noch dreimal versucht mich anzurufen und ein wütendes schnauben auf der Mailbox hinterlassen. Wie konnte dieser Mann mich nur zum einen so umhauen und zum anderen so wütend machen? Ich wusste das ich und er schon gar nicht, irgendetwas für einander empfanden. Und trotzdem waren wir eine gefährliche Mischung, wenn wir aufeinandertrafen. Mein Handy klingelte. John rief an. Mit einem Lächeln nahm ich ab.

„Hallo John", sagte ich erfreut. Endlich etwas Positives heute.

„Hi, Baby." Seine Stimme wirkte rau. Ich war wie Wachs in seinen Händen. Wenn er so mit mir sprach, regten sich in meinem inneren sämtliche Rezeptoren.

„Kann ich später zu dir kommen? Ich habe zwei Karten für das Basketballspiel heute Abend. Lust?" Mein Lächeln wurde breiter. Es war schön das John sich Gedanken machte wie wir Zeit zusammen verbringen könnten. Auch wenn Basketball nicht zu meiner bevorzugten Sportart gehörte, empfand ich das als eine gute Idee. Bevor ich mir noch weiter vor Langeweile den Kopf darüber zerbrach, wie verkorkst die Männer von heute waren, würde ich mit meinem Freund ein wenig Spaß haben.

„Gerne", bestätigte ich.

„Dann bin ich um sieben bei dir. Bis später. Ich freue mich." John legte auf. Er war kein Mann der großen Worte, was ich ja schon von ihm kannte. Zufrieden legte ich ebenfalls auf und setzte meine Gassi Runde fort.

Um Punkt sieben klopfte es an meiner Tür. John war immer pünktlich. Das war etwas, was ich durchaus an ihm zu schätzen wusste.

„Hi", sagte ich noch, während ich die Tür öffnete. Johns lächeln war mir vertraut. Und den Blick, den er in den Augen hatte auch. Er begutachtete mich von oben bis unten, kam dann ein Schritt näher und küsste mich. Der Kuss war von Anfang an wild und zügellos. Seine Hände wanderten hinunter zu meinem Po. Wenn wir jetzt noch zeit gehabt hätten, wüsste ich genau auf, was er hinauswollte.

„Wir müssen los", flüsterte ich und drückte ihn sanft von mir weg. Leicht enttäuscht gab er sich geschlagen.

Wir fuhren mit dem Auto seines Vaters zum Stadion. Es war sehr viel los. Zwar war es nur ein Freundschaftsspiel, waren dennoch viele Fans gekommen. Auf unseren Plätzen angekommen, besorgte John uns etwas zu trinken. Ich nahm Wasser, da ich vom Alkohol gestern genug bekommen hatte. Ich sagte John das ich zurückfahren würde und er gerne etwas trinken konnte. Kurz plagte mich ein schlechtes Gewissen und ich dachte darüber nach John von gestern Abend zu erzählen, doch den Gedanken schob ich schnell wieder beiseite und versuchte mich auf das hier und jetzt zu konzentrieren.

Nach drei Stunden und etlichen Litern Bier später schaffte John es man gerade ins Auto. Nur mit viel Kraft schaffte ich es ihn überhaupt nach oben ins Bett zu bekommen. Ich zog ihm noch schnell die Schuhe aus, als er Sekunden später bereits eingeschlafen war. Müde zog ich mich um und legte mich ebenfalls zu John ins Bett.

Es war bereits elf Uhr durch als ich neben John erwachte. Er war noch immer fest am Schlafen. Sein leises Schnarchen war irgendwie niedlich. Ich beschloss duschen zu gehen und uns etwas zum Mittag zuzubereiten.

„John?" Ich rüttelte ihn vorsichtig an.
„Mhhhh" Er drehte sich um.
„Jooooohn", sagte ich langgezogen und mit viel Gefühl. Ich strich ihm über die stoppeligen Haare und gab ihm einen Kuss auf die Wange. Das rührte mehr in ihm. Er drehte sich zu mir um und nahm mich fest in die Arme. Ich ließ mich auf ihn ein und kuschelte mich an ihn ran. Seine Lippen suchten meine. Ohne Zärtlichkeit packte er fest meine Hüften und drückte sie gegen seine. Ich spürte

sein Glied an meinem Schenkel. Doch war ich schon soweit? Ich hatte ja nicht mal etwas zur Verhütung da. Vorsichtig versuchte ich etwas von ihm weg zu rücken und schlängelte mich aus seinem Griff.

„Komm zurück Baby." Er rieb sich die Augen und setzte sich auf. Als ich John vor mir sitzen sah, machte sich ein unangenehmer Beigeschmack in meinem Mund breit. Bilder von den anderen Frauen schossen mir durch den Kopf. Damals hatte ich über seinen Fake-Facebook-Account, all die Frauen durchgesehen, mit denen er was hatte. Mir war klar, wenn das mit uns wirklich etwas Richtiges werden sollte, brauchte ich noch etwas Zeit um ihn wieder so an mich ran zu lassen.

John setzte sich auf die Bettkante und schaute auf sein Handy. „Verdammt!", rief er und riss mich aus meinen Gedanken. Er sprang auf. „Ich muss los. Ich muss das Auto meinem Dad um zwei zurückbringen. Wieso hast du mich denn nicht früher geweckt?", warf er mir vor. Wie ein angestochenes Huhn lief er von einer Ecke in die andere und suchte seine Sachen zusammen.

„Ich wusste ja nicht", mehr konnte ich nicht sagen. Er nahm mich noch einmal in die Arme und küsste mich fest. Dann war er auch schon verschwunden.

Aiden

Sarah war bereits auf und davon als ich die Bar verließ.

„Fuck!", schrie ich. Einige Leute schauten sich um. Was war nur schiefgelaufen? Der Abend fing so gut an. Das wäre der perfekte Abschluss, um sie endlich aus meinem Kopf zu bekommen. Wieso musste sie sich nur wieder auf diesen verdammten Mistkerl einlassen?

„Mist!", wütend sah ich mich um. Eine großgewachsene blonde Frau stand an der einen Ecke. Mir war klar das sie eine Prostituierte oder eine Escort Dame war. Direkt nach der Sache mit Amal hatte ich häufiger was mit solchen Frauen zu tun. Danach ließ ich es etwas ruhiger angehen und gab mich mit Dates und normalen One-Night-Stands zufrieden.

Ich ging auf sie zu. Sie beachtete mich sofort. Im Moment konnte ich mich nicht darauf konzentrieren jemanden schöne Augen zu machen. Dass was ich wollte war harter, schmutziger Sex.

„Hi Süßer." Bingo. Sie war so eine Dame.

„Wieviel?" Mein Blick verriet ihr, dass ich heute keine Lust auf große Konversationen hatte.

„Fünfzig. Ohne viel Schnickschnack."

Ich nickte, packte sie an der Hand und ging mit ihr zurück in die Bar. Auf der Toilette gingen wir direkt in eine Kabine. Wie mit Natalia in meinem Büro drehte ich sie herum, schob ihren Rock hoch und knallte mit meiner Hand fest auf ihre strammen Backen. Das schien ihr zu gefallen. Sie ließ den Kopf nach hinten fallen und streckte mir noch weiter den Hintern entgegen. Mein Schwanz zuckte. Ich war sowas von bereit. Niemand würde sich über mir stellen. Und ich würde auch nie wieder so stehen gelassen werden. Ich zog das Kondom aus meiner Tasche und mir über den Schwanz. Ruckartig drang ich in die Blondine vor mir ein und fickte sie mit harten Stößen. Als ich kam, zog auch sie sich um mich herum zusammen. Das gab es nur selten, dass auch die Prostituierten einen Orgasmus bekamen. Zufrieden zog ich mich aus ihr zurück. Sie schob sich den Rock herunter und drehte sich zu mir herum. Sie hielt die Hand auf, ich steckte ihr den Fünfziger zu und zog meine Hose hoch. Das Kondom spülte ich noch schnell im Klo herunter, als wir getrennte Wege gingen.

Diese Woche verging überhaupt nicht. Die Frauen, mit denen ich regelmäßig Kontakt hatte, waren weites gehend beschäftigt und somit konnte ich Natalia höchstens in der Mittagspause flachlegen. Die Nächte allerdings verbrachte ich im Moment allein. Meine persönliche Hölle. Sarah und der Abend, an den sie mich hat sitzen lassen, ging mir einfach nicht mehr aus dem Kopf. Ich war drauf und dran ihr eine Nachricht zu schicken. Doch was sollte ich ihr sagen? Meine Wut auf sie war immer noch ziemlich groß. Um so mehr ich darüber allerdings nachdachte, wusste ich, dass es von mir nicht sehr rücksichtsvoll war, so über sie zu herrschen. Sollte sie sich doch auf John einlassen. Sie würde früh genug sehen was sie davon hatte. Nur musste es erst soweit kommen? Durch meine Arbeit hatte ich schon oft mit Paaren zu tun gehabt in denen es zu häuslicher Gewalt kam. Häufig ordneten sich die Frauen den Männern unter und machten das, was sie wollten. Es war beinah wie Gehirnwäsche. Doch wäre Sarah auch so eine? Sie schien mir eine sehr starke Persönlichkeit zu besitzen. Warum würde sie sich wieder auf solch einen Loser einlassen?

Ich nahm mein Handy aus der Tasche und tippte eine SMS.

-Kaffee?-

Es dauerte nicht lange und sie schrieb zurück. Erleichtert nahm ich es wahr das sie mir überhaupt antwortete.

- Viel Arbeit. Nächste Woche. Ich melde mich. Gruß Sarah -

Ihre Nachricht war präzise und klang nicht wütend oder vorwurfsvoll. Dennoch war tief in mir ein Verlangen sie früher zu sehen. Ich antwortete nicht, steckte das Handy in die Tasche und stürzte mich in die Arbeit.

Sarah

Mit dem Handy in der Hand saß ich da. Mich durchfloss ein unangenehmes Gefühl. Zwar freute ich mich das Aiden sich gemeldet hatte, wollte ich ihn noch nicht sehen. Das er mir solche Vorwürfe und Vorschriften gemacht hatte, ging überhaupt nicht. Ich tippte eine SMS zurück. Freundlich und doch direkt. Diese Woche hatte ich so viel zu tun, dass ich sowieso nicht wusste, wann ich abends zu Hause sein würde. Wenn, dann vielleicht nächste Woche. So hatte ich wenigstens etwas Luft, um mir noch mal Gedanken über Aiden zu machen.

Das Wochenende stand vor der Tür.
„Kommst du mit Sarah?" Nancy stand freudig vor mir. Fragend sah ich zu ihr hoch.
„Heute ist Freitag. Wochenende. After-Work-Party?", erläuterte sie schnell.
Ich sah auf die Uhr. Es war bereits halb sieben durch. John und ich waren um sieben bei mir zu Hause verabredet. Wir wollten essen gehen. Angestrengt atmete ich aus.
„Tut mir leid", sagte ich daraufhin zu Nancy „Ich bin mit meinem Freund verabredet."
Sie nickte leicht enttäuscht und ging davon. Sofort packte auch ich meine Sachen zusammen. Mit der U-Bahn waren es lediglich zehn Minuten bis zu mir. Dann hatte ich noch ganze fünf Minuten um

mich fertig zu machen. Ich hatte keine Zeit zu verlieren.

Es klopfte an der Tür. Punkt sieben. Ich hatte es geschafft mir noch schnell mein Schwarzes knielanges Kleid überzuziehen und meine Haare offen in weichen Wellen über die Schultern zu legen. Das Tages-Make-Up hatte ich leicht aufgefrischt.
Während ich die Tür öffnete, schlüpfte ich noch schnell in meine ebenfalls schwarzen Heels. John stand vor mir.
„Wow", raunte er, kam sofort auf mich zu und küsste mich. Er drängte mich leicht zurück in den Raum. Leider konnte ich vorerst nur einen kurzen Blick auf John erhaschen. Er trug ein schwarzes Hemd und eine dunkle Jeans. Und er roch gut. So vertraut.
Ich lachte unter seinen Küssen.
„Wir müssen los", kicherte ich. Er ließ schwerfällig von mir ab. Ich schnappte mir meine Handtasche, John ergriff meine Hand und gemeinsam gingen wir los.

Wir nahmen uns ein Taxi. Heute wollten wir auf unser neu gewonnenes Glück anstoßen, wie John es so gerne nannte.
„Meinst du wirklich wir brauchen eine ganze Flasche Wein?" Ich beugte mich etwas zu ihm rüber und flüsterte meine Frage, damit nicht jeder mithören konnte.
„Klar. Die kriegen wir schon leer." Er zwinkerte mir zu. Würde das so enden wie letztes Wochenende, das er sich volllaufen ließ und ich ihn wieder irgendwie ins Haus kriegen musste? Ich biss mir auf die

Lippen, um meine Gedankengänge nicht laut auszusprechen. Schnell lenkte ich meine Aufmerksamkeit erneut auf die Speisekarte vor mir.

Das Essen war köstlich. Ich trank zwei Gläser Wein, John den Rest der Flasche. Zudem bestellte er sich zum Abschluss noch ein Absacker. Ich verzichtete. Der Wein reichte mir vollkommen aus. Vor dem Restaurant spürte ich, trotz meiner dicken Jacke, dass es immer kälter wurde. Wir gingen mit großen Schritten auf Weihnachten zu. Was mich, mit dem Wein im Blut etwas melancholisch werden ließ. John legte den Arm um mich. Er rieb vorsichtig meine Schulter. Ich schaute schräg hoch und landete direkt in seinem warmen Blick. Es war schön sich so geschützt und aufgehoben zu fühlen. Seine andere Hand legte sich an meine Wange, kurz darauf küsste er mich. Wieder diese wilde Art und Weise. Ich war mit dem Kopf nicht ganz bei der Sache und wäre am liebsten einfach nur in seinen Armen. Diese Aktion zeigte mir jedoch, dass John mehr wollte. Wir waren schon fast zwei Wochen wieder zusammen und hatten noch immer nicht miteinander geschlafen. Wenn er morgen wieder nüchtern war, musste ich mit ihm darüber sprechen das ich noch Zeit brauchte.
Ein Taxi fuhr vor. John bemerkte es erst nicht. Ich löste mich und zog ihn mit mir. Ich wollte nur noch nach Hause in mein warmes Bett.

Im Taxi rückte John dicht zu mir ran. Erneut legte er seine Hand an mein Gesicht und küsste mich. Als unsere Lippen aneinander lagen, fuhr seine Hand herunter und langsam unter mein Kleid. Ruckartig zog ich die Beine zusammen.

„John, nicht", wies ich ihn leise zurecht.

„Baby, du siehst so heiß aus", lallte er. Erst jetzt war ihm der Alkohol deutlich anzumerken. Ich war es nicht gewohnt in der Öffentlichkeit oder überhaupt solche Komplimente zu bekommen und wurde rot.

„John!", herrschte ich ihn etwas an. Er ging ein Stück zurück. Sein Blick war schwer zu deuten. Mir war klar das er ein Nein von mir nicht kannte. Früher war ich immer da und tat immer das, was er wollte. Doch die Zeit nach ihm und das Leben hier in der Stadt hatten mich verändert. Das war die neue Sarah. Damit musste er klarkommen oder eben nicht.

Als ich den Gedanken zu Ende gedacht hatte, hielt das Taxi bereits vor meiner Wohnung an. John bezahlte es schnell, ging ums Taxi herum und öffnete mir die Tür. Trotz Abweisung war er also immer noch höflich. Diese Haltung zeigte mir, dass er sich tatsächlich geändert hatte.

Ich zog den Schlüssel aus meiner Handtasche und schloss die Tür auf. John stand hinter mir und schob mich praktisch in die Wohnung. Mit einem etwas zu lautem Knall fiel die Tür ins Schloss. Um ein wenig Raum zu gewinnen, ging ich etwas zur Seite. John musterte mich. Er war angespannt und das Funkeln in seinen Augen war mörderisch. Es freute mich und machte mich auf gewisse Art und Weise stolz, das er gerade für mich so empfand.

„Soll ich dir mit dem Kleid helfen?" Das Lallen in seiner Stimme war jetzt nicht mehr zu überhören. Dennoch nahm ich die Hilfe dankend an. Ich streifte mir die Schuhe von den Füßen und drehte mich herum. Johns Finger begannen zärtlich mir über den Rücken zu fahren. Ich war so verspannt und ließ den Kopf auf meine Schulter fallen. Mit geöffnetem Reißverschluss wollte ich soeben einen Schritt in Richtung Badezimmer machen, als John mich an den Hüften zurück hielt.

„John, nicht. Ich möchte mich umziehen", sagte ich deutlich. Er reagierte nicht. Seine Hände hielten mich nur noch fester. Ein wenig panisch ging ich nach vorne und verschränkte meine Arme vor der Brust, damit mir das Kleid nicht ganz nach unten rutschte.

„John, ich möchte nicht." Meine Stimme wirkte selbst in meinen Augen zu leise. Mit bedrohlichem Blick kam John auf mich zu.

„Komm schon Baby. Du kannst mich hier nicht so heiß machen und dann stehen lassen." Nervös ging ich noch einen kleinen Schritt zurück. Was warf John mir da vor? Er sollte mir doch lediglich bei dem Reißverschluss helfen. Die Angst trieb mich weiter in die Enge, bis ich mit dem Rücken an der Wand stand. John kam näher. Ohne Rücksicht, auf das was ich wollte, begann er mich zu küssen. Ich versuchte ihn mit meinen Händen zurück zu drücken. Er rührte sich keinen Zentimeter. Seine Lippen glitten weiter über meinen Hals hin zu meinem Dekolleté. Mir fehlte die Luft und mein Atem wurde flacher. So gut ich konnte begann ich auf seine Brust und Schultern einzuhauen. Irgendwie ihn auf mich aufmerksam machen, dass er von mir abrücken sollte. Anstatt jedoch von mir abzulassen, schürte das die Wut in ihm. Er hörte auf mit seinen schmierigen Küssen und schnappte sich meine Handgelenke. Der Schmerz zwang mich leicht in die Knie. Sein Blick dazu trieb mir die Tränen in die Augen. Auch die Kraft, mit der er zupackte, übersäte meinen gesamten Körper mit Schmerzen. Was hatte er nur vor?

„Wir sind ein Paar", presste er schnaubend hervor. „Du willst doch das ganze Paket. Also bekommst du es auch."

Ängstlich sah ich zu ihm hoch. Johns Blick wurde von Sekunde zu Sekunde finsterer. Plötzlich zog er mich an den Handgelenken ruckartig ans andere Ende meiner kleinen Wohnung und schmiss mich aufs Bett.

„Hör auf!", schrie ich nur. Wie ein Opfer lag ich da. Um nicht weiter in seiner Schusslinie zu geraten, richtete ich mich, so schnell es ging auf. John war jedoch schneller. Er schubste mich so doll zurück das ich mit dem Kopf am Bettgestell anstieß. Ein Donnern flog mir durch den Kopf. Im nächsten Augenblick war ein unglaubliches Gewicht auf mir drauf. Ich versuchte, um mich zu schlagen und nach Hilfe zu schreien, fehlte mir doch die Luft. Mit seinen Händen hielt er meine Hände erneut an den Handgelenken fest, dass ich mich nicht wehren konnte. Dann spürte ich noch wie seine Hüften mein Kleid hochschoben und er hart in mir eindrang.

Mein Körper verkrampfte. Jeder Stoß von ihm zerriss mich innerlich. Ich wusste nicht, wie lange ich dagegen ankämpfte. Es fühlte sich an wie Stunden. Als er schließlich fertig war, ließ er meine Hände los und rollte sich auf die Seite. Zitternd drehte ich mich ebenfalls auf die Seite, zog die Beine an und blieb einfach liegen. Die Tränen flossen stumm über meine Wangen. War das wirklich gerade passiert? Das hier konnte nur ein Traum gewesen sein. Schließlich war John mein Freund und gerade dieser sollte mich soeben vergewaltigt haben? Neben mir begann John zu schnarchen. Ich ergriff die Gelegenheit und stand leise aus dem Bett auf. Meine Hände schmerzten. Vorsichtig ging ich rüber zum Badezimmer. Mein Unterbauch verkrampfte sich. Die Schmerzen trieben mir erneut die Tränen in die Augen. Jedes Schmerzsignal, welches durch meinen Körper fuhr, zeigte mir, dass diese Hölle kein Traum war.

Ziellos lief ich durch die Dunkelheit. Selbst die Straßenlaternen waren ausgegangen, so spät war es bereits. In einer Jeans, meinem Sweatshirt und Turnschuhen wurde mir langsam richtig kalt. Doch ich nahm es dankend an. Es war ein anderer Schmerz. Besonders meine rechte Hand, in der ich meine Handtasche hielt, begann zu pochen.
Was tat ich hier überhaupt? Wo sollte ich nur hin? Zu meinem Bruder konnte ich nicht. Der war mir Christin im Urlaub. Meine Eltern waren hunderte von Kilometern weg. Nancy konnte ich mich

nicht anvertrauen. Würde ich so spät bei ihr auftauchen, kämen nur unangenehme Fragen auf. Es mir einfach zu peinlich. Und zurück in meine Wohnung war die letzte ausweglose Möglichkeit. John hielt sich dort auf und schlief. Im wachen Zustand wollte ich ihm erst recht nicht begegnen. Eine weitere Welle Tränen liefen mir über. Was war ich doch bescheuert zu denken er würde sich ändern? Nur weil ich blöde Kuh so naiv war und sich einlullen lassen hatte, war das alles passiert. Aiden hatte recht gehabt. Wieso hatte ich nicht einfach auf ihn gehört?

„Aiden", flüsterte ich. Als wir essen waren, sagte er mir das er eine Wohnung in Lenox Hill hatte damit der Weg zur Arbeit in der Woche nicht so weit wäre. Die genaue Adresse war 3004 oder 3001. Ja, ich war mir ziemlich sicher das es 3001 war. Umgehend steuerte ich die nächste Möglichkeit an, wo ein Taxi zu finden war. Mit Glück bekam ich sofort eins, gab dem Taxifahrer die Adresse und ließ mich hinbringen. War dies hier richtig? In letzter Zeit hatte ich mit meinen Entscheidungen schon so oft falsch gelegen. Besonders nach unserem Treffen in der Bar. Die Stimmung zwischen uns war am Ende durchaus komisch. Mir bleib jedoch leider keine andere Wahl. Ich musste es versuchen. Hoffentlich wäre Aiden überhaupt zu Hause. Wenn er überhaupt in der Stadt schlief. Vielleicht war er in seinem Haus in Green Village? Ich musste es einfach versuchen. Mir bleib keine andere Wahl.

Aiden

Zwar kostete es mich eine Stange mehr Geld, die Escort Damen über Nacht zu behalten, doch blieb mir nichts anderes übrig. Ich musste mich völlig verausgaben, damit überhaupt an schlaf zu denken war. Praktisch war allerdings, dass die Kosten dafür über meine Kreditkarte bezahlt werden konnten. So musste ich nicht immer so viel Bargeld mit mir mitschleppen. Mein Hirn beschäftigten sich noch eine ganze Weile mit sinnlosen Gedankengängen. Noch immer lag ich wach im Bett. Die schwarzhaarige Frau neben mir rekelte sich, was allerdings nur für einen kurzen Moment meine Aufmerksamkeit in Anspruch nahm. Ich hatte ihr eine kleine Erholungspause versprochen, bevor wir in die nächste Runde gingen. Es reichte mir noch immer nicht. Ich war noch immer nicht müde und auf Tabletten hatte ich keinen Bock. Sex war das gesündeste und zudem auch befriedigendste Mittel um müde zu werden.

Es klopfte an der Tür. Fragend sah ich zur Uhr. Es war kurz nach zwei Uhr mitten in der Nacht. Wer war das? Pamela oder Paula, wie auch immer drehte sich zu mir und öffnete die Augen.

„Erwartest du noch jemanden?" Ihr Stimme klang belegt. Ohne ihr zu antworten, stand ich auf, zog mir meine Jeans über und ging zur Tür. Diese Unterbrechung kostete mich Konzentration, die ich viel lieber für die nackte Frau in meinem Bett gebrauchen konnte. Wenn das jetzt nicht wichtig wäre, bekam derjenige, große Probleme mit mir.

Noch einmal fuhr ich mit der Hand durch meine kurz geschorenen Haare und öffnete die Tür. Zuerst war niemand zu sehen. Genervt ging ich einen Schritt aus der Tür, um einen weiteren Einblick in den Flur zu bekommen. Was ich dann sah versetzte mir einen Schlag in den Magen.

„Sarah", kam mir erschrocken über die Lippen. Die Frau vor mir sah hoch. Es war tatsächlich Sarah. Doch so hatte ich sie noch nicht gesehen. Ihre Haare waren wild durcheinander. Zudem trug sie eine Jeans mit Turnschuhen und einem dünnen Sweatshirt. Bei der Kälte draußen musste sie fast erfroren sein. Wie konnte sie nur so unverantwortlich sein und sich nicht richtig anziehen? Ihre Augen waren gerötet. Sie hatte geweint und das nicht wenig.

„Aiden", kam kläglich aus ihrem Mund. Ihre Lippen bebten weiter, als sie bereits zu Ende gesprochen hatte. Ihr ganzer Körper begann darauf hin ebenfalls zu zittern. Auch wenn ich nur meine Jeans anhatte, ging ich direkt auf sie zu.

„Sarah, was ist denn passiert? Was ist los?" Sie ließ den Kopf fallen. So vorsichtig ich konnte legte ich einen Finger unter ihr Kinn und zwang sie, trotz ihrer desorientierten Lage, mich anzusehen. Sie sagte nichts. Ungewollt sah ich sie wütend an.

„Sag mir bitte was passiert ist. Wurdest du überfallen?" Sofort schüttelte sie den Kopf.

„Kommst du auch noch mal zurück?", rief die Pamela, Paula, P was auch immer aus der Wohnung. Sarah Augen weiteten sich. Peinlich berührt sah sie zur Wohnungstür, aus der die Stimme kam, und wieder zurück zu mir. Umgehend ging sie einen Schritt zurück und wischte sich die Tränen fort.

„Es, oh, es tut mir leid", begann sie sich zu entschuldigen. „Ich wollte nicht. Du hast Besuch. Es tut mir leid." Ungeschickt drehte sie sich um und wollte gerade gehen. Ich fasste sie instinktiv am Handgelenk, um sie zu stoppen. Die Frau in meiner Wohnung war mir jetzt egal. Sarah brauchte Hilfe und das jetzt. Bei meiner Berührung fuhr sie leicht zusammen und zog vor Schmerzen scharf Luft ein. Sofort löste ich mich von ihr.

„Was" Ich beschloss nicht mehr zu fragen, sondern nahm vorsichtig ihre Hand hoch und schob das Shirt zurück. Dunkle Flecken, einige sogar leicht blau, zeichneten sich an ihren Handgelenken ab. Das kam mit Sicherheit nicht von meiner Berührung gerade. Die Puzzleteile setzten sich in meinen Gedanken zusammen. Sie bestätigte mir, dass es kein Überfall war. Also blieb nur noch eine Person offen.

„War das John?", presste ich hervor. Ihre eh schon geröteten Augen füllten sich mit neuen Tränen. Ich hatte mit meiner Vermutung richtig gelegen. Meine Hände ballten sich zu Fäusten. Was hatte er nur mit ihr gemacht? Dieses Schwein würde ich mir schnappen.

„Komm", sagte ich so sanft wie es mir in meiner Wut möglich war. Vorsichtig, da ich nicht genau wusste, wo sie noch verletzt war, legte ich ihr eine Hand auf den Rücken und führte sie in meine Wohnung. Sarah stoppte.

„Aber, aber dein" Ihr Atem war unregelmäßig.

„Der ist nicht wichtig und gleich verschwunden", sagte ich ohne andere Wege in Betracht zu ziehen. Wie gerufen kam die schwarzhaarige Frau um die Ecke und schaute sich komisch um.

„Zieh dich an und verschwinde", befahl ich ihr, ohne einen weiteren Blick auf sie zu legen. P fragte nicht weiter nach, sondern packte ihre Sachen zusammen und verschwand. Sarah sah die meiste Zeit auf den Boden. Es war ihr unangenehm mich hier zu stören. Doch wusste sie nicht, wie egal mir die Frau war. Sarah war im Moment wichtiger als alles andere.

P wie auch immer, verließ meine Wohnung so dass wir endlich alleine waren.

„Komm, setz dich." Noch immer mit der Hand an ihrem Rücken, wo sie anscheinend keine Verletzungen hatte, führte ich sie ins Wohnzimmer. Gemeinsam setzten wir uns auf die Couch. Ich beschloss ihr ein bisschen Luft zu lassen und setzte mich auf den Tisch vor ihr, so dass ich sie genau beobachten konnte. Sarah sah runter auf ihre Hände.

„Sarah", sprach ich sie vorsichtig an. Sie hatte Schmerzen. Das sah ich sofort. Was hatte der Idiot nur mit ihr angestellt?

„Bitte, du musst mir erzählen, was passiert ist. Hat er dich geschlagen?"

Es dauerte einen Moment, bis Sarah leicht nickte und die Arme vor der Brust verschränkte. Ich kam mir vor wie auf der Arbeit. Ich musste bestimmte Fragen stellen, auf die selbst ich lieber keine

Antwort gehabt hätte. Aber was, wenn er ihr wirklich noch mehr Leid zugefügt hatte? Ihre Augen fixierten die meine, grün traf auf grün.

„Ist noch mehr passiert", hackte ich umgehend nach. Schüchtern wich sie meinen Blick aus. Sie wurde rot, es war ihr alles so peinlich. Hilflos senkte sie erneut den Blick.

„Sarah" Ein weiteres Mal bekam ich ihre Aufmerksamkeit. Wieso konnte sie nicht einfach sagen, was passiert war? Die Wut in mir, diesem Arsch gegenüber, wurde immer größer. Ich atmete lange aus, bevor ich die schlimmste Frage stellen musste, bei der ich betete, Sarah würde es verneinen.

„Hat er dich angefasst?" Die nächtliche Stille von der Stadt, von meiner Wohnung schien nach dieser Frage noch erdrückender geworden zu sein. Sarahs Augen vielen schließlich zu. Sie schlug die Hände vors Gesicht und weinte bitterliche Tränen.

„Hey", versuchte ich sie aufzufangen. Sanft strich ich ihr über die Schultern. Sarah weinte weiter.

„Ist er noch weiter gegangen? Hat er dich etwa?" Sie nickte mehrfach und weinte schluchzend weiter.

Scheiße! Schrie ich innerlich laut auf. Was dachte der sich da nur bei? Wie konnte man einer Frau nur so etwas antun und sie so brechen? Reflexartig setzte ich mich auf die Couch, legte fest den Arm um sie und drückte sie an mich ran. Sie ließ es ohne Probleme zu.

„Alles wird wieder gut. Alles wird wieder gut." Immer wieder wiederholte ich die Worte. Wieder und wieder strich ich ihr die langen dunklen Haare glatt. Mir fiel auf das sie eine Platzwunde am Hinterkopf hatte. Was hatte er nur noch alles mit ihr gemacht? In meinem Kopf tobte ein wilder Sturm. Diverse Szenarien was ich mit dem abgefuckten Arsch anfangen würde, bildeten sich. Bestimmt eine halbe Stunde später hatte sie sich soweit beruhigt, dass sie die Tränen einigermaßen stoppen konnte. Sie löste sich von mir und kam langsam wieder zu Atem.

„Entschuldige", sagte sie brüchig und schniefte in ein Taschentuch.

„Du brauchst dich nicht zu entschuldigen. Geht's wieder einigermaßen?", frage ich nach. Meine gesamte Muskulatur war dermaßen angespannt, dass ich gerade für Sarah wie ein Brett gewirkt haben musste als sie sich an meiner Schulter ausgeweint hatte.

Sarah nickte kurz.

„Ich, ich", mehr konnte sie gerade nicht sagen. Sie war zusehend verwirrt. Den Arsch von John würde ich in Grund und Boden prügeln. Ich wollte mir gar nicht ausmalen, wie es ihr im Moment ginge. Mein Anwalts-Ich schaltete sich ein. Ich konnte es nicht einfach so ignorieren und malte mir im Hinterkopf bereits eine Strategie aus, wie ich John für den Rest seines Lebens hinter Gittern bringen würde. Dafür mussten wir allerdings zum Arzt. Es war wichtig alles fürs Gericht festzuhalten.

„Sarah, hör mir bitte zu", sprach ich sie direkt an. Sie schaute mich durch ihre roten Augen an. Noch immer mit meiner Hand an ihrem

Rücken erklärte ich ihr die Notwendigkeit.

„Wir müssen ins Krankenhaus fahren. Wir müssen dich untersuchen lassen und dann musst du zur Polizei und das Schwein anzeigen." Kaum ausgesprochen schüttelte sie bereits hektisch den Kopf.

„Nein, nein, nein. Kein Krankenhaus", wimmerte sie. Die Panik stand ihr ins Gesicht geschrieben. Mit weit aufgerissenen Augen flehte sie mich förmlich an.

„Aber willst du, dass er so davon kommt? Wir müssen was dagegen tun." Hatte ich gerade wirklich wir gesagt? Wieso mischte ich mich immer wieder in ihre Dinge ein, die mich eigentlich überhaupt nichts angingen? In dieser Sache allerdings konnte ich sie nicht alleine lassen. Aus irgendeinem Grund war sie zu mir gekommen. Sie brauchte meine Hilfe. Ich ließ ebenfalls kurz den Kopf sinken, atmete tief durch und schaute sie an. Ihr Blick war wieder auf ihre Hände gerichtet.

„Es ist leider so das du vor Gericht, wenn du dich nicht ärztlich untersuchen lässt, die nicht viel machen können."

Ohne mich anzusehen, betrachtete ich Sarah, wie sie sichtlich darüber nachdachte, was ich soeben gesagt hatte.

„Ich", sagte sie leise und ließ den Kopf stumm in ihre Hände zurück fallen. Sie war erschöpft und kraftlos. Sie war gerade nicht in der Lage solch eine Entscheidung zu treffen. Ich legte sanft den Arm um sie. Bei der plötzlichen Berührung zuckte sie zusammen und fuhr mit dem Kopf hoch. Nachdem sie sich kurz vergewissert hatte, dass ich es war der neben ihr saß, kam sie näher und legte ihren Kopf an meine Schulter.

„Sarah. Bitte", redete ich weiter auf sie ein. Es war mir persönlich ein wichtiges das sie sich mit allen mitteln zur Wehr setzte. Und wenn alles überstanden war, würde ich mir dieses Schwein noch persönlich vornehmen. Ohne Zeugen, versteht sich.

Sarah verharrte in meinen Armen und rührte sich nicht. Erst als ich zu ihr heruntersah, setzte sie sich auf. Ihr Erscheinen war noch immer leidend und elendig. Doch sie wirkte ein wenig gefestigter.

„Kannst du bitte mitkommen?" Erleichternd nahm ich ihre Frage entgegen und drückte sie sanft an mich heran.

„Natürlich", flüsterte ich bestätigend. Unter meinen Händen war die abfallende Anspannung praktisch zu spüren, die Sarah umgab. Noch eine ganze Weile saßen wir einfach so da, bis Sarah von sich aus sich löste und wir gemeinsam den Weg in die Klinik antraten.

Sarah

Ich dachte lange über die Worte, nach welche Aiden gerade zu mir
sagte. Und er hatte recht. Vor Gericht würde ich so damit nicht
durchkommen. Aber würde ich John überhaupt Anzeigen können?
Ich konnte mir ja noch nicht mal einen Anwalt leisten. Vielleicht
würde Aiden mir eine Art Freundschaftspreis machen. Mir fielen die
Augen zu. Bei dem was mir die letzten Stunden alles widerfahren
war, wollte ich irgendwie doch am liebsten allein sein. Und in
meinem jetzigen Zustand sollte ich auch noch Entscheidungen
treffen? Jemand fasste mich am Rücken. Erschrocken mit der Angst
John erneut vor mir zu finden, fuhr ich hoch. Erleichtert stellte ich
fest das ich noch immer bei Aiden war. Aiden war bei mir, er war
für mich da. Erschöpft ließ ich mich an ihn heran sinken. Mit dem
Kopf zwischen seiner Schulter und Brust hörte ich seinen
Herzschlag. Er schlug viel zu schnell und trotzdem beruhigte es
mich.
„Sarah. Bitte", flüsterte er. Ich wusste, worauf er hinauswollte. Und
er hatte Recht. Ich musste es wenigstens Aufnehmen lassen.
Ich lehnte mich ein Stück zurück. Da Aiden eh schon alles wusste,
wollte ich ihn gerne dabeihaben, damit er den Polizisten oder den
Ärzten wenigstens etwas erzählen konnte, wenn ich nicht mehr
weitersprach.
„Kannst du bitte mitkommen?" Er bestätigte meine Frage mit einer
Umarmung und einem leisen - Natürlich - an meiner Wange.

Auf dem Weg zum Krankenhaus hielt Aiden meine Hand. Er stand mir wirklich bei. Doch warum tat er das?

„Aiden, wieso tust du das für mich?", fragte ich meine Gedanken direkt heraus. Mir war jetzt nicht nach Rätselraten. Er konzentrierte sich auf die Autofahrt und suchte parallel nach den passenden Worten.

„Das ist selbstverständlich." Mehr sagte er nicht. Kurz darauf waren wir am Krankenhaus angekommen. In der Nacht leuchtete der Eingangsbereich des Krankenhauses wie ein Konzertsaal auf. Mein Kopf begann zu pochen. Wollte ich das hier wirklich? Hitze kam in mir auf. Hecktisch sah ich rüber zu Aiden.

„Ich glaube, ich kann das hier doch nicht. Mir würde doch sowieso niemand glauben. Sie würden es so dastehen lassen das ich es wollte. Außerdem konnte ich mir eh keinen Anwalt leisten und", ich begann viel zu schnell zu atmen. War das der Beginn einer Panikarttake?

„Sarah!" Aiden herrschte mich in seiner bekannten Art und Weise an. Doch momentan war ich ihm dafür dankbar. Er holte mich auf den Boden der Tatsachen zurück. Was jedoch dazu führte, dass ich meinen kompletten Körper zu spüren begann. Mir tat alles so weh. Frische Tränen bahnten sich an. Aiden rückte ein Stück auf mich zu.

„Wir kriegen dieses Schwein schon hinter Gittern. Wegen dem Anwalt mach dir keine Sorgen. Ich würde das gerne für dich übernehmen." Aiden bot seine Dienste auch jetzt ganz selbstverständlich an. Die Last in meinem inneren wurde ein kleines Stück leichter. Ich schluckte schwer und sah erneut rüber zum Krankenhauseingang.

Ein letzter Blick in Aidens Gesicht und mir war klar, wenn ich diesen Weg hier wählen würde, gäbe es kein zurück mehr.

„Danke", flüsterte ich leise.

Er nickte leicht und lächelte mich an. Ein kleines Grübchen bildete sich auf seiner Wange, an der sein Mundwinkel sich hochzog. Aiden vergeudete keine weitere Zeit, stieg aus, ging um das Auto herum und öffnete mir die Tür. Zärtlich streckte er mir die Hand entgegen. Ich ergriff sie und zog mich aus dem Auto. Während wir in das Gebäude liefen, wurde mein innerliches Gefühl immer schlechter. Auch wenn sich mein Körper komplett gegen all das hier wehrte, musste ich es durchziehen. Aiden legte einen Arm um mich und bot mir Schutz.

„Lass uns weiter gehen", forderte er mich auf. Ohne es gemerkt zu haben, war ich stehen geblieben. Mit Aidens Hilfe lief ich das letzte Stück ins Krankenhaus.

Viele Leute liefen an uns vorbei. Aiden steuerte mich in Richtung Empfangstresen. Sein Arm hielt mich die ganze Zeit fest. Würde er jetzt loslassen könnte ich nicht dafür garantieren, nicht einfach weg zu rennen. Eine junge rothaarige Schwester saß vor uns.

„Hallo. Wie kann ich ihnen Helfen?", fragte sie, trotz der Hecktick hier, freundlich nach. Erst als sie den Kopf hob und uns genau ansah, oder vielmehr mich, veränderte sich ihr Blick. Mir wurde schlecht. Es war mir sehr unangenehm jetzt schon solch eine Aufmerksamkeit zu bekommen.

Aiden sah ebenfalls kurz zu mir rüber. Ich verschränkte fester die Arme vor meiner Brust. Dann übernahm er das Reden für mich. „Es geht um Sarah. Sie wurde heute von ihrem Freund vergewaltigt. Sie muss bitte untersucht werden." Als Aiden es aussprach, spürte ich, wie mir schummerig wurde. Irgendwie hatte die eine Hälfte meines Gehirns gehofft, das es sich hierbei doch um einen Traum handelte. Die Hoffnung darin wurde mir sofort genommen. Ich sackte leicht zusammen. Aiden stärkte sofort seinen Griff. Er setzte mich auf einen Rollstuhl. Wo auch immer der herkam. Eine andere Schwester schob mich sofort in ein Zimmer. Es drehte sich noch immer alles. Die Schwester half mir hoch, legte mich auf eine Liege und schob mir ein Kissen unter die Knie. Doch das einzige was mich gerade Interessierte war Aiden. Wo war er nur? Ich konnte ihn nicht sehen. Er wollte mich nicht allein lassen und jetzt war er weg? Nervös versuchte ich die Bilder vor mir klar zu erkennen. Plötzlich faste eine wohlig warme Hand die meine. Erleichtert das Aiden tatsächlich noch hier wäre, schloss ich für einen Moment meine Augen, um mich zu sammeln.

„Sarah, kannst du mich hören?", fragte er nach. Es tat mir weh, denn seine Stimme klang besorgt. Nur meinetwegen machte er sich so viele Sorgen. Ich schlug die Augen erneut auf. Endlich blieben auch die Bilder um mich herumstehen.

Links von mir sah ich Aiden stehen. Das grelle Licht in diesem Raum ließ ihn erstrahlen. Wow, sah er gut aus. An diesen Anblick könnte ich mich gewöhnen.

Die Tür ging auf und riss mich aus meinem Wunschtraum.

„Hallo", erhellte den Raum. Eine nett klingende Frau im weißen Kittel kam herein. Ich wollte mich aufsetzten, als Aiden mich zurückdrückte. Eine Schwester huschte um die Liege herum und stelle die Rückenlehne höher, so dass ich aufrechter saß.

„Wie geht es ihnen? Können sie mich hören?" Mit einem Klemmbrett in der Hand stand sie vor mir. Ich bestätigte ihre Frage mit einem nicken.

„Sie sind zu uns gekommen, weil man sie vergewaltigt hat?" Die Stimme der Ärztin wurde deutlich leiser. Die Frage war selbst ihr unangenehm. Auch das bestätigte ich mit einem kleinen nicken. Umgehend darauf wand sie sich Aiden zu.

„Würden sie dann bitte draußen warten? Wir würden ihre Freundin gerne untersuchen." Auch wenn sie dabei war Aiden raus zu schmeißen, klang die freundlich aber bestimmend. Ich sah hoch zu Aiden und schluckte schwer. Mir war klar das er bei der Untersuchung nicht dabei sein konnte, doch musste das jetzt schon sein. Erstaunlicherweise widersprach er nicht, obwohl er doch sonst so ein Kontrollfreak war.

Aiden schaute zu mir runter. Das grün seiner Augen verankerte sich mit meinem.

„Ich werde draußen auf dich warten", sagte er, als würde er mir damit einen unsichtbaren Schutzmantel dalassen.

Als Aiden draußen war, sollte ich zunächst erzählen, was genau
passiert war. Die Ärztin vor mir hatte sehr viel Geduld mit mir. In
meinem Kopf wurden die Bilder im schnellen Tempo abgespielt. Es
jedoch zu erzählen dauerte umso länger. Es war nur schwer auf
Pause zu drücken und daraufhin alles zu beschreiben.
„Entschuldigung", sagte ich nach ein paar Sätzen. Tränen liefen mir
über die Wangen.
„Sie müssen sich bestimmt nicht entschuldigen. Wir machen einfach
ganz langsam weiter." Es fühlte sich falsch an. Wobei das alles hier
sich falsch anfühlte. Überhaupt die Tatsache, was John getan hatte,
fühlte sich falsch an. Nach weiteren quälenden Minuten war ich
fertig mit erzählen.
„Ich muss sie jetzt noch untersuchen. Das ist wichtig, um die
Spuren zu sichern und die Verletzungen zu dokumentieren." Der
Tonfall der Ärztin wirkte anders. Es war, als würde sie genau
wissen, wovon sie sprach.
Ich nickte zustimmend. Die Ärztin und die Schwester halfen mir aus
meinem Sweatshirt. Als an meinem Oberkörper nichts zu sehen
war, sondern nur an meinen Handgelenken, durfte ich umgehend
mein Shirt wieder anziehen. Die Schwester machte noch Fotos von
meinen Handgelenken. Das war mir alles so unangenehm.
„Und jetzt muss ich sie einmal gynäkologisch untersuchen", erklärte
die Ärztin die weiteren Schritte. Ich stand von der Liege auf. Der

Raum begann sich leicht zudrehen. Die Schwester neben mir stützte mich.

„Wir machen ganz langsam", flüstere sie mir zu. Dankbar für die Hilfe, nickte ich. Gesprochen hatte ich für heute genug. Ich wollte lediglich nach Hause.

Während ich auf der Liege lag und die Ärztin ihre Untersuchungen durchführte, versuchte ich mich in Gedanken woanders drauf zu konzentrieren. Mir kam der erschreckende Gedanken, dass ich keinen Platz hatte, wo ich heute Nacht überhaupt schlafen konnte. Meine Wohnung war der letzte Ort, den ich im Moment sehen wollte. Würde ich dort jemals wieder mit einem guten Gefühl hin zurückkönnen? Heiße Tränen liefen mir über die Wangen. Auch von meinen Verletzungen im unteren Bereich wurden Fotos gemacht. Unverzüglich danach durfte ich, mit Hilfe der Schwester, mich wieder anziehen.

„Die Kopfwunde müssen wir noch nähen. Ansonsten haben sie es fürs Erste geschafft. Es wäre ratsam sich einen Psychologen vorzustellen. Nur damit sie sich aufgehoben fühlen. Er hilft ihnen mit dem erlebten umzugehen." Die Ärztin redete und redete. Schon vor wenigen Minuten hatte ich bereits abgeschaltete und bekam kaum etwas von dem mit, was sie sagte. Als sie ruhig war, fiel mir nur ein Wort ein.

„Aiden", flüstere ich und schaute auf. Die Schwester schenkte mir ein kleines Lächeln.

„Ich hole ihn", sagte sie und machte sich sofort auf den Weg. Die Ärztin zog sich neue Handschuhe über und begann ein Näh-Set bereit zu stellen. Parallel dazu, ging die Tür auf. Aiden kam rein. Ich sah ihn erleichtert an. Er hatte tatsächlich auf mich gewartet. Traurig musste ich hingegen feststellen, dass er geschafft aussah. Als sich unsere Blicke trafen, versuchte er angestrengt zu lächeln. Ich war ihm so dankbar das er heute bei mir war. Wie konnte ich das nur wieder gut machen?

„Ich hoffe sie können Blut sehen", sprach die Ärztin zu Aiden. Doch dieser reagierte nicht. Unsere Blicke ließen einander nicht mehr los. Es fühlte sich wie fliegen an, ohne zu wissen, wo die Reise hinging.

Aiden

„Wie lange dauert das denn?", zischte ich zwischen den Zähnen
hervor. Nervös schaute ich auf meine Uhr. Ich stand bereits
zwanzig Minuten auf dem Gang vor dem Untersuchungszimmer.
Die Wut in mir stieg mehr und mehr. Noch immer konnte ich nicht
begreifen, wie man überhaupt jemanden so etwas antun konnte.
Vielleicht lag es daran das ich schon viele Urteile mitbekommen
hatte, wo genau so etwas oder noch Schlimmeres, passiert war und
nichts oder nur wenig unternommen wurde. Angestrengt atmete ich
aus und strich mir durch die kurzen Haare.
Die Tür ging auf. Automatisch hob ich meinen Kopf.
„Sie können jetzt wieder hereinkommen", bat mich die junge
Schwester von eben herein. Noch nicht einmal zu Ende gesprochen,
lief ich schon an ihr vorbei. Sarah lag in ihrem viel zu großen
Sweatshirt auf der Liege. Mir fielen sofort ihre Augen auf. Das
Strahlen, welches sich sonst über ihr gesamtes Gesicht eröffnete,
war erloschen. Ich hoffte inständig das es bald wieder zum
Vorschein kommen würde. Leer blickte sie weiter in meine Augen.
Erst als ich näherkam und doch ein paar kleine Reaktionen sehen
konnte, wusste ich, dass sie es schaffen würde.
„Ich hoffe sie können Blut sehen", sagte die Ärztin plötzlich in
meine Richtung. Ohne den Blick von Sarah zu nehmen, nickte ich
nur. Als die Ärztin die Spritze ansetzte, kniff Sarah schmerzlich die
Augen zusammen. Ich konnte es fast fühlen, wie sie empfand. Ich

hatte früher so einige Schlägereien hinter mir und saß somit oft im Krankenhaus zum Nähen. Doch das war schon lange Vergangenheit.

„So wir sind dann fertig", sagte die Ärztin abschließend. Sie ging um Sarah herum und half ihr sich aufzusetzen.

„Ich bitte sie wirklich, auch als persönliches Anliegen, gehen sie zur Polizei. Sagen Sie die Beweismittel liegen bei uns, dann wird alles in die Wege geleitet." Es war gut zu hören, dass Sarah das auch mit Nachdruck noch einmal gesagt wurde. Sarah nickte leer. Selbst der kleine Funken in ihren Augen war auch jetzt nicht mehr zu erkennen.

Die Schwester überreichte der Ärztin noch etwas, das sie direkt weiter an Sarah gab.

„Das hier", sie hielt eine Packung in die Luft „sind Schmerzmittel. Sie können bis zu sechs Stück am Tag nehmen." Dann erwähnte sie noch etwas von Nebenwirkung und anderen möglich auftretenden Symptomen.

Sarah nickte schweigend.

„Und das hier", sie gab ihr eine einzelne Tablette in die Hand und wies sie an mit einem Becher Wasser die sofort zu nehmen, „Das ist die Pille danach. Das ist nur zu Sicherheit um das Risiko so gering wie möglich zu halten das etwas passiert ist."

Stille.

Ich sah, wie Sarah anders wurde. Kleine Schweißperlen bildeten sich auf ihrer Stirn. In ihrem Kopf arbeitete es auf Hochtouren. Auch

dann begann die Ärztin mit der Aufzählung von Nebenwirkungen.
„Es kann zu Übelkeit, Schwindel und Kopfschmerzen kommen.
Deswegen sollten sie die nächsten vierundzwanzig Stunden nicht
allein sein." Die letzten Worte der Ärztin war direkt an mich
gerichtet. „Aber ich denke, das wird kein Problem."
War das etwa eine Frage? Sarah und mein Blick trafen sich. Sarah
schüttelte schon den Kopf.
„Nein, kein Problem", sagte ich unverzüglich. Wie konnte ich ihr
jetzt noch zumuten, sich um so etwas wie einen Aufpasser zu
kümmern? Es war eh Wochenende und ich hatte vor nach Long
Beach zu fahren. Dort hatte ich genügend Zimmer frei wo sie sich
erholen konnte.
„Gut!", sagte die Ärztin zufrieden. „Ich wünsche ihnen alles Gute
und denken Sie bitte an meinen Rat", ein Flehen lag in ihrer
Stimme. Zum Ende gab sie erst Sarah die Hand, dann mir und
plötzlich standen wir allein in dem kleinen Untersuchungszimmer.
„Aiden, ich kann", verwirrt fasste sie sich an den Kopf. Zog sie
jedoch gleich zurück, als sie an ihre Platzwunde kam.
Ich streckte ihr die Hand entgegen.
„Komm", sagte ich. Wortlos legte sie ihre Hand in meine und stand
auf. Langsam verließen wir das Krankenhaus und fuhren zu mir
nach Hause.

Es wurde bereits hell draußen. Sarah und ich saßen im Auto vor
meinem Haus. Es war schon lange her das ich eine Nacht so

durchgemacht hatte. Auch ohne Sex war ich abgeschlagen und müde.

„Aiden, ich weiß nicht. Ich." Sarah atmete erschöpft aus. „Danke", kam schließlich leise, aber deutlich von ihren Lippen.

Mein linker Mundwinkel zog sich hoch. Ein schönes Gefühl durchfuhr mich. Zwar wurde mir öfter gedankt, besonders auch von meinen Klienten, doch dieses von Sarah zu hören, war anders für mich.

„Dafür nicht", sagte ich kurz. „Das hätte jeder andere ebenfalls gemacht." Zumindest jeder der den Anstand besaß einer Frau in Not zu helfen.

„Nein", sagte sie sofort.

Mein Lächeln wurde breiter. Mir fehlte die Kraft den Macho oben zu halten und nahm es amüsiert hin, dass Sarah immer irgendwie das letzte Wort haben musste. Selbst wenn sie so müde war, wie nach solch einer Horror Nacht.

„Lass uns reingehen." Damit beendete ich die Unterhaltung. Ich hatte den Türgriff bereits in der Hand, als ihre Hand meinen Arm festhielt.

„Können wir bitte meinem Bruder nichts davon erzählen?", flehte sie mich an. Ihr Bruder wohnte direkt neben an. Ein Glück waren sie offensichtlich nicht zu Hause. Ich nickte kurz, stieg aus und wollte nur noch ins Bett. Heute würde ich schnell und gut schlafen. Besonders, weil ich wusste, dass Sarah in Sicherheit war. Umgehend schüttelte ich meinen Kopf. Wie brachte diese Frau es nur immer wieder zu Stande mich so Mundtod zu bekommen? Von den weichgespülten Gedanken ganz zu schweigen.

Ich öffnete ihre Autotür und half ihr raus. Gemeinsam gingen wir ins Haus.

„Hier kannst du Schlafen", sagte ich kurz und machte mit der ausgestreckten Hand eine zeigende Geste. Wir standen im Gästezimmer im ersten Stock des Hauses. Ich drehte mich um und zeigte auf die verschlossene Tür.

„Hier nebenan ist direkt ein Badezimmer. Mein Zimmer ist am Ende des Flures. Wenn also was ist, komm einfach her." Meine Schläfen pochten. Es wurde Zeit den Kopf abzuschalten und zu schlafen. In anderen Situationen wäre jetzt eine heiße Nummer genau das richtige, doch die Gedanken schob ich weit nach hinten. Sarah vor mir wurde rot. Einerseits war es schön mal wieder etwas Farbe in ihrem zu blassen Gesicht zu sehen, war dies jedoch für sie etwas unangenehm.

Um sie aus der unangenehmen Situation zu befreien, legte ich ihr die Hände auf die Schultern. Vorsichtig, wie ein schüchternes Kind, hob sie den Kopf und sah mich an.

„Schlaf jetzt. Alles andere Regeln wir morgen. Jetzt musst du dich erst mal ausschlafen und erholen."

Sarah nickte kurz. Ich ließ von ihr ab, ging aus dem Zimmer und schloss die Tür hinter mir. Vor der Tür kam es mir vor, als würde ein schwerer Stein von meiner Brust genommen. Mein Mitgefühl war fürs erste aufgebraucht. Ich hatte keine Übung mehr darin, wie so etwas überhaupt noch ging. Die letzten Jahre war ich nur auf mich fixiert. Alles andere war mir egal. Und genau an diesen Punkt musste ich wieder hin. Doch für heute beließ ich es dabei. Mit dem Gewissen das Sarah nichts mehr passieren konnte, würde ich ruhig schlafen können. Alles andere, wie den Arsch von John anzeigen und dann verprügeln, würde ich später erledigen. Vielleicht würde ich ihn auch erst verprügeln. Ich war mir noch nicht sicher. Zielstrebig lief ich den Flur entlang und legte mich ins Bett.

Mit den Händen unter dem Kopf gestützt, lag bereits fast eine Stunde auf meinem Bett und überlegte mir auf welche Art und Weise ich diesen Bastard um die Ecke bringen konnte. Auch wenn ich sehr müde war, kamen mich die Gedanken einfach nicht zur Ruhe kommen.

Ein Poltern und knallen ließ mich aufschrecken. Ich saß senkrecht in meinem Bett, als ein weiteres Knallen sowie ein unkontrolliertes Husten das Haus durchströmte.

„Sarah!", stieß ich aus. Sofort sprang ich aus dem Bett, lief über den Flur und klopfte hart an ihre Tür.

„Sarah!", rief ich. Sie hustete wieder. Ich ging rein, ohne auf ein weiteres Zeichen zu warten. Mein Puls schlug höher. Sie war nicht in ihrem Zimmer, die Bettdecke wild zerzaust. Ein Stöhnen dröhnte aus dem Bad. Die Tür war ebenfalls verschlossen.

„Sarah!", meine Stimme wurde schroffer.

„Moment", rief sie leise zurück. Wenn man es ein rufen nennen konnte.

Das Wasser im Badezimmer lief, kurz darauf ging die Tür auf. Ihr Erscheinungsbild ließ eine Gänsehaut auf meine Haut bringen. Sie war noch blasser als zuvor und zitterte. Ihre Augen waren geschwollen. Sie muss geweint haben.

„Geht es wieder?", hackte ich nach, ohne ihr Zeit zu geben. Hilflos stand ich vor ihr und fixierte sie. Sarah nickte nur. Klapprig zog sie ihren Pulli noch enger vor sich zusammen. Als ihr Blick sich an meinem Stieß war, es als würde ein Gummiband zerreißen. Tränen rannen ihre Wangen runter. Sie schluchzte laut. Von dem Geräusch selbst erschrocken schlug sie dir Hand vor dem Mund. In mir tat sich eine tiefe Schlucht auf mit Gefühlen, die ich so sehr hasste. Eben, weil sie so weh taten, dass niemand es verdient hatte sie zu fühlen. Ich zögerte nicht mehr und schloss sie in meine Arme. Minutenlang standen wir da, bis die Spannung aus Sarahs Körper wich und sie leicht zusammen sackte. Stützend führte ich sie zum Bett. Noch immer liefen die Tränen, auch wenn sie sich etwas beruhigt hatte.

- Sie darf nicht alleine sein -, hatte die Ärztin gesagt. Kurzum schob ich alle lästigen Gedanken beiseite und legte mich zu ihr ins Bett. Ich zog sie in meine Arme und schloss sie fest ein. Sarah registrierte es kaum und ließ es zu.

Sarah

Es dauerte nicht lange, bis ich eingeschlafen war. Oder zumindest
hätte ich es mir gewünscht. Ich hätte mir gewünscht, dass dies alles
ein Traum gewesen wäre und ich aufwachen würde. Ich drehte mich
auf die Seite, als sich plötzlich mein Magen bemerkbar machte. Als
würde mir jemand in den Bauch geschlagen haben, zog sich alles
zusammen. Schnell sprang ich auf und rannte herüber ins Bad. Die
Tür flog hinter mir zu. Ich knallte den Deckel der Toilette nach
oben und würgte ohne das etwas kam. Ein Husten oder eher ein
Würgereiz folgte. Es fühlte sich an, als würde mein inneres nach
außen wollen. Mir fehlte die Luft und mein Kopf schwirrte.
„Sarah!", schrie Aiden. Ich kniff die Augen zu. Konnte dieser Tag
noch schlimmer werden?
„Sarah!", schrie er erneut und klopfte wild an der Toilettentür.
„Moment!", flüsterte ich. Der Würg reiz wurde etwas besser. Mit
Mühe zog ich mich am Waschbecken hoch und spülte mir die
Hände und das Gesicht. Ich öffnete die Tür. Aiden stand vor mir.
„Geht es wieder?" Seine Stimme klang dunkel, rau und irgendwie
wütend. Ein Hauch von Angst überkam mich. Mühsam sah ich zu
ihm auf. Als ich schließlich seinen Blick entgegnete, konnte ich nicht
anders. Aiden sah tatsächlich so wütend und so hart aus, dass alle
Dämme brachen. Ich begann bitterlich zu weinen, das ich vor mir
selbst zusammenzuckte. Aiden zog mich in seine Arme. Ohne etwas
zu sagen, tröstete er mich. Ich zitterte und nahm selbst kaum noch

meine Umgebung wahr. Aiden löste sich von mir und führte mich zum Bett. Willenlos ließ ich mich darauf nieder. Er legte sich zu mir und drückte mich fest an sich. Es fühlte sich an wie eine Art Hülle, ein Schutz vor allem Bösen was mir passieren konnte. Ich fühlte wie sich mein Puls beruhigte. Der Atem und das Herzklopfen von Aiden gingen gleichmäßig. Es wirkte auf mich wie eine Art Beruhigungsrhythmus. Irgendwann, ich konnte nicht sagen wie lange genau, schlief ich ohne Schmerzen und Angst in einen friedlichen Schlaf.

Die warme Sonne lag auf meinem Gesicht. Erst als sich meine Gedanken langsam sammelten, wurde mir klar das ich bei Aiden in Green Village war. Alles was in den letzten vierundzwanzig Stunden passierte, war real. Mein Magen machte sich erneut bemerkbar. Doch es war kein Würg reiz, sondern eine unglaubliche Übelkeit, wie ich sie bisher nicht kannte.
Langsam setzte ich mich auf den Rand des Bettes. Im sanften Licht, welches durch die schweren Vorhänge viel, betrachtete ich das Zimmer. Es war gemütlich eingerichtet. Die Möbel waren massiv und alt, aber passten perfekt zusammen. Wie damals bei meiner Oma im Gästezimmer. Was nicht böse gemeint war. Denn ich fühlte mich immer sehr wohl bei ihr. Und dieses Zimmer erinnerte mich daran. Fast als würde ich in die Zeit von damals eintauchen.

Fünf Minuten später hatte ich mich frisch gemacht und ging

langsam die große, ebenso massive Treppe hinunter. Mir war gestern überhaupt nicht aufgefallen, wie geschmackvoll es hier aussah. Die massiv dunkle Linie fand sich überall im Haus wieder. Sogar die Bilderrahmen an der Wand waren darauf abgestimmt. Weiterhin von all diesen Eindrücken abgelenkt, folgte ich automatisch den Geräuschen des klappernden Geschirrs. Es musste aus der Küche kommen. Hitze stieg in mir auf. Vor einer Woche hätte ich nie gedacht das Aiden und ich jetzt zusammen in seinem Haus in Green Village zusammen frühstücken würden. Mit dem Gedanken an feste Nahrung legte sich automatisch meine Hand auf meinen Bauch. Mein Magen wäre noch nicht bereit um etwas anderes als Flüssignahrung zu sich zu nehmen.

Schüchtern trat ich durch die offen stehende Tür in die Küche. Aiden hatte mich noch nicht bemerkt. Er stand mit dem Rücken zu mir am Herd und drehte etwas in der Pfanne um. Ich schluckte schwer. Aiden trug nur eine Jogginghose und ein einfaches Shirt. Mir war es unangenehm ihn so in seiner Privatsphäre zu stören. Schnell räusperte ich mich, um nicht noch weiter in Gedanken zu versinken. Aiden wand sich mir sofort zu. Jede Sekunde, die verstrich, ging mein Puls schneller. Erst als ich direkt in seine Augen sehen konnte, fand ich Erleichterung. Er fing mich sofort auf. Nicht körperlich, sondern seelisch. Die Angst und der Scham waren wie verflogen. Mein Körper setzte sich in Bewegung. Ich setzte mich auf einen Hocker an den Küchentresen. Aiden und ich fixierten unsere

Blicke.

„Guten Morgen", sagte er schließlich. Wie unhöflich von mir. Ich war so mit meinen eigenen Gedanken beschäftigt das ich meine Höflichkeiten vollkommen vergaß.

„Guten Morgen", erwiderte ich freundlichst. Diverse Sachen schossen mir durch den Kopf. Wie könnte ich mich je nur bei ihm bedanken? Wir kannten uns doch eigentlich kaum und dann blieb er die ganze Nacht bei mir und kümmerte sich um mich. Das würde nicht jeder tun. Hatte er das alles vielleicht nur aus Mitleid gemacht? Doch dafür wirkte er einfach zu freundlich und ehrlich. Diese Seite zeigte Aiden höchst selten. Es gab nur die eine Facette des taffen, kühlen und knallharten Anwalts, der privat und beruflich alles bekam, was er wollte.

Mir fiel auf das Aiden mir noch immer direkt in die Augen sah. Er stützte sich vor mir auf seine Hände ab und lehnte sich ein Stück zu mir nach vorne. Angsteinflößend schoss mir die Röte in die Wangen. Ich brach den Blickkontakt ab.

„Möchtest du was frühstücken", sagte er sanft. Sofort fixierte ich ihn wieder. Wie hatte der Mann mich nur so unter seine Kontrolle gebracht? Ich wollte nicht das mir die Kontrolle abgenommen wurde. Das tat John immer und besonders gestern. Meine Hand krallte sich an den Kragen des Sweatshirts fest, welches ich trug. Aiden ging um den Tresen herum und stellte sich direkt vor mir. Er nahm meine verkrampfte Hand in seine.

„Es wird alles wieder gut. Zwar dauert das alles, doch es wird besser. Auch wenn es sich im Moment vielleicht nicht so anfühlen mag." Aiden fand genau die richtigen Worte, welcher mein Körper und Seele in diesem Moment benötigte. Meine Muskeln entspannten sich.

„Danke", murmelte ich. Aiden lief zurück auf die andere Seite des Tresens, um so viel Abstand wie möglich in die ganze Sache zu bekommen. Mir fiel sein unregelmäßiges atmen auf. Er wirkte wütend. Was war nur mit ihm los? War ihm das hier alles auch zu viel?

Noch während ich weiter nachdachte, suchte er wieder meinen Blick.

„Also, Frühstück?" Seine Mundwinkel zogen sich leicht nach oben, als er fragte. Erleichtert atmete ich aus.

„Nein", lehnte ich ab. Umgehend bildete sich eine tiefe Falte auf seiner Stirn. Schnell setzte ich hinterher.

„Aber wenn du ein Kaffee hast? Das wäre super." Aiden lockerte seinen Blick. Im nächsten Moment stand ein großer Becher mit heißem Kaffee vor meiner Nase.

Aiden

Die Eier in der Pfanne vor mir brutzelten nur so vor sich hin. Wieder schweiften meine Gedanken ab. Ich wurde wütend. Diese Kontrolle zu verlieren war nichts für mich. Trat eine Frau in dein Leben, wurde alles kompliziert! Auf die einfachsten Fragen gab es keine Antwort. Die Frage, welche mich allerdings nicht losließ, war: Wieso konnte ich neben Sarah so tief und fest schlafen? Wir hatten nicht einmal Sex. Wobei das in ihrer Situation im Moment sowieso nicht möglich wäre. Geschweige denn war sie der Typ Frau auf den ich sonst so stand. Auch vor dieser ganzen Sache mit ihrem Arschloch Ex warf sie mich immer wieder aus der Bahn. Ich schnaubte leise aus. Ein Räuspern hinter mich ließ mich aufhorchen. Sofort drehte ich mich um. Sarah stand an der Tür. Ihr viel zu großes Sweatshirt umhüllte sie wie eine große Decke. Sie blieb noch eine weile dort stehen. Als ich einen Schritt auf sie zumachte, lief sie ebenfalls los. Sie setzte sich an den Tresen.

„Guten Morgen", sagte ich höflich. Wie wachgerüttelt und peinlich berührt, erwiderte Sarah ein leises ‚Guten Morgen'. Ihre Stimme wirkte noch immer brüchig. Auch der wenige Schlaf, den sie erhalten hatte, war nicht genug. Ich sah ihr direkt in die Augen. Es war, als würde ich ein Buch lesen, so weit offen war im Moment ihre Seele für mich. STOP! Schrie ich innerlich auf. Hör sofort auf weiter auf diese Frau einzugehen. Meine Alarmglocken begannen zu schrillen. Sie ist auf Dauer nicht gut für dich! Denk daran was das letzte Mal passiert war als du dich so tief mit einer Frau beschäftigt hattest.

Sarah wich meinem Blick aus. Verdammt! Mein Magen drehte sich. Es wurde Zeit etwas zu essen.

„Möchtest du was frühstücken?", fragte ich, noch immer meinen Blick auf sie gelegt. Schüchtern sah sie erneut zu mir hoch. Bevor sie etwas sagen konnte, viel die Farbe aus ihren Wangen. Sie krallte sich an ihren Kragen fest. Panik und Angst, das war alles, was sie im Moment empfand. Ich hoffte nur das ich es nicht war, der sie jetzt in solch eine Situation gebracht hatte. Ich wusste genau, wie sich Panik anfühlte. Automatisch ging ich um den Tresen herum und nahm direkt ihre Hand. Die Weichheit ihrer Haut nahm mir die Spucke weg. Jedes mal, wurde ich aufs neue durch die Luft geschleudert, wenn ich sie anfassen durfte.

„Es wird alles wieder gut. Zwar dauert das alles, doch es wird besser. Auch wenn es sich im Moment vielleicht nicht so anfühlen mag." Die Worte, die aus meinem Mund kamen, waren von dem alten Aiden. Der Aiden, der durch seine Ex Frau zu spüren bekommen hatte was Panik und Angst bedeutete. Sarah wusste nicht, wie ehrlich diese Worte in diesem Moment gemeint waren. Meine Situation hingegen war von außen betrachtet nicht annähernd so schlimm wie das, was John ihr angetan hatte.

„Danke", sagte sie. Ihr süßer Atem, welcher sich auf meine Zunge legte, gab mir den Rest. Ich musste sofort aus ihrem Umkreis raus. Ich brauchte Sicherheitsabstand.

Langsam aber bestimmend lief ich zurück um den Tresen herum und übernahm von hier erneut die Kontrolle.

„Also, Frühstück?", lenkte ich vom Thema ab. Erleichterung schwang in meiner Stimme mit.

„Nein", sagte Sarah prompt. Ich stutzte. Immer diese Zurückweisung. Ob sie das wohl absichtlich tat?

„Aber wenn du ein Kaffee hast? Das wäre super", fuhr sie fort. Jetzt konnte ich mir ein Grinsen nicht mehr zurückhalten. Sofort stellte ich ihr einen Becher Kaffee vor die Nase. Endlich kam ein leichtes Lächeln durch, welches mir eine Gänsehaut beschaffte. Ich wünschte mir so sehr dass sie trotz des erlebten wieder glücklich werden würde. Hoffentlich hatte das alles sie nicht zu sehr gebrochen.

Sarah stand mit ihrem mittlerweile dritten Becher Kaffee am Fenster und schaute raus. Es war ein kalter, aber sonniger Tag. Ich stand ungefähr drei Meter von ihr entfernt. Mit verschränkten Armen sah ich zu ihr rüber. Nach einer gepflegten Dusche konnte ich mein altes Ego endlich wieder zum Vorschein bringen.

„Wie geht es dir?", fragte ich sie. Sarah drehte sich um. Ein leichter Rosé Ton lag auf ihrer Haut. Ich war froh sie ein Stück weit lebendiger zusehen.

„Es geht." Ihre Stimme wirkte stärker als heute früh. Sie war eine starke Frau und würde das geschehene sicherlich bald verarbeitet haben. Das redete ich mir zumindest ein. Als ich oben im

Badezimmer war, hatte ich überlegt, wie ich die Sache mit der Klage ansprechen sollte. Mit der Tür ins Haus fallen, passte einfach am besten zu mir. Wieso sollte ich bei ihr anders sein als bei meinen anderen Mandanten?

„Sarah. Du solltest so schnell wie möglich mit der Polizei sprechen. Ich habe gute Kontakte und könnte dir sofort jemanden besorgen, dass du dieses Schwein anzeigen kannst." Klar und deutlich formuliert, Herr Anwalt. Innerlich klopfte ich mir auf die Schulter. Von Sarah erwartete ich jetzt Widerworte, Widerstand oder ähnliches. Doch nichts.

Sie nickte, hob vorsichtig den mittlerweile auf den Boden gerichteten Blick, und sagte:

„Du hast recht. Danke. Wenn du das machen könntest."

Ich nickte bestätigend zurück, drehte mich um und rief bei der Dienststelle aus der City an.

Sarah

Stefanie. So hieß die Polizistin, mit der ich allein im Wohnzimmer
saß. Sie war zusammen mit ihrem Kollegen Paul direkt
hergekommen. Aiden und Paul hatten diverse Fälle zusammen
gehabt. Oder kannten die sich noch von früher? Ich war mir nicht
sicher. Das alles lief nur am Rande ab. Viel schlimmer war, dass ich
einer völlig fremden erzählen sollte wie mich mein eigener Freund
vergewaltigt hatte.

„Sarah", sprach sie sanft.

Ich sah sie an.

„Erzähl mir einfach von dem Abend. Ganz langsam." Stefanie war
wirklich nett und geduldig. Ich gab mein bestes. Von da an dauerte
es bestimmt eine Stunde, bis ich ihr alles erzählt hatte.

„Ich muss mal", verabschiedete ich mich kurz. Meine Hände
zitterten. Mir wurde heiß und kalt. Ich lief wacklig auf die Toilette.
Um so öfter ich von dieser Horror Nacht erzählen musste, desto
grausamer kam es mir vor. Ich setzte mich auf den Toilettendeckel
und atmete ein paar mal tief ein und aus.

Nach gefühlten Stunden ging ich zurück ins Wohnzimmer. Aiden,
Paul und Stefanie waren ebenfalls dort.

„Sarah", begann Aiden zu sprechen „Paul wollte zu dir nach Hause
fahren, um dort John mit alledem zu konfrontieren und ihn
gegebenenfalls aus der Wohnung zu beseitigen. Ist das okay für
dich?" Meine Stimme war weg. Aiden sagte das alles mit so einer

Leichtigkeit, dass er mir fremd vorkam. Ich nickte nur kurz. Stefanie kam auf mich zu.

„Gibst du uns die Schlüssel? Wir bringen sie auch später wieder zurück?", fragte sie. Wie ein Roboter lief ich rüber zu meiner Tasche, nahm die Schlüssel raus und legte sie in Stefanies Hände. „Danke", sagte sie abschließend und lächelte. Wärme, auch wenn sie mich nicht berührte, strömte zu mir rüber. Es war ein wohliges Gefühl.

Es war dunkel. Ich lag schief und unbequem. Angestrengt zogen sich meine geschlossenen Augen zusammen. Ein Gemurmel war im Hintergrund zu hören. Es war mir unmöglich einen klaren Gedanken zu fassen, wo ich gerade war. Ruckartig drehte ich mich herum. Ohne es zu verhindern viel ich fast in eine Art Abgrund. Schnell versuchte ich etwas zu packen zu bekommen. Ich krallte mich an etwas warmes, harten und leicht behaartem fest. Erst als ich meine Augen öffnete, sah ich das Aiden mich aufgefangen hatte, bevor ich von der Couch auf den Boden gefallen wäre.

„Ich habe dich", flüsterte er. Seine Muskeln unter meinen Händen spannten sich an. Nervös rückte ich zurück.

„Danke. Ich muss wohl eingeschlafen sein. Wie spät ist es?", fragte ich noch immer ziemlich durch den Wind.

Aiden sah auf seine Armbanduhr.

„Es ist kurz nach Acht."

Kerzengerade richtete ich mich auf.

„Am Abend?"

„Ja." bestätigte Aiden mit einem leichten schmunzeln. Würde ich mich hier so sitzen sehen, würde ich wahrscheinlich auch lachen.

„Aber, ich muss nach Hause", sagte ich schnell. „Was ist mit meinem Schlüssel. Die beiden wollten mir den doch zurückbringen. Und wie komme ich nach Hause? Ist es schon zu spät für ein Taxi?" Ich hörte, was ich sagte, doch konnte ich nichts gegen den Unsinn unternehmen. Noch immer, ohne nachzudenken, stand ich auf und lief hin und her. Ich hatte heute so viel geschlafen das die überschüssige Energie in meinem Körper, wie ein Kribbeln herauswollte.

„Sarah!", sagte Aiden mit deutlichem Nachdruck in der Stimme und stoppte mich. Alleine mit der Aussprache meines Namens blieb ich abrupt stehen.

Plötzlich begann Aiden zu lachen. Es war ein ansteckendes lachen. Auch wenn ich sauer sein sollte, weil er meinen Auftritt offensichtlich total komisch fand, war diese Situation auf skurrile Art und Weise einfach nur zum Lachen.

Es stellte sich schließlich heraus das Stefanie und Paul, mir den Schlüssel bereits zurückgebracht hatten. Ich hatte zu dem Zeitpunkt jedoch schon geschlafen. John hatten sie aus meiner Wohnung geschmissen und ein Platzverbot ausgesprochen. Sie sagten, ich könnte mich dort wieder sicher fühlen. Ob das jedoch tatsächlich möglich wäre, zeigte sich gleich. Aiden war gerade dabei mich nach

Hause zu fahren. War ich schon bereit dazu?

Aiden

Der Flur war unglaublich lang und dunkel. Schon lange war ich es
nicht mehr gewohnt mich in solchen Häusern rumzutreiben.
Obwohl es auf eine skurrile Art und Weise gemütlich wirkte.
Sarah hielt vor einer dunklen Tür, nahm den Schlüssel in die Hand
und versuchte sie aufzuschließen. Im schummerigen Licht fand sie
das Schlüsselloch erst nicht. Mit zittrigen Händen viel ihr der
Schlüssel aus der Hand und landete klirrend auf dem Boden.
„Mist", fluchte sie kurz vor sich hin. Sofort hob sie den Schlüssel
auf und schloss beim nächsten Versuch die Tür direkt auf.
Ihr Atem beschleunigte sich, obwohl sie die Wohnung noch mit
keinem Schritt betreten hatte. Es war ihr anzusehen, dass sie im
Moment nicht hier sein wollte. Sah ich damals für meine Umwelt
ebenso aus? Es tat mir in der Seele weh jemanden so zu sehen. Ich
schloss für einen Moment die Augen, um die emotionale Kiste in
meinem Kopf wieder fest zu verschließen. Da ich jahrelange Übung
darin besaß, ging dieses recht schnell. Bewusst strecke ich meinen
Rücken durch, um auch körperlich über den Dingen zu stehen.
Sarah, die mittlerweile einen Schritt in die Wohnung gemacht hatte,
drehte sich zu mir um.
„Da wären wir also", sagte sie leise. Ihre traurigen Augen sahen zu
mir hoch. Sie verschloss die Arme vor der Brust. „Ich weiß gar nicht
wie ich mich bei dir bedanken soll." Mit jedem Wort, das sie sprach,
wurde ihre Stimme brüchiger. Sie stand abermals kurz davor in

Tränen auszubrechen.

„Das war selbstverständlich", warf ich schnell ein, damit die Situation nicht noch unangenehmer wurde. Ich musste hier so schnell wie möglich weg. In Sarahs Nähe kamen meine Gefühle, egal ob gute oder schlechte, viel zu oft hoch. Sie entwaffnete mich schlichtweg.

„Kommst du soweit klar?" Ich legte den Kopf schief und beobachtete sie genau. Dieses sollte unsere letzte Begegnung gewesen sein. Zumindest privat. Rechtlich werde ich ihr natürlich weiter zu Seite stehen. Das hatte ich ihr schließlich versprochen. Doch für alles andere trennten sich hier und jetzt unsere Wege.

Ein gezwungenes Lächeln lag auf ihren Lippen.

„Ja. Es ist alles gut." Ihr Tonfall sagte mir deutlich, dass es ihr nicht gut ging. Ich musste jedoch eine Grenze ziehen. Privat würden wir hier und jetzt definitiv getrennte Wege gehen.

Ich streckte mich noch einmal durch.

„Gut. Dann sollten wir uns vielleicht gleich morgen treffen, um alles vorzubereiten, was die Anklage angeht", kam es monoton aus meinem Mund. Wenn mich jemand Außenstehendes gesehen hätte, würde ich in diesem Moment äußerst professionell wirken. Und genau das wollte ich. Nicht mehr und auch nicht weniger.

Sarah nickte kurz, krallte sich erneut an dem Kragen ihres Shirts fest und verabschiedete sich mit einem kurzen nicken und einem leisen ‚Gute Nacht'. Ich wartete nicht, bis die Tür zu ging, sondern drehte mich um und lief den schlauchartigen Gang Richtung Ausgang.

Du bist ein Arsch sie so zurückzulassen.

„Halt die Klappe. So bin ich nun mal!", murmelte ich mir selbst zu.

Sarah

Die Nacht hatte ich kaum geschlafen. In meiner Wohnung sah es so aus wie immer. Ich fühlte mich sogar sicher. Das einzig befremdliche für mich war mein Bett. Die Wäsche darauf hatte ich bereits getauscht und entsorgt. Nie wieder wollte ich das hellblaue Lacken mit dem Blut sehen. Trotzdem konnte ich nicht darin schlafen. Ich stand vor meinem frisch bezogenen Bett, legte mich jedoch nicht hin. Schnell schnappte ich mir eine Decke und begab mich zur Couch. Doch auch da war an Schlaf nicht zu denken. Ich wälzte mich nur herum. Die Gedanken von John wie er über mir war, flogen mir weiter am inneren Auge vorbei. Was jedoch dieses Bild übertraf, war Aidens Gesichtsausdruck als er mich an der Tür stehen ließ. Wieso beschäftigte mich der Mann so sehr? Er konnte mich glücklich und wütend zu gleich machen. Allein mit seinen Blicken brachte er mich zur Verzweiflung. Die vielen Gefühle, welche er in mir auslöste, waren verwirrend. Und dann war ich ihm so unendlich dankbar das er mir letzte Nacht geholfen hatte. Wie könnte ich das alles nur wieder gut machen?

Die Sonne ging bereits auf. Ich beschloss zur Arbeit zu laufen. Zwar dauerte dieses knapp eine Stunde, war das im Moment genau das richtige was ich gebrauchen konnte. Ich zog meine Winterjacke über. Es war bereits Anfang November und so langsam zog nach dem Herbst der Winter ins Land. Die Bäume hatten ihre Blätter bereits abgeworfen und machten sich für den Winterschlaf bereit. Überall kamen nach und nach die Leute aus ihren Häusern. Kurz bevor ich auf der Arbeit angekommen war, beschloss ich mir natürlich einen Kaffee zu holen. Wäre Aiden wohl auch wieder da? Die kleine Klingel läutete, als ich den Coffeeshop betrat. Es war noch nicht viel los. Ich sah mich um, doch Aiden war nicht zu sehen. Ein wenig Enttäuschung machte sich in mir breit. Doch was hätte ich denn erwartet? Das Aiden hier auf mich warten würde? Er hatte seinen Standpunkt mehr als deutlich gemacht, als er mir gesagt hatte, dass ich wie eine Schwester für ihn wäre.

Zum Glück kam ich an die Reihe, so dass meine Gedanken sich nicht weiter im Kreis drehen konnten. Der junge Mann hinterm Tresen bereitete mir meinen Kaffee zu, als mein Handy vibrierte. Ich holte es aus meiner Tasche. Aiden hatte mir eine Nachricht geschickt. Erfreut und nervös zugleich, öffnete ich die Nachricht.

- Heute Vormittag in meinem Büro, um alles zu besprechen? - Das wars. Kein Hallo, kein wie geht es dir? Was war mit diesem Mann nur los? Ich musste und konnte das alles nicht verstehen. Wo war der Mann geblieben, den ich am Wochenende kennen gelernt hatte? Schnell tippte ich eine Nachricht zurück.

- Guten morgen. Kann um halb zwölf in meiner Mittagspause vorbeikommen. Schick mir doch bitte die Adresse deiner Kanzlei zu. Gruß Sarah-

Nur weil er so schrieb, musste ich ja nicht auf meine Höflichkeiten verzichten. Gerade als ich mit meinem Kaffee in der Hand den

Laden verließ, kam eine weitere Nachricht mit der Adresse. Es war hier gleich um die Ecke und somit leicht zu erreichen. Ärgerlich, über die weitere Unfreundlichkeit in der Nachricht, verstaute ich mein Handy in meiner Handtasche und machte mich auf den Weg zur Arbeit.

Der Vormittag lief gut. Die Arbeit lenkte mich ab. Jedoch hatte ich nicht mal meinen Kaffee ganz aufbekommen. Die Tatsache, das ich gleich zu Aiden musste und mit ihm über all das sprechen sollte, bekam mir nicht gut.

Nancy huschte hier und da an meinem Tisch vorbei und fragte mich nebenbei über mein Wochenende aus. Ich wollte nicht ins Detail gehen, aber das ich mit John Schluss gemacht hatte, konnte ich ihr nicht verschweigen. Nur kurz erzählte ich ihr das er sich zu früher nicht geändert hätte und ich jetzt frühzeitig den Absprung finden wollte. Sie bestätigte mich in meiner Meinung.

Unsere Geschäftsführung befand sich heute auf einer ganztägigen Tagung, so dass ich es wagen konnte eine halbe Stunde eher in die Pause zu gehen. Natürlich hatte ich meine Arbeit soweit fertig und die halbe Stunde würde ich heute Abend wieder dranhängen. Nur ich wusste nicht, wie viel Zeit die Sache mit Aiden in Anspruch nehmen würde. Deswegen wollte ich lieber pünktlich los. Zumal ich auch nicht mehr länger warten und das endlich alles hinter mir lassen wollte. Ich schnappte mir meinen Wintermantel und verließ das Büro.

Die Kanzlei von Aiden befand sich nur einen Block entfernt und somit war ich schnell da. Ich stand vor einem großen Gebäude mit gläserner Front. Selbst der Eingang wirkte Nobel. Fast als würden hier nur gut betuchte Kunden einen Anwalt für sich bekommen. Ein Portier hielt mir die Tür auf. Ich betrat in eine große Eingangshalle und war sprachlos. Alles hier glich eher einem Hotel, als einem Bürogebäude. Da ich nicht wusste, wo Aidens Büro genau war, ging ich auf die Dame zu, welche am Empfang saß. Sie war auf den ersten Blick das krasse Gegenteil von mir. Zu viel Make-up, viel zu dünn und platinblond.

„Hallo", sagte ich schüchtern.

Ihre falschen Wimpern öffneten sich und schauten mich musternd an.

„Ja bitte?", zischte sie. Die Abwertung in ihrer Stimme war kaum zu überhören.

„Ich habe ein Termin. Mit Aiden, ähm Mr. Brooks." Ich wurde rot. Barbie vor mir zog die Augen eng zusammen.

„Moment." Schnell zog sie das Telefon ans Ohr und telefonierte. Wahrscheinlich mit Aiden, ich bekam davon nicht viel mit.

Falsch lächelnd legte sie auf und sah mich an.

„Fünfter Stock. Die Fahrstühle befinden sich zu ihrer rechten.", arrogant hob sie die Hand und zeigte mir kurz die Richtung.

„Danke", murmelte ich und lief zum Fahrstuhl.

Als ich im Aufzug stand, fiel mir ein das die Frau mir überhaupt nicht sagte in welchem Büro genau Aiden zu finden war. Ich schloss die Augen und ließ meinen Kopf nach links und rechts fallen. Die Last auf meinen Schultern wog schwer. Vielleicht sollte ich mir ein paar Tage Urlaub nehmen und einfach wegfahren. Das saß allerdings bei meiner derzeitigen finanziellen Lage nicht drin und somit war der Gedanke schnell zu Ende gedacht.

Der Aufzug hielt an und die Tür öffnete sich. Zu meiner Überraschung stand Aiden bereits vor mir. Im eleganten anthrazitfarbenen Anzug wie ich ihn kannte. Mit frisch kurz geschnittenen Haaren und der perfekt geschnittene Bart, stand er da. Mein erstes Gefühl war positiv. Ich freute mich ihn zu sehen und musste unwillkürlich lächeln.

„Hi", hauchte ich leise.

Als seine Augen meine trafen, zog sich auch seine Mimik zu einem Lächeln hin.

„Hallo. Schön dich zu sehen." Sein Tonfall nahm mir ein wenig die Anspannung. Er hatte seine Höflichkeiten also doch nicht verlernt. Ich trat aus dem Aufzug. Aiden machte eine offene Geste und zeigte mir, dass ich ihm folgen sollte. Gemeinsam gingen wir in sein Büro.

Aiden

Die Nacht war viel zu kurz, ich hatte kaum geschlafen. Ich musste unnötige Energie abbauen. Doch jetzt noch eine Escort Dame zu besorgen war mir zu stressig. Ich zog mir meine Joggingschuhe an und lief los. Zum Glück hatte ich immer einen Anzug im Büro und konnte dort Duschen. Das war der große Vorteil, wenn man einer der besten Anwälte der Stadt war. Innerlich klopfte ich mir selbst auf die Schulter. Mit dem lauten Bass der Musik in meinen Ohren lief ich durch die sich immer mehr füllenden Straßen. Fast vorm Büro angekommen, sah ich sie. Sarah. Unter hunderten konnte ich diese Frau mit nur einem Blick erkennen. Ihr dunkles Haar legte sich wie ein Schaal um ihren Hals. Ihre Schwarze Jacke passte perfekt zu den eleganten Stiefeln, die sie trug. Erneut wurde mir klar dass sie ein sehr guten Geschmack besaß. Ich bewunderte Menschen, denen es nicht bewusst war, solche kleinen Dinge im Leben von sich aus einfach richtig zu machen. Unbewusst blieb ich noch immer stehen und beobachtete sie, wie sie fast den ganzen Block entlanglief. Als sie im Coffeeshop an der Ecke verschwand, zog ich mein Handy aus der Tasche. Ich wollte ihr eine Nachricht schreiben. Doch was sollte ich ihr sagen? Wut kam in mir hoch. Es war das einzige Gefühl, welches sich über meine anderen Emotionen legte. Ich war wütend auf mich selbst das ich mich damals so hab runter kriegen lassen. Nie wieder sollte mich jemand derart manipulieren können. Doch Sarah tat genau das. Mein Kopf viel mir in den Nacken und meine Augen schlossen sich. Ein paar mal tief durchgeatmet, begann ich ihr eine kurze Nachricht zu tippen. Faktisch inhaltlich und ohne viel Geplänkel. Nicht mehr war das zwischen uns.

Ich schnürte meine Schuhe nach, als sie bereits antwortete. Heute Mittag würde ich sie sehen. Das war der erste Schritt, um die ganze Sache hinter sich zu bringen. Die Angelegenheit mit John würde in die Bahn gelenkt und auch das, was es auch immer zwischen mir und Sarah war, würde enden.

„Aiden?", sprach mich jemand an. Ich riss den Kopf hoch. Natalia stand vor mir. Mit verengten Augen sah ich sie an.

„Schon mal was von klopfen gehört?", herrschte ich sie an. Meine Stimme klang schroff und hart. Es war zutiefst abwertend, wenn man nicht einmal so kleine Gewohnheiten wie an der Tür zu klopfen beherzigte. Die Wut in mir, von den Gedanken an Sarah angetrieben, stieg mehr und mehr. Natalia sah mich skeptisch an. Sie setzte sich in Bewegung, ging um den Schreibtisch herum und drückte sich auf meinen Schoß. Ihr Lippen blieben kurz vor meinen stehen.

„Ich habe angeklopft. Aber vielleicht brauchst du etwas" Sie sprach nicht weiter. Ihre Hand wanderte an meinen Bauch herunter, hin zu meinem Schwanz. Doch im Moment war mein Kopf so voll, das an Sex nicht zu denken war.

„Nimm die Hand da weg", wies ich sie an.

„Aber", flüsterte sie und machte weiter. Nein, es wurde hier nach meinen Regeln gespielt. Ich packte ihr Handgelenk und zog sie bestimmend von meinem Schoß.

„Jetzt nicht", zischte ich, wie eine Schlange, die in Gefahr war. Schnaubend stand Natalia vor mir.

„Weißt du Aiden, ich respektiere dich und deine Macken. Aber nur, weil du am Wochenende nicht zum Schuss gekommen bist, musst du das jetzt nicht an mir auslassen."

In meinem Kopf tickte eine Bombe und Natalia hatte diese so eben zum Platzen gebracht. Gerade wollte sie gehen, stand ich auf, packte ihr Handgelenk und zog sie unsanft zu mir ran. Ihr blieb hörbar die Luft weg.

„Du willst es. Du kriegst es." Meine Stimme war mehr ein Brummen. Ihr Augen leuchteten auf vor verlangen.

Weiterhin ruppig drehte ich sie herum und drückte sie auf meinen Schreibtisch. Mit einer fließenden Bewegung schob ich ihr den Rock über die Hüften. Ein Vorfreudiges stöhnen entrann ihren Lippen. Schnell stützte sie sich mit ihren Händen ab, um den halt nicht zu verlieren. Ohne einen klaren Gedanken zu fassen, ob vielleicht die Tür zu war oder ich noch Papierkram vor mir hatte, war dieses jetzt meine oberste Priorität. Schnell öffnete ich meine Hose, zog mir ein Kondom über und drang hart in sie ein. Die Lust von Natalia war kaum zu unterdrücken. Ich machte schnell und es dauerte nur wenige Stöße, bis ich fertig war. Als ich mich zurückzog, gab ich ihr einen kräftigen Klaps auf ihr Hinterteil.

„Rede nie wieder so mir", herrschte ich sie an. Mit roten Wangen richtete sie sich auf und schaute zu mir hoch. Als sie meinen Blick sah, wusste sie das, dass kein Scherz gewesen war. Leicht eingeschüchtert nahm sie etwas Abstand.

„Das werde ich im Hinterkopf behalten."

Dann war sie verschwunden.

Soeben als die Tür ins Schloss viel klingelte mein Telefon. Ich rückte meine Hose zurecht und ging ran. Es war der Empfang.

„Ja", sagte ich nicht weniger ernst, wie gerade zu Natalia.

„Hallo Sir." Jenny vom Empfang klang irritiert. „Hier ist eine Dame, die sagte sie hätte mit ihnen einen Termin."

Sarah? Jetzt schon? Mein Herz fing schneller an zu schlagen. Auch wenn mein Puls von der Nummer gerade noch angetrieben war, legte er noch einen Zahn zu.

„Sie kann hochkommen", sagte ich bestätigend.

„Ja Sir."

Ich legte auf und machte mich auf den Weg, um Sarah abzuholen. Wenn sie auch nur fünf Minuten eher aufgetaucht wäre, wäre das alles hier äußerst unangenehm ausgegangen. Ich richtete meine Krawatte und wartete vorm Fahrstuhl auf sie. Kaum eine Minute später öffnete sich der Aufzug. Sarah stand allein da. Schüchtern sah sie hoch. Ihr dunkles Haar fiel ihr leicht ins Gesicht. Vielleicht bildete ich es mir nur ein, doch ich könnte schwören das es ein Aufblitzen in ihren Augen gab, als sich unsere Blicke trafen.

„Hi", sagte sie.

Ich musste lächeln. Ihre Stimme war wunderschön.

„Hallo. Schön dich zu sehen." erwiderte ich nur kurz.

Fang an klar zu kommen. Sonst wirst du wieder auf den Arsch fallen!

Mein inneres Ego hatte recht. Ich würde dieses so schnell wie möglich über die Bühne bringen. Und später noch eine intensivere Nummer mit Natalia schieben. Oder vielleicht besorgte ich mir auch eine Frau für die Nacht. Stolz auf mich, endlich wieder so zu denken, wie der Aiden der ich sein wollte, nahm ich Sarah mit in mein Büro.

„Also Sarah", begann ich und setzte mich hinter meinen Schreibtisch. Sie saß vor mir auf einen der Lederstühle. Um die Professionalität zu waren, zückte ich einen Stift und begann zu fragen.

„Erzähl mir doch bitte genau an dem Abend was passiert war. Dann kann ich noch heute die Anklage fertig machen und rausgeben", erklärte ich ihr.

Sie wirkte mehr und mehr verloren umso weiter ich sprach. Doch das was jetzt kam, musste passieren. Der fick mit Natalia eben hatte mir jedoch meine nötige Professionalität zurückgegeben. Es war einfach, die Gefühle in mir weiter zu unterdrücken. Was jetzt für mich zählten, waren die Fakten.

Sarah

Aiden saß vor mir und machte sich hier und da Notizen. Es war mir
äußerst unangenehm ins Detail zu gehen. Mein Magen drehte sich.
Jedes mal wenn ich daran zurück dachte wie John mich berührte,
auch vor diesem Abend, schmerzte meine Haut. Ich hielt meine
Handgelenke, wo noch immer blaue Flecken zu sehen waren, fest
umklammert. Wie eine Berührung aus Feuer flammte es immer
wieder auf. Als es vorbei war, schwirrte mir der Kopf. Aiden schien
das alles nicht wirklich zu interessieren. Er war merkwürdig. Zwar
hatte ich mir so einen typischen Anwalt immer vorgestellt, doch
dass er so zu mir war, irritierte mich.

Seinen Augenbrauen verengten sich, als er endlich zu mir aufsah.

„Ich denke, dass er mindestens ein paar Jahre bekommt. Wenn er
noch nicht in Erscheinung getreten ist, dann vielleicht auf
Bewehrung. Aber wir werden alles Mögliche versuchen, das er in
das Gefängnis kommt.", erfolgversprechend teilte er mir seine
Schlussfolgerung mit. Ich wusste nicht, was ich darauf sagen sollte.
Mein Mund war staubtrocken vom vielen reden. Auch meine Pause
wäre gleich vorbei. Schließlich nickte ich nur.

Aiden nahm das als Zeichen von Verabschiedung. Er stand auf, ich
folgte seiner Handlung.

„Du wirst Post bekommen und wenn ich noch Fragen habe, melde
ich mich." Ganz der Profi, schoss es mir durch den Kopf.

Erneut nickte ich. Stumm begleitete er mich zum Fahrstuhl. Als sich die Tür schloss, sah ich nur noch den Rücken von Aiden wie er den Flur entlang ging.

Der Rest des Tags verlief ohne weitere Vorfälle. Auch die Tage danach war ich so in Arbeit eingespannt, dass es kaum möglich war, an irgendwas anderes zu denken.
Donnerstag lag ein Brief in meinem Postkasten. Er war von Aiden. Oder viel mehr von seiner Kanzlei. Es war eine Abschrift der Anklage. Genau denselben Brief würde John auch bekommen. Es war auf einem Deckblatt vermerkt -Zur Kenntnisnahme und zum verbleib-. Je mehr ich von der Anklage las, desto mehr schmerzte es. Es war, als würde mir die Haut bei lebendigem Leibe abgezogen. An diesem Abend wusste ich nicht wann genau wann, doch es war sehr spät als ich schließlich in einen erlösenden traumlosen schlaf viel.

Noch immer saß mir der Brief von gestern in den Knochen. Das geschehene zu verarbeiten und damit umzugehen war das eine. Doch das alles noch einmal so genau zu lesen, war, wie als würde man es wieder und wieder durchleben.
Mit den Kopf über der Akte, die ich bestimmt zum dritten Mal las und nicht verstand was da überhaupt geschrieben stand, sah ich einen Schatten an meinem Schreibtisch stehen. Mühsam nahm ich den Kopf hoch. Nancy stand vor mir. Sie hatte ein breites Lächeln auf den Lippen.

„Feierabend!", sang sie fröhlich.

Ich verdrehte innerlich die Augen. Mit mir selbst unzufrieden sah ich auf die Uhr und musste feststellen das sie recht hatte. Es war schon halb acht durch und das Büro leer. Ich schlug die Akte vor mir zu. Noch immer lachte Nancy bis über beide Ohren.

„Habe ich irgendwas verpasst?", fragte ich und packte meinen privaten Sachen in meine Tasche.

„Nun ja", begann sie „Du und ich wir haben heute Abend ein Date.", das Trällern in ihrer Stimme war kaum zu überhören. Ich ließ den Kopf auf die Seite fallen und rollte mit den Augen.

„Nein Nancy. Heute nicht", schnaubte ich. Nancy kam auf mich zu, packte meine Hand und flehte mich förmlich an. Die Berührung, so nah an meinen Handgelenken, versetzte meinem Herz ein tritt. Schnell zog ich meine Hände wieder zurück. Nancy hatte nichts bemerkt. Sie war viel zu sehr damit beschäftigt mich zu überreden.

„Bitte Sarah. Du bist wieder Single und ich brauche jemanden, der vernünftig genug ist, mich zu stoppen, wenn ich wieder den falschen Typen um den Hals falle." Ihre Erklärung klang logisch und sie hatte Recht. Oft geriet sie an die falschen Männer.

Die nächsten fünf Minuten folgten noch mehr dieser Sprüche. Und schließlich hatte sie es geschafft. Vielleicht wäre es auch gar nicht so schlecht, um auf andere Gedanken zu kommen. Geschlagen hackte ich mich schließlich bei ihr ein und wir verließen das Büro.

Wir standen vor einem neuen Club. Es war eine Bar mit

angrenzender Disco. Wenigstens waren Nancy und ich uns diesmal einig das wir im Bar Bereich einen Platz nahmen.

„Mehr gibt es da nicht zu berichten", schnaubte ich leicht genervt.

Nancy fragte mich über John aus. Ich erzählte ihr das er noch immer mit anderen Frauen regen Kontakt pflegte und ich selbst in der kurzen Zeit einfach nur die zweite Wahl war. Was in gewisser Art und Weise ja auch stimmte. Denn John war sich selbst am nächsten. Niemand anders war ihm wichtiger als er selbst.

„Ich geh mal kurz auf die Toilette", verabschiedete ich mich kurz aus dem quälenden Verhör. Am liebsten würde ich nach draußen gehen. Einfach weg. Doch das konnte ich Nancy nicht antun.

„Ich komme mit!", lächelte sie und schnappte ihre Handtasche. Ich nickte nur und stand auf. Leicht torkelnd lief ich zur Toilette vor. Die zwei Drinks schlugen ganz schön rein, nachdem ich noch nichts gegessen hatte. Hier war jedoch so viel los, dass wir uns stützend durch die Menge drücken konnte.

Auf dem Rückweg beschlossen wir noch einen Drink am Tresen zu nehmen und dann nach Hause zu fahren. Nancy quetschte sich zwischen zwei Herren. Ich blieb mit wenig Abstand hinter ihr. Das alles hier dauerte mir zu lange. Ich tippte Nancy auf die Schulter.

„Ich warte da vorne wo mehr Platz ist", rief ich ihr zu. Ich zeigte auf eine kleine Lücke am Eingang. Nancy nickte nur. Schnell machte ich mich auf den Weg. Es wurde immer enger. Zu eng und ich konnte mich nicht dagegen wehren. Wie John als er auf mir war. Ich wollte das nicht. Ich brauchte Luft. Sich den Weg zu bahnen wurde immer schwieriger. Es kamen immer mehr Leute hinein, aber keiner ging raus. Schließlich stieß ich hart mit einer Frau zusammen. Sie war groß, schlank und platinblond.

„Pass doch auf!", zischte sie und drückte mir ihren Ellbogen in die Seite. Hinter ihr erschien ein Mann. Als die Frau an mir vorbeiging und der Mann zu mir heruntersah, wurden meine Knie weich. Aiden stand vor mir. Sein Blick traf meinen. Das reichte, um meinen Körper völlig auf Abwege zu bringen. Ich sah mich schon am Boden liegen, als Aiden mir seine Arme stützend unter die Arme schob.

„Sarah", die Stimme wie er meinen Namen sagte, holte mich ins hier und jetzt zurück. So warum und weich. Überhaupt nicht wie der eiskalte Anwalt von Montag.

„Aiden."

Aiden

Wir waren keine fünf Minuten in diesem Laden. Aber Jessica wollte unbedingt in diesen neuen Club. Was tat man nicht alles für Sex. Als wir schließlich über zwanzig Minuten auf unsere Getränke warten musste, konnte ich sie endlich überzeugen woanders hinzugehen. Wie sollte ich ihr auch hier schöne Augen machen, um zum Schuss zu kommen? Bei dem Lärm.

Jessica war genau mein Typ. Sie war äußerst schlank, blond und nach meinem Geschmack naiv genug einen One-Night-Stand mit mir einzugehen. Ich schob sie vor mir her, mit den Händen an ihren Hüften. Die Vorfreude, auf das was mich erwarten würde, wuchs mit jedem Schritt den ihr geiler Arsch vor mir machte. Wenig später wurden Jessica angerempelt.

„Pass doch auf", zischte sie und versetzte noch einen Hieb. Sie verschaffte sich platz, als ich sah, wer daneben ihr stand. Das konnte nicht wahr sein. Es war Sarah. Im dunklen Licht blieb ich direkt vor ihr stehen, um sicher zu gehen, dass sie es wirklich war. Als ich die Mischung aus Kokos und Vanille roch, versetzte es mir einen Tritt. Mein Puls flog in die Luft. Es war wirklich Sarah. Sie wirkte jedoch abwesend. Als sich unsere Blicke trafen und sie meine Anwesenheit wahrnahm, zeichnete sich ein Lächeln auf ihren schmalen Lippen ab. Im nächsten Moment drehten sich leicht ihre Augen. Ich schob ihr schnell meine Arme unter ihre.

„Sarah", flüsterte ich. Sie sah zu mir auf.

„Aiden", bestätigte sie. „Ich", sie richtete sich auf und fasste sich an den Hals. „Es ist zu eng", meine ich wahrgenommen zu haben. Ich zählte eins und eins zusammen, legte einen Arm um sie und schob mich den Rest bis zum Ausgang mit ihr durch die Menge.

Draußen angekommen holte Sarah erleichtert Luft. Jessica stand provokant vor mir und sah mich fragend an. Schnell nahm ich den Arm, welcher noch immer um Sarah lag, weg.

„Hey Baby. Das ist Sarah. Eine alte Freundin", erklärte ich schnell. Sie musterte sie von oben bis unten. Ich konnte mir nicht schon wieder die Nummer heute versauen lassen. Die ganze Woche kam ich kaum zum Schuss. Nur hier und da mit Natalia, was mir bei weitem nicht mehr reichte. Nicht bei dem Stress, der im Moment herrschte.

„Hallo", nuschelte Jessica mit zusammen gebissenen Lippen.

„Hier bist du!", rief eine weitere Frau und tauchte hinter Sarah auf. Es war eine von ihren Freundinnen. Ich hatte sie ganz zu Anfang unseres aufeinandertreffen damals im Club gesehen.

„Ja, ich musste da raus. Entschuldige das ich dir nicht Bescheid gesagt hatte", erklärte sich Sarah.

Nancy nickte nur und schaute sich um. Ihr Blick blieb, wie sollte es auch anders sein, an mir hängen.

„Nancy das ist Aiden. Ein alter Freund", stellte Sarah freundlichst vor. Auch wenn ich sie ebenso vorgestellt hatte, hatte die Bezeichnung -alter Freund- , einen bitteren Beigeschmack. Wenn sie wüsste, was Sarah alles in der letzten Zeit durchgemacht hätte, dann hätte sie, sie heute nicht in so einen überfüllten Club geschleppt.

Unbewusst funkelte ich Sarahs Begleitung böse an.

„Ja, achso. Hallo", sagte die Frau eingeschüchtert. Sie hob kurz die Hand zum Gruß. Das reichte, um meine Starre aufzulösen.

„Wir müssen dann mal wieder", fuhr ich sofort fort. Ich wusste nicht, was dann mit mir passiert war. Es war mir ein Bedürfnis Sarah noch ein letztes Mal zu berühren. Am liebsten würde ich sie in den Arm und mit zu mir nach Hause nehmen, um sicher zu gehen, dass sie gut ankommt und ihr nichts mehr passieren könnte. Es war die Art von Emotionen, welche einen Menschen weich und angreifbar machten. Bevor mein inneres Ego jedoch an die Oberfläche drängen konnte, machte ich einen Schritt auf Sarah zu und nahm sie kurz in den Arm. Sie so nah zu spüren und zu riechen war wie auf Wolken zu laufen. Alles wirkte so leichte. Mit meinen Lippen an ihrem Ohr, wo mir die Zartheit ihrer Haut um ein Vielfaches weicher erschien, flüsterte ich ihr etwas zu.

„Pass auf dich auf."

Daraufhin trennten sich unsere Wege.

Mein Körper wusste, was er zu tun hatte. Ein erleichterndes Gefühl ließ mich hochfliegen. Zum Glück konnte ich Jessica noch überreden mit mir in mein Apartment zu kommen.

„Oh Aiden", stöhnte sie in die Kissen. Sie lag mit dem Bauch auf meinem Bett und dem Hintern hoch in der Luft. Unermüdlich stieß ich wieder und wieder in sie ein. Fetzten von Sarah, flogen mir durch den Kopf. Wie sie mit ihren großen Augen zu mir aufblickte.

Oh Gott, wie gerne würde ich sie nur einmal vor mir Knien sehen.

Einmal diesen Blick von ihr während sie mein Schwanz in den

Mund nahm. Das wars! Dieser Gedanke ließ mich sofort kommen.

Ich viel vorne über und stützte mich mit meinen Händen auf der

Matratze links und rechts von Jessica ab. Sie pulsierte unter mir und

mir war klar das auch sie auf ihre Kosten kam. Ich zog mich zurück,

entfernte das Kondom und stand auf. Mit einem rutsch zog ich mir

meine Boxershorts über und ging, ohne einen Blick zurückzuwerfen

in die Küche. Ich stützte mich auf meinen Handflächen auf der

Arbeitsplatte ab und ließ den Kopf hängen. Was passierte nur mit

mir? Im inneren wusste ich, dass mir Sarah viel zu sehr im Kopf

herum spukte. Doch ich war machtlos dagegen. Ich wollte das nicht.

Es gäbe zwei Möglichkeiten. Entweder ich würde mich voll auf sie

einlassen und versuchen sie zu überzeugen auch mit mir sexuell

aktiv zu werden, denn genau das war es, was ich wollte. Aus

irgendeinem unerklärlichen Grund fand ich sie unglaublich heiß.

Ihre Kurve die von ihrer Taille abwärts einen eleganten Bogen zu

ihren Hüften machte. Mein Mund wurde trocken. Ich spürte, wie

eine weitere Erektion sich anbahnte. Schnell schob ich einen

weiteren Gedanken ein. Die zweite Möglichkeit wäre nämlich das

ich sie links liegen ließ und nie wieder Kontakt zu ihr hatte.

Natürlich nachdem ihr Prozess zu Ende war. Und genau das war es

was ich tun musste. Denn eine dritte Option gab es nicht. Eine

Freundschaft würde nicht gehen. Es würde mich jedes Mal auf neue ins Gesicht treffen, wenn ich diese Frau nicht haben könnte. Und eine Beziehung stand zu keiner Debatte. Das mit Amal damals war zu schmerzhaft. Es hat mich als Mensch zu sehr verändert, dass ich je wieder jemanden so in mein Leben lassen würde. Ich schnappte mir eine Flasche Wasser aus dem Kühlschrank und ging zurück ins Schlafzimmer. Jessica lag eingewickelt in einem Lacken vor mir. Ich bräuchte mindestens noch eine Runde bevor ich schlafen konnte, geschweige denn Sarah aus dem Kopf kriege.

„Na Baby, bereit für noch eine Runde."

Sarah

Mit der Mütze weit ins Gesicht gezogen lief ich im Nieselregen
durch den Park. Meine drei Ausgehhunde blieben schön an meiner
Seite. Selbst ihnen war dieses Wetter zu ungemütlich, um vor die
Tür zu gehen. Meine Gedanken drehten sich immer wieder um den
letzten Satz welchen Aiden gestern zu mir gesagt hatte. - Pass auf
dich auf - Was meinte er damit? Also ich wusste was das bedeutete,
aber ich wusste nicht, wieso er ihn zu mir sagte. Am Montag noch
war er der kalte Anwalt und so weit entfernt. Warum machte er sich
also Sorgen um mich? Es musste Mitleid sein. Er hatte mich in
einem Zustand gesehen, welcher nur dieses ein Gefühl auslösen
konnte. Mit den Gedanken weiter bei Aiden, lief ich meine Runde
zu Ende.

Durchnässt und fast erfroren kam ich zu Hause an. Schnell zog ich
die nassen Sachen aus und meinen Jogginganzug an. Ich setzte mich
mit einem heißen Tee auf die Couch und schaltete das Fernsehen
ein. Auch heute würde ich hier wieder meine Nacht verbringen. Seit
dem Vorfall konnte ich mein Bett nicht wieder betreten. Es war mir
fremd. Obwohl ich versucht hatte alles sogar ein wenig umzustellen,
war die Abneigung dagegen nicht verflogen.
Mein Handy in der Handtasche klingelte. Schnell sprang ich auf und
lief hinüber. Vielleicht war es ja Aiden. Als ich auf den Bildschirm
sah, blinkte das Wort -Matt- auf. Mein Bruder rief an. Er wusste von

allem nichts. Auch nicht das John und ich uns getrennt hatten. Wie würde er wohl reagieren?

„Hey", sagte ich und versuchte mir meine Unsicherheit nicht anmerken zu lassen.

„Hi Sarah!", rief Matt ins Telefon. Wir hatten schon länger nicht mehr telefoniert. Hier und da eine SMS aber mehr auch nicht.

„Was gibts großer Bruder?", fragte ich direkt nach, um das alles hier so schnell wie möglich hinter mir zu bringen. Am liebsten wollte ich im Moment mit niemanden reden. Nicht einmal mit meinem Bruder.

„Das wollte ich dich fragen. Wieso hast du denn nichts gesagt?" Seine Stimme klang traurig. Angst machte sich in mir breit. Ein großer Kloß in meinem Hals nahm mir die Worte.

„Was", mehr kam nicht raus. Meine Wangen wurden heiß.

„Das du dich von John getrennt hast. Ich dachte, ihr wärt wieder glücklich." Mit jedem Wort das Matt sprach, wanderte die Hitze weiter durch meinen Kopf hinunter an meinen Hals.

„Woher", der Kloß ließ mich noch immer nicht richtig antworten. Wusste Matt etwa, was passiert war?

„John und ich haben uns getextet. Aus seinem Geschreibe wurde ich aber nicht ganz schlau. Ich glaube, er wusste selbst nicht genau, was passiert ist.", Matt klang verwirrt. Wollte Matt John etwa in Schutz nehmen? War ich hier jetzt die böse? Doch er wusste ja nicht, was gewesen war. Oder etwa doch? Wenn Matt es allerdings tatsächlich wissen würde, wäre er viel wütender. Zum einen auf

John, aber auch auf mich das ich mich wieder auf so jemanden einlassen konnte. Und dass ich ihn jetzt noch vor Gericht brachte und wohl möglich ins Gefängnis. Mir wurde schlecht bei den ganzen verschiedenen Gedanken.

„Sarah?" Matts besorgte Stimme klang durchs Telefon.

„Ja", ich atmete hart aus.

„Was hältst du davon, wenn du heute Abend zu uns zum Essen kommst? Du kannst auch in unserem Gästezimmer schlafen. Und wenn du darüber reden möchtest oder einfach auf andere Gedanken kommen willst, dann bin ich für dich da." Instinktiv wusste ich, dass Matt nicht alles wusste. Es war so lieb gemeint von Matt. Er wollte lediglich als großer Bruder für seine Schwester da sein. Das wusste ich zu schätzen. Ohne groß darüber nachzudenken, stimmte ich zu. Ich freute mich sogar schon darüber hier wieder raus zu kommen. Besonders in einem richtigen Bett zu schlafen. Das Thema John würde ich außen vorlassen. Matt musste ja nicht alles wissen.

Es war halb acht. Draußen war es schon dunkel und extrem kalt. Ein leichter Frost legte sich bereits auf die Äste und den Scheiben, der an der Straße stehenden Autos. Ich bin mit der U-Bahn gekommen und habe die letzten Meter zu Fuß hinter mich gebracht. Auch wenn ich heute Morgen schon viel gelaufen war, half es mir meinen Kopf frei zu bekommen. An der frischen Luft fühlte ich mich frei.

„Hallo!", rief Matt freudig, als er die Tür öffnete und mich sah. Christin stand hinter ihm und Empfang mich mindestens genauso herzlich.

„Hi", sagte ich und ließ die Wärme der Begrüßung zu. Es war ein großartiges Gefühl. Selbst das Lächeln fiel mir leicht.

„Wollen wir dann gleich essen? Christin hat sich heute selbst übertroffen", sagte Matt stolz und strahlte seine Freundin an. Christin wurde leicht rot. Ein Anflug von Neid kam in mir hoch. Jeder, der nicht auf diese beiden Neidisch wäre, würde lügen. Ihre Liebe war so echt.

„Ich räume das eben schnell in die Küche", sagte Christin, stand auf und räumte die Teller zusammen.

„Ich helfe dir", bot ich mich an. Gemeinsam trugen wir das dreckige Geschirr rüber. Ich half ihr beim Abwaschen und einräumen der Teller.

Nach kurzer Zeit klingelte es an der Tür. Wer war das? Es war schon sehr spät und Matt hatte überhaupt nicht von noch einem weiteren Gast gesprochen. Ohne mir noch weiter Gedanken darüber zu machen, trocknete ich den Teller in meiner Hand ab. Als Matt um die Ecke bog, sah ich einen Schatten hinter ihm. Mir zog es den Boden unter den Füßen auf. Es war John. Mit einem unschuldigen Lachen begrüßte er uns.

Klirrend fiel mir der Teller aus der Hand. Es war, als würde alles um mich herum verschwimmen. Ich stolperte nach hinten, was ich allerdings nur bemerkte, weil ich hart gegen den Tresen stieß.

„Sarah? Alles okay?", fragte Matt mit viel Sorge in der Stimme und machte einen Schritt auf mich zu. Mein Blick war starr auf John gerichtete. Matt sprach weiter und versuchte sich zu erklären.

„Ich dachte, ihr solltet euch mal richtig aussprechen. Hier habt ihr einen neutralen Ort und Zeit füreinander." Die letzten Worte von Matt nahm ich nur am Rande wahr. Vor meinem inneren Auge kam John immer näher. Ich wollte das nicht. Er sollte wieder gehen. Es war so eng hier, ich bekam keine Luft. Mit meiner Hand an meinem Hals ging ich in die Knie.

„Verschwinde", flüsterte ich wieder und wieder. Das Blut in meinen Ohren rauschte. Es wurde immer lauter. Christin kam herunter zu mir und rief meinen Namen. Sie nuschelte noch irgendwas anderes, was ich nicht verstand. So fest es ging, schloss ich meine Augen, in der Hoffnung das es nur ein Traum war. Tränen liefen mir über die Wangen. Jemand fasste mich unsanft an den Armen und rüttelte an mir. Mit meinen Händen versuchte ich mich zu schützen.

„Nein", wimmerte ich. „Bitte nicht. Nicht schon wieder. Ich möchte das nicht." Das laute schluchzen, welches dann aus meinem Mund kam, hörte sogar ich. Die Hände an meinen Armen lösten sich. Andere Hände übernahmen die Stellen. Ich zuckte hart zusammen und versuchte noch weiter zurück zu rücken. Doch ich saß bereits mit dem Rücken an der Wand.

„Ich will das nicht. Nein. Nein. Nein", kam unkontrolliert aus meinem Mund. Wie wild begann ich meinen Kopf zu schütteln und um mich zu hauen. Ich wollte hier weg.

„Was hast du mit ihr gemacht?", schrie jemand. Das musste Matt gewesen sein. Ich hielt mir die Hände vor die Ohren. Alle sollten gehen. Einfach weg sein.

Ich wusste nicht, wie lange es dauerte, bis die Stimmen ruhiger wurden. Nur noch mein lauter Herzschlag ließ mich einen beruhigenden Rhythmus finden. Doch die Angst meine Augen zu öffnen, war groß. Was, wenn John noch immer hier war?

Mein Zeitgefühl war völlig verloren. Mir war nicht klar wie lange ich hier schon sitzen würde. Konnte ich die Augen wieder öffnen? „Sarah?" Eine unbekannte Stimme sprach mich an. Sie wirkte weit weg und doch holte sie mich ein wenig zurück. Jemand fasste mich am Arm. Wie aus dem nichts fuhr mein Kopf hoch, ich riss die Augen auf und sah einen fremden Mann vor mir. Er trug rote Sachen. Er war Rettungsarzt. Was wollte er von mir? „Sarah, kannst du mich verstehen?", fragte der Mann nach. Schnell sah ich mich um und suchte nach Matt. Er musste doch hier sein. Wo war er nur? Mein Blick wurde hektischer. War John etwa noch da und die beiden waren gerade draußen? Wie gerufen kam auf einmal Matt durch die Tür. Er bemerkte sofort meinen suchenden Blick und kam auf mich zu. Er schob sich ein wenig zwischen mir und dem fremden Mann.

„John ist weg. Er wird dir nicht mehr weh tun", sagte Matt erlösend. Wusste Matt etwa endlich, was er getan hatte? Hatte John es ihm gesagt?

„Ich würde sie gerne zur Beobachtung mitnehmen", sagte der fremde Mann zu Matt. Meine Augen wurden groß. Nein, ich wollte nicht weg. Ich wollte bei Matt bleiben. Er war doch der einzige, den ich hier hatte. Und jetzt wo er Bescheid wusste, wollte ich nicht weg. Nach gefühlten Stunden reagierte auch mein Körper und rührte sich. Meine Hände griffen nach Matt. Die Tränen waren nicht zu stoppen.

„Ich möchte", stockend holte ich Luft „Bitte, ich möchte nicht weg", flehte ich. Durch das unregelmäßige atmen wurde mir ganz schummerig. Ein Glück saß ich bereits auf dem Boden.

Matt wand sich an den Arzt.

„Besteht die Möglichkeit, dass sie hier bleiben kann?", fragte Matt sofort nach. Der Arzt überlegte eine Weile.

„Ich werde ihr etwas zur Beruhigung geben und sie dann untersuchen. Es wäre unverantwortlich das jetzt zu entscheiden."

Beide Blicke waren auf mich gerichtet. Mit Matts Händen im festen Griff nickte ich dem Arzt zu.

Nur eine kurze Zeit später verantwortete der Arzt das ich hierbleiben durfte. Ich sollte jedoch nicht allein sein und wenn es wieder schlimmer werden würde, sollte ich sofort in ein Krankenhaus gebracht werden. Matt versprach ihm natürlich all das. Durch das Medikament, welches mir der Arzt gab, entspannte ich mich. Es fiel mir leicht endlich loszulassen, die Gedanken und den körperlichen Schmerz für einen Moment zu vergessen. Es half mir einzuschlafen und diesen Abend abzuschließen.

Aiden

Dieser Tag konnte nicht schlechter werden. Es regnete die ganze Zeit und die Nacht mit Jessica war gestern auch viel zu schnell zu Ende. Nachdem wir die dritte Runde hinter uns hatten, war sie sofort eingeschlafen. Es war bereits kurz nach vier Uhr am Morgen, als auch ich in den Schlaf fand. Bis in den späten Vormittag hinein schlief ich. Zumindest versuchte ich es. Als ich Jessica nach Hause gebracht hatte, verabschiedete sie sich kurz, ohne mir ein Zeichen zu geben, das sich das wiederholen würde. Und um ehrlich zu sein, es gab geileres.

Im Anschluss machte ich mich auf den Weg nach Green Village. Ich brauchte einen anderen Blickwinkel, eine andere Perspektive.

Der Nachmittag verging schnell. Es war, als würden hier alle Sorgen vor der Tür warten. Am Abend wurde ich zeitig müde. Es war kaum Mitternacht als ich gerade die Tür vorne abschließen wollte.

Plötzlich sah ich Blaulichter die Straße entlangfahren. Sie wurden immer langsamer. Mein Herz begann schneller zu schlagen als sie auf Matt und Christins Auffahrt fuhren. Hoffentlich war nichts Schlimmes mit ihnen passiert. Matt kam aus dem Haus. Gefolgt von Christin. Innerlich kam mir der Gedanke das es etwas mit Sarah zu tun hatte. Dieser Gedanke sollte sich bitte nicht bestätigen. Mein Körper lief bereits aus dem Haus, ohne darüber nachzudenken.

„In der Küche. Sie ist in der Küche", sagte Matt zu einem der Ärzte.

Ein Schlag vor dem Kopf. Meine Beine begannen zu rennen.

„Matt!", rief ich noch, bevor er wieder ins Haus gehen konnte. Christin war bereits wieder drin. Er drehte sich hektisch um.

„Entschuldige Aiden aber ich kann jetzt nicht", sagte er völlig durcheinander.

„Ist etwas mit Sarah?", schoss es aus mir raus.

Verdutzt von meiner Aussage drehte er sich komplett zu mir um und sah mich an.

„Ja", bestätigte er. Ein Schlag vor dem Kopf. Noch bevor Matt mehr sagen konnte, trat hinter ihm John ins Licht. Meine Hände ballten sich zu Fäusten.

„Was macht er hier!", fauchte ich Matt an. Ich machte einen großen Schritt auf John zu. Matt stellte sich zwischen uns und drückte mich zurück.

„Jetzt hört doch mal auf. Was soll der Scheiß?", fragte er lauthals nach. Mit angestrengtem Blick sah Matt mich an. Ich schnaubte vor Wut, das dieses Schwein sich auch nur im selben Haus befand wie Sarah.

„Du weißt es nicht?", zischte ich. Mein Blick ging zwischen John und Matt hin und her.

„Nein. Und kann mir jetzt endlich mal einer sagen, was passiert ist?", forderte Matt umgehend auf.

„Ey man, es ist nichts. Ich habe dir doch schon gesagt das ich sie aus Versehen geschubst hatte." Johns arrogante Art ließ mich weiter hoch kochen. Es reichte mir. Ich riss mich von Matt los und stürmte auf John zu. Auch wenn er locker einen Kopf größer war als ich, schleuderte ich ihn mit einem Hieb herum. Er landete hart auf der Veranda. Matt zog mich mit seiner letzten Kraft von John runter.

„Aiden, jetzt komm mal wieder runter!", schrie er mich an. Mir gingen in diesem Moment die Bilder durch den Kopf wie hilflos und verletzt Sarah bei mir vor der Tür stand. Ich versuchte mich aus Matts Griff zu befreien, was sich allerdings schwerer herausstelle, als ich dachte.

„Hör sofort auf oder ich ruf die Bullen!", schrie Matt erneut. Versucht die Ruhe zu bewahren, ließ ich locker. Auch Matt ließ langsam locker. John richtete sich vor uns auf.

„Du willst wissen, was passiert ist?" Ganz außer Atem, richtete ich das Wort an Matt.

„Ja. Und wenn du was weißt dann rück endlich raus damit!"

Ich sah wieder zu John. Er wusste nicht, wer ich war und das ich alles wusste. Es war an der Zeit, die Bombe platzen zu lassen. Dann würde Matt ihn sicherlich nicht noch in Schutz nehmen.

„John hat Sarah verletzt und", selbst für mich war es hart dieses Sarahs Bruder gegenüber auszusprechen, doch er sollte die ganze Wahrheit erfahren. „Er hat sie vergewaltigt."

Ohne das Matt in irgendeiner Art und Weise darüber nachdachte, stürzte er los und schlug mit einem gekonnten rechten Hacken, John direkt ins Gesicht. Dieser Flog zu Boden und blieb blutend und stöhnend liegen.

Jetzt war ich es, der Matt zurückhielt.

„DU SCHWEIN!", schrie Matt. „ICH BRING DICH UM!"

Sofort schaltete sich mein Anwalts - Ich ein.

„Matt. Lass das. Er ist es nicht Wert!", sagte ich. Und es stimmte ja auch. John war es nicht wert, dass man ihm noch eine Vorlage gab, um eventuell ebenfalls Anzeige zu erstatten.

„Komm runter." Beschwichtigend klopfte ich Matt auf die Schulter. Es dauerte lange, bis er sich wieder fing. John blieb noch immer am Boden liegen. Ich zog Matt ins Haus und achtete nicht weiter auf das Arschloch

Im Haus angekommen, schlossen wir die Tür.

„Woher weißt du das?", fragte Matt mich direkt. Nervös fuhr er sich durch sein Haar. Verzweiflung war in seinem Blick zu sehen.

„Lass uns morgen über alles reden. Ich denke, Sarah braucht dich jetzt", schlug ich ihm vor. Matt war mehr und mehr verwirrt und seine Hand blutete. Doch sofort als ich Sarahs Namen sprach, drehte er sich um und ging in Richtung Küche. Wie gerne wäre ich jetzt an seiner Stelle. Wie gerne wäre ich Sarahs Stütze und rettender Anker. Verdammt, wenn ich für sie da gewesen wäre, wäre das heute überhaupt nicht passiert.

Mit all diesen Gedanken machte ich mich auf den Weg nach draußen. In der Hoffnung das, dass Schwein noch vor der Tür lag, ballte ich erneut die Fäuste. Es wäre mir eine Freude noch ein bisschen meine Wut herauszulassen. So ganz ohne Zeugen. Doch leider war dieser feige Arsch schon davongekommen. Ich ging also rüber in mein Haus. Um jedoch einen kleinen Blick auf Sarah zu erhaschen, wartete ich im Schutz der Dunkelheit an meiner Tür. Geschlagene zwanzig Minuten später kamen die Ärzte wieder aus dem Haus. Jedoch ohne Sarah. Um ganz sicher zu gehen, wartete ich weiter, bis der Krankenwagen ohne Sarah davonfuhr. Umgehend schloss ich die Tür hinter mir und begab mich nach oben. An viel Schlaf war zwar erneut nicht zu denken, doch die Hoffnung vielleicht morgen Sarah wiederzusehen, erfreute mich auf angenehme Art und Weise. Diese Hoffnung ließ mich endlich zur Ruhe kommen.

Der nächste Morgen war angebrochen. Die Küchenuhr zeigte kurz vor neun an, als es an meiner Tür klopfte. Ich stellte meinen Kaffeebecher ab und öffnete sie. Matt stand vor mir. An seiner rechten Hand war ein dicker Verband. Ich schenkte ihm ein Schräges Lächeln, als Anerkennung das er diesen Arsch so gut getroffen hatte.
„Hi. Komm doch rein", sagte ich sofort zu Matt. Mir war klar das er alles genau wissen wollte.
Matt nickte und trat ein.

Eine geschlagene Stunde war Matt bei mir. Wir saßen im Wohnzimmer und redeten ruhig über alles. Ich beantwortete ihm jede Frage und alles was ich von Sarah und dieser Nacht wusste.
„Wie konnte ich nur so blind sein?", warf Matt sich vor.
Ich stand schweigend auf. Es war ein Stück weit nachzuvollziehen,

wie er sich gerade fühlte. Diese Hilflosigkeit, sie nicht beschützt zu haben.

Auch Matt stand jetzt auf.

„Gut." Er stellte sich mir direkt gegenüber und reichte mir die Hand. „Danke das du Sarah geholfen hast. Die Kosten für dich als Anwalt werden wir natürlich übernehmen." Ich nahm seine Hand und winkte mit der anderen gleich ab.

„Das habe ich gerne gemacht, aber ich werde kein Geld annehmen", erklärte ich sofort. Matt lächelte, nickte und machte sich bereit zu gehen. Kurz bevor er bei der Tür war, kam es über mich.

„Matt, kann ich vielleicht auch kurz mit Sarah sprechen?", fragte ich kurz nach. Im nächsten Augenblick konnte ich mir nicht vorstellen das diese Worte tatsächlich aus meinem Mund gekommen waren. Wieso wollte ich Sarah unbedingt sehen? Um alles zu erfahren wegen der Sache mit John. Ob wir davon vielleicht noch was vor Gericht verwenden konnten. Das musste es sein. Etwas anderes war ausgeschlossen.

„Ich werde Sarah fragen. Aber ich bin mir sicher, dass sie nichts dagegen haben wird", antwortete Matt.

Wir nickten uns nur erneut zu. Dann war er verschwunden. Als die Tür ins Schloss viel drehte ich mich rum und schlug mit der Flachen Hand gegen die Wand.

„Verdammt!", fluchte ich vor mir hin. Ich war wütend so unheimlich wütend. Nervös lief ich in die Küche und fuhr mir mit der Hand durch meine kurz geschorenen Haare.

„Das darf nicht sein!", herrschte ich mich an. Die Wut in mir war allein gegen mich gerichtet. Ich wusste insgeheim das ich für Sarah Gefühle entwickelt hatte. Nie wieder wollte ich so für jemanden empfinden. In ihrer Nähe fühlte ich mich verwirrt und durcheinander. Alles andere wurde unwichtig, wenn sie den Raum betrat. Es war, als würde die Sonne aufgehen und erst wieder verschwinden, wenn sie schon längst weg war. Wie wunderbar rosé ihre Wangen aussahen, als sie morgens aus dem Bett gekommen war. Sie war wie Gift für mich. Nach dem Prozess musste ich den Kontakt einstellen. Der Kontakt davor war einfach unausweichlich. Und wegen dem Treffen heute, musste ich mir auch noch was einfallen lassen.

Sarah

Die Sonne schien ins Zimmer und weckte mich sanft. Alles war
friedlich. Die Stille wirkte wie Balsam für meine Seele und ließ mich
auch innerlich zur Ruhe kommen. Vorsichtig öffnete ich die Augen.
Ich wusste das ich mich bei Matt befand. Auch was gestern Abend
passiert war, wusste ich genau. Mir war ebenfalls klar das ich mir
helfen lassen musste. Es konnte nicht so weiter gehen, dass ich jedes
Mal, wenn ich John sah, so zusammenbrechen würde.
Es klopfte an der Tür. Ich erschrak aus meiner Starre.
„Ja", sagte ich brüchig. Die Tür ging auf und Matt trat ein. Ich
richtete mich auf und wollte gerade aufstehen, als er mir ein
Handzeichen gab, das ich liegen bleiben sollte. Ich lehnte mich
zurück und er setzte sich auf die Bettkante. Sanft nahm er meine
Hand und sah mich mit einem Blick an, der mir schlecht wurden
ließ. Mir war klar das er es nur gut meinte, aber ich wollte das nicht.
Diese Art von Beistand war der absolute Graus für mich.
„Wie geht es dir?", fragte Matt vorsichtig nach. Er war sichtlich
unsicher mit dem was er sagen sollte.
„Alles gut. Also im Moment zumindest", erklärte ich kurz. Er
drückte fest meine Hand.
„Sag Bescheid, wenn du was brauchst. Und du kannst natürlich so
lange hierbleiben, wie du willst."
Ich drückte zurück.
„Danke", flüsterte ich. Auch ein kleines Lächeln zauberten meine

Lippen.

Matt stand auf und lief rüber zur Tür.

„Achja", sprach Matt, „Aiden hat gefragt, ob er vielleicht kurz nach dir sehen kann."

Als Matt seinen Namen aussprach, klopfte mein Herz schneller.

Aiden wollte mich sehen? Woher wusste er, dass ich hier war?

„Ist das okay für dich?", fragte Matt mit zusammen gekniffenen Augen nach.

„Ja", ich nickte wie wild. Ich wollte Aiden gerne sehen. Doch nicht so.

„Ich möchte aber zu ihm rüber gehen", sagte ich zu Matt. „Er muss mich ja nicht sehen, wenn ich im Bett liege."

Wahrscheinlich wusste Matt bereits von Aiden was alles passiert war, doch ich wollte mir die persönliche Bürde nicht geben.

Eine Stunde später war ich geduscht und angezogen. Ich fühlte mich noch immer gut. Doch in meinem Magen fühlte es sich an, als würde dort ein Sturm toben. Was wollte Aiden wohl von mir?

Mit weiter kreisenden Gedanken begab ich mich nach unten.

Christin und Matt standen in der Küche. Als ich hereinkam, sahen beide schweigend zu mir rüber.

„Ich geh kurz rüber zu Aiden.", sagte ich schnell, damit die Situation nicht noch komischer wurde, als sie schon war.

„Ja mach das", antwortete Matt. Christin schenkte mir ein Lächeln.

Unverzüglich drehte ich mich herum, nahm mir meine Jacke von der Garderobe und ging zur Tür raus. Der kalte Wind schlug mir ins Gesicht. Der Winter stand kurz bevor. Das spürte man. Schnellen Schrittes lief ich rüber. Auf der Veranda von Aiden blieb ich noch eine Zeitlang stehen. Der Sturm in mir tobte weiter. Ich freute mich sehr Aiden wieder zu sehen. Wir hatten kaum Kontakt die letzten Tage. Nur am Anfang der Woche und dann kurz im Club. Insgeheim wollte ich es mir nicht eingestehen, aber ich hatte Gefühle für Aiden entwickelt. Wie konnte ich nur für so jemanden etwas empfinden? Er war so kühl und distanziert. Doch wenn es drauf ankam, wie an dem Abend wo ich einfach vor seiner Tür stand, da war er wie er selbst. Er war unglaublich einfühlsam. Stopp! Sagte ich mir selbst. Ohne weiter drüber nachzudenken, klopfte ich umgehen und viel zu doll an seine Tür. Wenige Augenblicke später öffnete Aiden sie. Langsam hob ich meinen schüchtern gesenkten Kopf. Aiden trug eine dunkle enge Jeans, sowie eine schwarze Trainingsjacke mit gelben Applikationen. Er sah umwerfend aus. Auch wenn viele Frauen eher auf Männer im Anzug standen, wusste ich, da Aiden ihn sonst jeden Tag trug, das er in dieser Kleidung authentischer wirkte. So war er mehr er selbst. Noch immer in Gedanken, bemerkte ich erst, als er anfing zu lächeln, dass ich direkt in sein Gesicht sah. Das Lächeln brachte seine Augen zum Strahlen und fing mich auf. Ich war dort angekommen, wo ich sein wollte.

„Hi", hauchten meine Lippen.

„Hallo, komm doch rein", sagte er unverzüglich und trat einen

Schritt zur Seite. Mein Herz schlug schneller und schneller.

„Danke", kam gerade noch gebrochen aus meinem Mund. Als ich
an ihm vorbeiging, kam ein Hauch seines Duftes zu mir rüber. Es
ließ meine Hände feucht werden. Fetzen der Erinnerung, wie nah
ich ihm in diesem Club war, flogen an mir vorbei. Eine
wunderschöne verwirrende Erinnerung.

Das Schließen der Tür holte mich ins hier und jetzt zurück. Nervös
drehte ich mich zu ihm um und schob mir eine Strähne hinter das
Ohr.

„Du wolltest mit mir sprechen?", fragte ich direkt. In Aidens
Gesicht spiele sich in diesem Moment enorm viel ab. Seine Augen
zogen sich eng zusammen. Das Lächeln war verschwunden. Fast
wie aus Stein wirkte seine Mimik wie eingefroren.

„Ja", antwortete er in einem Ton, den er auch am Montag in seiner
Kanzlei an sich hatte. Als würde sein Anwalts-Ich vor mir stehen.
Er fuhr sich noch einmal durch die Haare und schloss kurz die
Augen. Es war, als würde er erst darüber nachdenken was er sagen
wollte.

„Ich wollte dir sagen, dass ich morgen ein Schnellverfahren
beantragen werde. Mit der Belästigung von gestern haben wir gute
Chancen.", die Eiseskälte in seiner Stimme, war förmlich auf meiner
Haut zu spüren. Der Kloß in meinem Hals nahm mir sämtliche
Worte. Wut machte sich in mir breit. Ich wusste zwar nicht so viel
von Gefühlen und fiel oft auf die Nase, aber das Aiden mir
irgendetwas verschwieg, war selbst für mich sofort zu erkennen.

Wieso sagte er nicht einfach, was Sache war?

„Das wolltest du mir sagen?", fragte ich skeptisch nach. Ich verschränkte meine Arme vor der Brust. Mein Herz schlug weiter schneller, angeheizt von dem Adrenalin in meinem Blut.

Wieder dieses Mimikspiel in seinem Gesicht. Er wollte die Maske des knallharten Anwaltes nicht ablegen. War das wirklich alles?

„Ja. So muss ich dir das nicht am Telefon mitteilen. Wenn du noch fragen dazu hast können wir das direkt klären." Die Maske wurde brüchig. Aiden versuchte alles dagegen zu tun. Zur weiteren Stärkung verschränkte er ebenfalls die Arme vor der Brust und richtete sich arrogant auf. „Hast du noch fragen?"

„Nein", sagte ich mit zusammen gebissenen Zähnen.

„Gut." Er schlug die Hände zusammen. „Dann werde ich alles in die Wege leiten", sagte er abschließend. Aiden ging an mir vorbei und wollte mich hinausführen, als ich nicht anders konnte und ihn direkt zur Rede stellte.

„Warum versteckst du dich?", fragte ich und sah ihn direkt an. Er blieb stehen. Seine Augen verengten sich. Es war ihm anzusehen, dass er sich ertappt fühlte. Erst Sekunden später sah er mir in die Augen.

„Was willst du damit sagen? Ich verstecke mich nicht", antwortete er wie selbstverständlich. Noch immer hielt er die arrogante Haltung aufrecht, doch wie lange könnte er das noch?

„Aiden", ich ging einen Schritt auf ihn zu. Ich stand jetzt unmittelbar vor ihm.

„Du kannst mir doch nicht erzählen das du es nicht spürst. Da ist doch irgendwas zwischen uns." Jetzt war es raus. Auch wenn ich mit dieser Aussage direkt in ein Fettnäpfchen treten würde, wäre es wenigstens ausgesprochen worden.

Wärme stieg in seinen Augen auf. Zu gern würde ich jetzt wissen was für ein Kampf in seinem Inneren gekämpft wurde. Schon fast sah es so aus, als würde die Wärme die Oberhand bekommen, wurde der Vorhang zugezogen.

„Tz", zischten seine Lippen. „Also es tut mir leid, wenn du so gedacht hast." Er sah sich verunsichert um. Als würde er irgendwo Halt oder Hilfe suchen.

„Und Sarah", setzte er nach „es tut mir wirklich leid, was dir da passiert ist und ich werde alles tun, um John die gerechte Strafe zukommen zu lassen, aber du musst deswegen noch kein Münchhausen Komplex bekommen." Hörte Aiden sich gerade eigentlich selbst sprechen? Seine Antwort war definitiv ein Schlag weit unter die Gürtel Linie. Mir klappte der Mund auf. Tränen schossen mir ohne Vorwarnung in die Augen. Hatte Aiden das gerade wirklich gesagt? Ich ging einen Schritt zurück. Antworten konnte ich noch immer nicht. Ohne auf ihn zu warten oder weiter zu reagieren, öffnete ich selbst die Tür, ging raus und schloss sie wieder hinter mir.

Die Kälte draußen schluckte meinen Tränen. Wie konnte Aiden nur so etwas behaupten? Oder hatte er vielleicht recht und ich war wirklich übers Ziel hinausgeschossen? Wenn man sich die Frauen ansah, mit denen er sich sonst abgab, war das auch wirklich nicht denkbar.

Ich schloss die Tür zu Matts Haus hinter mir. Matt kam sofort auf mich zu.

„Sarah", er klang erschrocken. Vorsichtig legte er die Hände auf meinen Schultern.

„Ist alles okay? Ist was passiert?", panisch stand er vor mir. Es war mir so peinlich. Wie konnte ich auch nur denken, das Aiden irgendetwas für mich empfinden würde? Schließlich war ich einfach nur eine seiner Klienten.

Ich schenkte Matt schnell ein kleines Lächeln und schüttelte den Kopf.

„Nein, es ist alles okay. Ich möchte nur gerne nach Hause." Matt ließ zögerlich von mir ab. Er fragte nicht weiter nach, nahm seine Jacke und fuhr mich ohne nach Hause.

Aiden

Schüchtern stand sie vor mir, den Blick gesenkt. Nur langsam schaute sie zu mir auf. Ich sah, wie ihr Atem schneller wurde. Die dunklen langen Haare fielen ihr über die Schultern nach vorne. Als sie schließlich ganz den Kopf gehoben hatte, sah sie mich einfach nur an. Zu gerne würde ich jetzt in ihren hübschen Kopf schauen. „Hi", flüsterten ihre Lippen. Röte trat in ihre Wangen. Ich beobachtete sie so genau, dass mir jede kleinste Kleinigkeit und Veränderung sofort auffiel.

„Hallo, komm doch rein", entgegnete ich freundlich. Sie trat ein. „Danke", sagte sie noch immer sehr zurückhalten. Ihre Art, ihre Haltung und jede noch so kleinste Geste fand ich unglaublich ansprechend.

„Du wolltest mit mir sprechen?", fragte ich neugierig. Ihr Kopf ging in eine leichte Schieflage. Das Licht welches durch die Fenster ein viel, versetzten ihr Antlitz sehr schön in Szene. Hör sofort auf! Schrie mein inneres. Wolltest du wieder auf die Nase fallen? Sie würde sich für immer an dein Bein Zecken und dir keinen Freiraum mehr geben. Du wärst ein Sklave, wenn du dich auf sie einlässt! Es versetzte mein Herz einen Stich. Abermals wurde mir klar, das ich auf dem besten Wege war, mehr als nur ein paar Gefühle für Sarah zu entwickeln. Das durfte nicht sein.

„Ja", antwortete ich kurz um und holte mein Arschloch-Ego wieder hervor.

„Ich wollte dir sagen, dass ich morgen ein Schnellverfahren beantragen werde. Mit der Belästigung von gestern haben wir gute Chancen." Sehr gut! Lobte ich mich selbst. Das war ein guter Grund und sogar möglich. Ich würde morgen alles in die Wege leiten und dann hätten wir das ganze innerhalb ein oder zwei Wochen hinter uns gebracht. Dann könnte ich endlich den Kontakt einstellen. Wieder dieser Stich. Doch ich ignorierte ihn. Im Hintergrund dachte ich schon darüber nach wie ich Natalia morgen am besten und schnellsten flachlegen würde.

„Das wolltest du mir sagen?" Ihre Stimme wirkte zittrig. Sie verschränkte die Arme. Nein, rief mein inneres. Ich wollte dich eigentlich fragen, ob ich derjenige sein darf, der auf dich aufpassen darf? Ob du heute Nacht bei mir bleibst, nur damit ich dich in Sicherheit weiß. Ob du mit mir zu Abend isst und mein inneres zum Ausgleich bringst. Ob ich irgendwann derjenige sein darf, der dir zeigen kann, das Liebe etwas Wunderbares sei, und nichts mit Schlägen zu tun hat. Krieg dich wieder ein du Weichei. Sie wird dir das Herz brechen und dich nie wieder frei geben. Du wirst daran zu Grunde gehen. Du wirst ein gebrochener Mann sein und niemand wird dich mehr erst nehmen. Als würde ich einen Tritt in die Eier erhalten, ruckelte es mich doch frei.

„Ja. So muss ich dir das nicht am Telefon mitteilen. Wenn du noch fragen dazu hast, können wir das direkt klären."

Ich nahm eine Abwehrhaltung ein

„Hast du noch fragen?", fragte ich abschließend, um dem ganzen hier ein Ende zu setzten.

„Nein", flüsterte sie. Ihre Augen wurden schmaler. Ich musste aus dieser Situation raus, bevor ich diesem Druck nicht mehr standhalten konnte.

„Gut. Dann werde ich alles in die Wege leiten." Ich ging um sie rum, um ihr zu zeigen, das es Zeit war zu gehen. Sarah drehte sich um, blieb dicht vor mir stehen. Ihr Duft strömte zu mir rüber und legte sich köstlich auf meine Lippen.

„Warum versteckst du dich?", polterte sie mit der Tür ins Haus. Mein Herz begann zu rasen. Was sollte diese Frage? Ich ließ mich auf so etwas nicht ein. Schnell zeigte ich ihr, dass ich derjenige war, der das sagen hatte.

„Was willst du damit sagen? Ich verstecke mich nicht."
Sarah kam näher.

„Aiden.", ihr Blick fest auf meinem. „Du kannst mir doch nicht erzählen das du es nicht spürst. Da ist doch irgendwas zwischen uns."

Sarah hatte den Nagel auf den Kopf getroffen. Doch ich wollte das nicht und sie wollte mit Sicherheit nicht mit einem Arsch wie mir zusammen sein. Geschweige denn würde ich es mit ihr aushalten. Sie war ja noch nicht mal mein Typ.

„Tz.", der Ton kam härter raus, als ich es gedacht hatte. „Also es tut mir leid, wenn du so gedacht hast." Wie sollte ich es ihr nur am besten unmissverständlich klar machen? „Sarah, es tut mir wirklich leid, was dir da passiert ist und ich werde alles tun, um John die gerechte Strafe zukommen zu lassen, aber du musst deswegen noch kein Münchhausen Komplex bekommen." Das sollte deutlich gewesen sein.

Wir hielten Blickkontakt. Tränen sammelten sich in ihren Augen. Diese Worte taten zwar weh, doch ich musste eine Grenze ziehen. Es konnte so nicht weiter gehen. Ohne ein Wort zu sagen, ging Sarah zur Tür und verließ das Haus. Erst als die Tür wieder ins Schloss viel rührte ich mich. Die Wut in mir schoss heraus. Ich schnappte mir eine nichts sagende Dekoration aus Porzellan und schleuderte sie mit voller Wucht quer durch den Flur. Sie zerbrach laut klirrend an der Wand. Das reichte mir jedoch nicht, um genug Druck abzulassen. Ich musste was tun, jetzt. Schnell packte ich meine Sachen, schloss alles hinter mir zu und fuhr mit dem Auto in mein Appartement. Angewidert von mir selbst, steuerte ich das Auto durch den Verkehr. Zwar wusste ich, dass ich ein Arsch geworden war, doch dieser Satz war selbst für mich ein Schritt zu weit.

In meinen privaten Fitnessraum pumpte ich, so viel es ging. Es war kaum fünf Uhr, als ich beschloss, dass noch eine Runde Joggen nicht Schaden konnte.

Ich lief bereits eine Stunde oder mehr. Mir fiel auf das ich ganz in der Nähe von Sarahs Wohnung war. Selbst mein Arschloch-Ego war soweit das ich mich bei ihr entschuldigen musste. Nur eine kurze Entschuldigung, dann würde ich wieder zurücklaufen. Vielleicht war sie auch gar nicht zu Hause und würde die Nacht noch bei Matt bleiben.

Noch immer in Gedanken bemerkte ich erst als ich davorstand, das ich bereits bei Sarah angekommen war. Mehrere Minuten stand ich einfach nur da. Ich musste mich entschuldigen. Das Ganze würde die weitere Zusammenarbeit jedenfalls vereinfachen. Meine Beine schmerzten, als ich den ersten Schritt tat. Den Schmerz nahm ich dankend an. Auch wenn ich diesen Weg bisher nur einmal gegangen war, war es für mich ein Einfaches ihn wieder zu finden. Erneut vergingen ein paar Minuten, die ich vor Sarahs Tür verbrachte. Ich wusste nicht genau, was ich sagen sollte. Schließlich klopfte ich einfach und beschloss zu improvisieren.

Schritte kamen näher. Sie war also zu Hause. Die Verriegelung wurde geöffnet und das Schloss aufgeschlossen. Als die Tür schließlich aufging, merkte ich wie meine gesamte Kraft von mir ab viel. Für nichts war ich mehr stark genug.

„Aiden. Was willst du denn hier?", fragte sie überrascht. In einem dicken Wollschal eingewickelt, stand sie vor mir. Ihre Haare waren offen. Sie wirkte zerbrechlich. Hatte sie etwa doch mehr geweint als ich wahrhaben wollte?

„Ich", mein Atem ließ mich stocken. „Können wir das vielleicht nicht auf dem Flur klären?"

Sarah, höflich wie eh und je, machte platz und gewährte mir Eintritt.

Sie schloss die Tür hinter sich.

„Was möchtest du denn klären?", hackte sie nach.

Die tiefe ihrer Augen hauten mich um. Ohne Kraft mich zu widersetzten ging ich einen Schritt auf sie zu. Sarah blieb stehen und ließ alles zu. Meine Hand fuhr an ihre Wange. Die Wärme von ihr schlug auf mir über. Es war, wie ein Funke, der übersprang. Ihre Lippen öffneten sich leicht. Wie eine Einladung nahm ich es an. Mit jeder Faser meines Körpers wollte ich sie berühren, sie besitzen, sie für mich haben.

„Sarah", sie sagte nichts. Wollte sie es auch? Doch sie wich auch nicht zurück. Ohne weiter darüber nachzudenken, legten sich meine Lippen schließlich auf ihre. Sanft begannen ihre Lippen sich unter meinen zu bewegen. Ein Feuerwerk entfachte in mir. Schon lange hatte ich nicht mehr so einen unbeschreiblich gefühlvollen Kuss bekommen. Sie schenkte mir in diesem Moment alles, was ich brauchte. Sie war alles, was ich brauchte.

Sarah

Der Tag wollte einfach nicht enden. Den ganzen Nachmittag überkamen mich immer wieder die Tränen. Zwar saß mir der Schock von gestern Abend ebenfalls noch in den Knochen, machte mir die Aussage von Aiden viel mehr zu schaffen. Seine Worte versetzten meinem Herz einen richtigen Riss.

Ein Klopfen holte mich ins hier und jetzt zurück. Wacklig lief ich rüber zur Tür. Ich war müde und doch wusste ich, dass ich keinen Schlaf finden würde.

Ohne nachzufragen, entriegelte ich die Tür und öffnete sie einen Spalt. Ich zwinkerte, um sicher zu gehen das ich richtig sah. Aiden stand in Sport Kleidung vor mir. War er etwa hierhergelaufen?

„Aiden. Was willst du denn hier?", fragte ich direkt heraus.

„Ich", stotterte er und sah sich um. „Können wir das vielleicht nicht auf dem Flur klären."

Umgehend ließ ich ihn hinein und schloss die Tür hinter ihm. Was war so wichtig das er zu mir kam. Tat es ihm vielleicht doch leid was er heute zu mir gesagt hat?

„Was möchtest du denn klären?" Angst durchfuhr meine Adern. Oder wollte er vielleicht noch einen draufsetzten? Mir mehr weh tun? Plötzlich kam Aiden näher. Seine Augen fixierten fest die meine. Er hob seine Hand und legte sie mir an die Wange. Was passierte hier? Ich konnte mich nicht rühren. Wie versteinert stand ich vor ihm. Sein Gesicht kam näher. Wollte er mich etwa küssen? In mir brodelte es. Ich fragte mich insgeheim, wie ich so ruhig bleiben konnte. Umso näher er kam, desto mehr betäubte mich förmlich sein Duft. Er roch so gut. Die Mischung auf seiner Haut versetzte mir ein Kribbeln auf dem gesamten Körper. Dann war es soweit. Seine Lippen trafen auf meine. Fast bebend spürte ich sie unter meinen. Eine Wärme von unbeschreibbarer Intensität durchströmte mich. Als würde dadurch meine Starre aufgehoben werden, begann ich meine Lippen unter seinen zu bewegen. Sein Bart kitzelte leicht, was die ganzen Gefühle in mir noch mehr durcheinanderbrachte. Auch seine andere Hand legte sich jetzt an die andere Hälfte meines Gesichtes. Dies nahm ich als Bestätigung, ihn ebenfalls berühren zu dürfen. Eine Hand von mir fuhr in seinen Nacken. Er war kühl und hart. Aiden war unglaublich gut trainiert. Wieso gab er sich mit mir ab? Was sollte das hier alles überhaupt? Meine wirren Gedanken ließen mich die Situation abbrechen. Aiden verstand sofort und löste sich von mir. Er ging jedoch nicht weit. Nur wenige Zentimeter ließ er zwischen uns kommen.

„Aiden. Was", was sollte ich ihn denn fragen? Was das ganze sollte? Wobei – genau das war es was ich wissen wollte. Er überließ mich nicht weiter meinen Gedanken, als er anfing sich zu erklären.

„Sarah ich habe im Moment nicht die Kraft mich von dir Fern zu halten." Er war zurück. Der Aiden für den ich diese schönen Gefühle entwickelt hatte stand vor mir. Unsere Blicke erneut tief ineinander verwoben. „Und es tut mir leid, was ich zu dir gesagt hatte. Ich hatte gehofft dich damit so weit wie möglich von mir fernzuhalten. Auch wenn dieses der wohl die unpassendste Zeit war."

Kaum war die Berührung vorbei, trat die Starre wieder ein. Ich sagte nichts. Was war nur los? Hatte Aiden mir gerade gestanden das er tatsächlich auch etwas für mich fühlte? War das nicht genau das, was ich mir gewünscht hatte?

Wie aus dem nichts ging er ein Stück zurück und hob die Hände zur Abwehr.

„Sarah es tut mir leid. Ich wollte das alles nicht, das kannst du mir glauben." Nervös fuhr er sich über die kurzen Haare.

„Aiden", sprach ich ihn an. Sichtbar erleichtert, seinen Namen aus meinem Mund zu hören, beruhigte er sich. Langsam kam seine Hand vor und wischte mir über die Wange. Er wischte mir eine Träne fort. Wann hatte ich angefangen zu weinen? Zwar liefen bekannterweise den ganzen Tag schon meine Tränen, waren dieses Tränen der Rührung. Ich war ihm dankbar das er hier war und dass er sich entschuldigt hatte. Zwar machte das nicht alles ungeschehen, wollte ich es für nur einen Moment vergessen. Den Schmerz von John oder wie sehr dieser Satz mich von Aiden getroffen hatte, einfach vergessen. Wie ein Süchtiger kam das Verlangen in mir hoch, das wundervolle kribbeln von eben zurück zu haben, als seine Lippen, die meinen berührten.

Auf mal war es ein leichtes meine Starre zu lösen. Langsam ging ich ein Stück auf Aiden zu. Er bemerkte was ich vorhatte und begann zu lächeln. Als sich unsere Lippen erneut trafen, war das Gefühl zu vorher um ein hundertfaches Größer. Es fühlte sich wie fliegen an, ohne zu wissen, wo die Reise hinging. Aidens eine Hand lag wieder an meiner Wange. Vorsichtig schob er die andere Hand an meine Taille. Es war toll, ich wollte so gerne mehr von ihm. Doch wie weit würden wir überhaupt gehen? Wir hatten uns doch gerade erst geküsst und schon sehnte ich mich nach mehr von ihm? Würde ich überhaupt beim Sex je wieder so fühlen können wie vorher? Mir wurde es zu viel. Meine Gedanken liefen auf Hochtouren was auch mein Puls in ungeahnte Höhen schießen ließ. Aidens Küsse verwirrten mich zunehmen. Ich vergaß zu atmen. Mir wurde schummerig. Mein Körper kippte leicht nach rechts. Aiden hielt mich sofort fest und hörte auf mich zu küssen. Frische Luft füllte meine Lungen. Er stütze mich weiter.

„Entschuldigung", flüsterte ich. Vorsichtig schob ich mir meine Haare hinter die Ohren. Aiden ließ ganz von mir ab und gab mich frei.

Wir sahen uns tief in die Augen. Sein gesamtes Gesicht zeigte eine so tiefe Zufriedenheit, wie ich es kaum von ihm kannte. Noch immer standen wir einfach so da. Stimmen drangen aus dem Flur in meine Wohnung. Es war mir überhaupt nicht unangenehm, denn hier war immer viel los, doch Aiden ruckelte es wach. Der Abstand zwischen uns wurde größer. Er baute sichtbar eine Mauer auf.

„Ich muss dann mal wieder", sagte er mit kehliger Stimme.

„Ja. Natürlich", bestätigte ich nur. Etwas anderes hatte ich auch nicht von ihm erwartet. Auch wenn er mich mehr als überraschte.

„Na denn. Ich melde mich bei dir."

Das waren die letzten Worte, als er schnell ohne sich umzusehen, aus der Tür verschwand. Meine Starre hielt an. Erst jetzt wurde mir bewusst was gerade passiert war. Das Aiden zu mir gekommen war, um sich bei mir zu entschuldigen, fand ich gut. Richtig gut sogar. Doch was sollte der Kuss? Sollte dieser Kuss zwischen uns irgendetwas verändert haben? Und wieso hatte Aiden mich überhaupt geküsst? Hatte ich ihm irgendwelche Signale ausgesendet? Vielleicht hatte er aber auch über meine Frage nachgedacht, ob dort etwas zwischen uns war. Und dieser Kuss, diese Gefühle, welche nicht nur ich in diesem Moment gefühlt hatte, bestätigten das.

Mit schwirrendem Kopf schloss ich die Tür und ließ mich auf der Couch nieder. Der Fernseher lief und lief, doch mit meinen Gedanken war ich noch immer bei Aiden. Sein Duft lag mir noch in der Nase. Sogar mein Schal hatte etwas davon angenommen, als wir uns so nah waren. Ich versteckte die Nase in der weichen Wolle, schloss meine Augen und holte tief Luft. Das Kribbeln überkam mich aufs Neue. An diesem Abend kam ich zwar sehr spät zum Schlafen, doch war dieses seit langer Zeit der tiefste und erholsamste Schlaf, der mir zukam.

Der nächste Morgen startete durch ein unangenehmes Klingeln

meines Weckers. Ich nahm eine kurze erfrischende Dusche, um wach zu werden. In der U-Bahn überlegte ich, wie durcheinander mein Leben in den letzten Wochen geworden war. Das alles fing an, als Aiden in mein Leben trat. Wobei er für die Sache mit John nichts konnte. Wer weiß, ob ich überhaupt noch wäre oder wo ich wäre, wenn Aiden in der besagten Nacht, nicht für mich da gewesen wäre.

An meinem Arbeitsplatz warteten diverse Akten auf mich. Unterbewusst war ich froh über die Ablenkung. Nancy fragte mich in den kurzen Kaffeepausen über mein Wochenende aus. Ich hatte ihr nur erzählt das ich das Wochenende bei meinem Bruder verbracht hatte. Nancy erzählte das sie wieder einen neuen Typen kennen gelernt hatte und sich bald wieder mit ihm treffen wollte. Somit war es ein leichtes für mich das Thema immer wieder auf sie zu lenken.

Als es bereits dunkel war und kaum noch jemand im Büro, machte auch ich Feierabend. Es tat gut gebraucht zu werden und den Kopf frei zu bekommen. Oder wenigstens an etwas anderes zu denken. Dieses hielt jedoch nicht lange an. Bereits als ich auf dem Weg nach draußen war, schwirrten meine Gedanken hin zu Aiden. Was er jetzt wohl gerade tat? Wann würde er sich melden? Sollte ich mich vielleicht bei ihm melden? An diesem Abend ging ich früh ins Bett und fand schnell in den Schlaf. Die Träume, welche mich dann überkamen, hätte ich jedoch lieber ausgelassen.

Sarah. Hallte es. Ich war in meiner Wohnung und kochte gerade essen. Es war ein sonniger Tag. Nancy würde gleich vorbeikommen und mit mir einen Mädels-Tag machen.

Sarah. Schallte es erneut durch die Wände. Ich hob meinen Kopf und sah mich um. Die Stimme kam mir bekannt vor. Mein Bauch fing an verrückt zu spielen. Instinktiv ging ich zur Tür. Aiden – die Stimme kam von Aiden. Mit breitem Lächeln öffnete ich die Tür. Plötzlich wurde es dunkel. John stand vor mir und stürmte auf mich zu. Er schmiss mich unsanft auf den Boden und erdrückte mich. Alles wurde schwarz, die Luft blieb mir weg. Es war, als würde ich sterben – und wenn dieses nicht passieren würde, wäre es auf jeden Fall in diesem Augenblick ein Wunsch von mir gewesen.

Schweißgebadet lag ich mit meiner Wolldecke auf der Couch. Es war noch sehr früh, doch ich konnte und wollte nicht mehr schlafen. Der nächste Arbeitstag wartete auf mich und ich nahm die Ablenkung dankend an.

Aiden

„Ich danke ihnen, dass wir dieses so unkompliziert regeln können",
sagte ich aufrichtig.

„Gerne. Auf Wiederhören."

Ich legte auf. Erleichtert ließ ich mich in meinen Stuhl zurücksinken.
Es kostete mich mehrere Anrufe und einen Gefallen, das ich noch
für diese Woche einen Anhörungstermin wegen der einstweiligen
Verfügung gegen John erwirken konnte. Am Donnerstag würde es
schon soweit sein. Sarah musste nicht dabei sein. Als ihr Anwalt
konnte ich sie vertreten. Ich musste Sarah informieren. Ihr Bescheid
sagen, wie es weiter ging. Mein Magen machte sich bemerkbar. Ein
komisch schönes Gefühl wie ich es gestern erst erlebt hatte, machte
sich in mir breit. Ich schloss die Augen. Wie hatte es diese Frau nur
geschafft mich so durcheinander zu bringen? Ein Glück konnte ich
den Kontakt bald einstellen und meinen Weg gehen. Dafür das ich
gestern so schwach war, hätte ich mich selbst Ohrfeigen können.

Es klopfte an der Tür. Ohne zu warten, kam Natalia herein.

„Aiden?", sagte sie fragen. Als unsere Blicke sich trafen, wussten wir
beide, was die nächsten Minuten passieren würde. Ich brauchte Sex
und das schnell, hart und am besten sofort. Sonst bekäme ich heute
keinen klaren Gedanken mehr zu fassen.

Ich stand zügig auf, dass mein Stuhl hinten gegen den Schrank knallte. Natalias Mundwinkel zogen sich hoch. Sie schloss die Tür, noch während ich auf sie zuging. Mit meinem gesamten Körper drückte ich sie fest gegen die Tür. Mein Mund landete hart auf ihrem, dass sogar unsere Zähne aneinanderstießen. Ein Stöhnen entrann ihren Lippen. Mein Schwanz wurde hart. Es war der reinste Trieb. Dieses hier hatte nichts mit Liebe oder Gefühlen zu tun, sondern mit Natur und Rangordnung. Ich brauchte die Oberhand. Ich legte meine Hände auf ihre Schultern und drückte sie auf die Knie. Das war der richtige Moment für einen Blowjob. Mehr Oberhand hätte ich nicht haben können. Mein Kopf viel mir in den Nacken. Mit meinen Händen führte ich sie an schneller zu werden. Kaum später ergoss ich mich tief in ihrem Mund. Natalia schluckte und schluckte. Es war ein berauschendes Gefühl. Wie ein Junkie genoss ich diesen Schuss.

Ganz Gentleman half ich ihr auf und reichte ihr ein Taschentuch. „Danke", endraunte mir. Natalia schaute mich schief an. Sie war es nicht gewohnt das ich mich bei ihr bedankte, denn wir wussten beide, was wir an dem anderen hatten.

„Gerne", lächelte sie mir schließlich entgegen und verschwand aus meinem Büro.

Ich ließ mich auf meinen Stuhl nieder und machte mich weiter an die Arbeit. Es musste noch einiges für Donnerstag vorbereitet werden. Ich musste das ganze mit Sarah durchgehen, doch heute würde mein Widerstand gegen sie dafür nicht ausreichen. Morgen. Morgen würde ich sie anrufen oder noch besser, sie auf der Arbeit besuchen, um alles direkt zu klären.

Der Abend war lang und die Nacht kurz. Vor Erschöpfung fand ich ein wenig schlaf auf meiner Couch. Das musste ausreichen. Nach einer Runde Frühsport fühlte ich mich bereit Sarah gegenüber zu treten, ohne die Maske zu verlieren.

Mit dem Handy am Ohr lief ich durch die Straßen von New York. „Ich werde noch einen Außerhaustermin wahrnehmen. Sagen Sie alle Termine für heute Vormittag bitte ab Natalia."
Natalia tippte schnell etwas in ihrem PC.
„Alles klar. Schon erledigt", bestätigte sie kurz. Ich legte auf. Mit meiner Aktentasche in der einen Hand, rückte ich mit der anderen Hand meine Krawatte zurecht. Das Gebäude von Bugs & Newmann, wo Sarah arbeitete, war groß. Gestern Abend hatte ich noch ein wenig recherchiert und ich erinnerte mich, dass der Chef von ihr vor wenigen Jahren bei mir Klient war. Nach dem damaligen erfolgreichen Abschluss des Prozesses, waren wir noch ein paar mal Golfen. Das verschaffte mir einen Vorteil, für Sarah den Vormittag herauszuschlagen.
Noch als meine Gedanken weiter kreisten, stand ich im Fahrstuhl und überlegte, wie Sarah wohl reagieren würde. Doch die kurze Zeit, die wir noch miteinander hatten, sollte sie ruhig wissen, dass ich das Sagen hatte und nach meinen Regeln gespielt wurde. Und wenn ich wollte das sie frei bekäme, dann würde sie das auch

bekommen und so akzeptieren.

Im Fahrstuhl ertönte ein lauter ping. Ich stand inmitten eines Großraumbüros mit diversen Arbeitsplätzen. Es blieb mir nur kurz Zeit einen Überblick zu bekommen, doch Sarah war nirgends zusehen. Eine junge Frau, gutaussehend und genau nach meinem Geschmack kam auf mich zu. Sie trug einen kurzen Rock, was es mir leicht machte meinen Charme spielen zu lassen.

„Hallo", sagte sie ausgesprochen freundlich. „Kann ich ihnen helfen?" Ihr Blick wirkte kokett. Doch der Ehering am Finger war für uns beide ein Stopp Signal.

„Hallo. Aiden Brooks mein Name. Ich weiß das ich keinen Termin habe, aber ich hoffe das Jeff ein paar Minuten Zeit für mich hat." Mit meiner durchdringenden Art hatte ich sie sofort um den Finger gewickelt. Als ich dann auch noch den Vornamen ihres Chefs aussprach, wusste sie, dass es etwas persönliches sein musste.

„Ja", stotterte sie und schaute nervös in Richtung Büro.

„Ich denke das lässt sich einrichten. Ich werde ihn kurz fragen. Wenn sie kurz warten wollen." Sie strich sich noch schnell die Haare nach hinten. Ich nickte nur bestätigend und signalisierte ihr das ich warten würde. Die Schönheit vor mir lief umgehend los und verschwand in ein Büro auf der rechten Seite.

Mir passte das ganz gut, denn so blieb mir ein bisschen Zeit nach Sarah Ausschau zu halten. Erstaunlich viele Leute liefen in der kurzen Zeit an mir vorbei. Aber von Sarah war nichts zusehen. Ein Gesicht kam mir dann doch bekannt vor. Eine blonde, groß gewachsene Frau, fixierte mich und sah mich an. Sie stand ein paar Büroreihen von mir entfernt. Es war die Freundin von Sarah, mit der sie schon ein paar mal Unterwegs war. Kurz darauf kam die Frau von eben aus dem Büro zurück und winkte mir zu, das ich herkommen sollte. Ich ging mit erhobenem Haupte auf sie zu, schenkte ihr mein bestes Lächeln und trat in das angrenzende Büro ein.

„Aiden!", rief Jeff und kam auf mich zu. Wir gaben uns herzlich die Hand.

„Jeff. Schön sie mal wieder zu sehen", erwiderte ich sein herzliches Willkommen.

Er zeigte mir, mit einer Handbewegung, dass ich mich setzten sollte. „Was verschafft mir denn die Ehre?", hackte er direkt nach. Mir war klar das er nur wenig Zeit hatte. Als erfolgreicher Geschäftsmann wusste ich, das Zeit Geld war. Und Jeff war immer sehr zielstrebig und erfolgreich. Er riskierte nichts. Somit winkte ich dankend ab, blieb stehen, und kam gleich zur Sache.

„Danke Jeff. Aber ich wollte nur kurz fragen, ob eine ihrer Mitarbeiterin, Sarah, heute frei bekommen könnte. Wir haben geschäftlich miteinander zu tun und müssen noch einiges für eine Anhörung klären." Eine innerliche Zufriedenheit überkam mich, als ich ihren Namen sprach. Jeff hingegen, wurde blass. Er ging um seinen Schreibtisch herum und setzte sich auf seinen großen schwarzen Bürostuhl.

„Sarah? Was hat sie denn angestellt? Sie schien mir immer sehr loyal zu sein?", fragte er besorgt nach. Er legte die Fingerspitzen aneinander und schaute zu mir hoch.

Ich winkte sofort ab.

„Nein", lachte ich leicht auf. Allein bei dem Gedanken das Sarah etwas anstellen würde, musste ich schmunzeln. Sie war so großherzig und liebenswürdig, sie könnte kaum jemanden etwas antun. Hör mit diesen Gedanken auf und konzentriere dich auf die Arbeit. Ich hörte auf meinen inneren Schweinehund und nahm mehr Haltung ein.

„Sarah hat nichts angestellt. Es geht um eine private Sache von ihrer Seite aus", erklärte ich kurz. Jeff sagte nichts. Das war kein gutes Zeichen. Um mich auf seine Ebene zu begeben, nahm ich das Angebot von eben umgehend an, und setzte mich auf den Stuhl vor seinem Schreibtisch.

„Hören sie, wir sind beide Geschäftsmänner.", Jeff zog eine Augenbraue hoch. Ich sprach weiter „Ich weiß, dass jeder Mitarbeiter von ihnen gerade zur Weihnachtszeit sehr wertvoll ist. Und wenn sie Sarah heute frei geben, ohne Einbußen", bei den Worten ging auch die zweite Braue hoch „Dann haben sie etwas gut bei mir. Und wir wissen beide das mein Stundenlohn wesentlich mehr wert ist als einer ihrer Mitarbeiter." Damit beendete ich meine kurze Ansprache. Jeff schloss die Augen. Instinktiv wusste ich, dass er klein beigeben würde. Gegen dieses Argument hatte er einfach nichts entgegenzubringen.

„Ok, für heute ist sie freigestellt“, sagte er mit klarer Stimme. Sein darauffolgender Blick war durchdringend. „Und ich hoffe, wenn es soweit ist, dass sie ihr Angebot nicht vergessen haben.“

Ich stand auf und knöpfte erfolgreich mein Jackett zu.

„Natürlich werde ich das nicht vergessen. Sie haben mein Wort.“

Wir gaben uns die Hand. Jeff lief um seinen Schreibtisch herum und öffnete die Tür. Er rief die Frau von eben herbei.

„Zeigen sie bitte Mr. Brooks wo Sarah sitzt. Sie wird für den Rest des Tages nach Hause gehen“, sprach Jeff leise, damit es kein anderer Angestellter mitbekam. Die Frau nickte bestätigend. Ihr Blick flog zu mir und deutete an das ich ihr folgen sollte.

Wir liefen durch diverse Gänge. Endlich, fast am Ende des Raumes, am Fenster, sah ich sie sitzen.

Sarah

Die erste Stunde im Büro war um. Mein Kopf hämmerte vor Schmerz. Ich konnte mich kaum konzentrieren geschweige denn was essen. Mir schlug meine private Situation so sehr aufs Gemüt, das ich körperlich auseinander zu brechen drohte.

„Sarah!", zischte Nancy, als sie völlig aufgewühlt an meinen Schreibtisch kam.

„Nancy. Ist was passiert? Was ist denn los?", fragte ich sofort nach. Ich stand auf und stellte mich direkt neben sie, damit es die anderen Kollegen nicht mitbekamen. Innerlich betete ich, dass nicht noch eine Krise auf mich zukam. Hoffentlich hatte Nancy keinen Stress ihrem neuen Fast-Freund.

„Er ist hier!", sagte sie atemlos.

Ich kniff die Augen zusammen.

„Was? Wer ist hier? Der Typ aus dem Club?", fragte ich gedankenverloren nach. Nancy rollte mit den Augen.

„Nein du Dummerchen. Der Typ, den wir vor dem Club getroffen hatten. Der, den du kennst. Der gutaussehende mit Bart", erklärte sie schnell.

Mein Herz machte einen Purzelbaum. Ich war mir sicher das ich blass wurde. Aiden – Nancy sagte mir gerade das Aiden hier wäre? Was wollte er nur?

„Sarah, setzt dich lieber", wies Nancy mich mit Sorge in der Stimme an. Ich nahm meinen Stuhl und setzte mich.

„Vielleicht war er ja nur beruflich hier. Schließlich ist er Anwalt",
sprach ich mehr zu mir selbst.

„Wow", raunte Nancy. Sie lächelte auf eine komische Art und
Weise. Ihr düsterer Blick verriet mir genau, an was sie dabei dachte.

„Ein Anwalt Sarah. Nicht schlecht."

Jetzt war ich es die mit den Augen rollte.

„Wie du an dem Abend wahrscheinlich gesehen hattest, hatte er
eine andere dabei. Und wie die Aussah, bin ich mit Sicherheit nicht
sein Typ!", führte ich es Nancy klar vor Augen. Meine Worte
wirkten scharfkantig. Wieso war ich nur so gereizt? Womöglich weil
ich insgeheim die Hoffnung trug, das Aiden tatsächlich
meinetwegen hier wäre.

Das Getuschel um uns herum wurde ruhiger. Nancy war
verschwunden, als ich aufsah. Mir wurde heiß. Aiden stand mit
Carry, der persönlichen Bürodame von Mr. Winchester, vor mir.

„Hallo Sarah!", sagte er höflich und mit solch einer Wärme in der
Stimme, das mir komischerweise ein eiskalter Schauer über den
Rücken lief.

„Hallo", sagte ich kurz zurück.

„Danke. Ich denke, ab hier komme ich allein klar", wand er sich an
Carry. Er sah ihr tief in die Augen. Es war wirklich beängstigend,
welch eine Wirkung Aiden auf Frauen hatte. Er bekam immer, was
er wollte.

Carry nickte unverzüglich und machte sich davon. Nervös sah ich
mich um. Hier und da sahen einige neugierige Kollegen uns an.

Schauten aber schnell wieder weg. Die ganze Sache war mir so unangenehm. Ich wünschte das Aiden einfach nur wieder gehen würde und ich in Ruhe meine Arbeit machen konnte.

„Was willst du?", sagte ich mit spitzer Zunge. Ich rollte an meinen Schreibtisch und nahm mir die nächste Akte zur Hand. Aiden kam zu mir herüber. Er stand dicht neben mir, was mir sein schwerer Duft eindeutig sagte. Die Starre, welcher er nur all zu oft in mir auslöste, folgte. Elegant nahm er mir die Akte aus der Hand. Seine Haut streifte kurz meine. Die Berührung kribbelte. Meine Lippen öffneten sich unfreiwillig.

„Du hast für heute Frei und wirst mit mir mitkommen. Wir müssen was besprechen." Die Ernsthaftigkeit in seiner Stimme war nicht zu überhören. Wie elektrisiert saß ich da. Ich schluckte schwer.

„Es ist geschäftlich", sagte er noch dazu. Dann konnte es um den Kuss von Sonntag wohl nicht gehen. Das unwohle Gefühl in meinem Bauch wurde größer. Mir war klar das es um den Prozess ging. Der Traum von gestern flog mir im Kopf herum. Wie würde ich wohl darauf reagieren, wenn das hier erst mal alles vorbei war? Würde es schlimmer werden?

„Sarah?", riss Aiden mich aus meiner Traumwelt.

„Ja", endlich löste sich meine Starre. Ich sah ihn an.

„Können wir dann los. Wir sollten die kurze Zeit nutzen, die uns bleibt", wies er mich an. Aidens Ton wurde schärfer. Ich wollte mich nicht unterwerfen. Nicht schon wieder. Und doch wusste ich, dass ich ihn brauchte. Wenigstens um John das Handwerk zu legen.

Dann könnte mein Leben, ohne Aiden, weiter gehen.

„Aber Mr. Winchester", warf ich als Einwand ein. Aiden schnitt mir das Wort ab.

„Jeff ist informiert und hat dich ohne Einbußen für heute Freigestellt." Damit hatte ich nicht gerechnet. Mir fiel kein anderer Einwand mehr ein.

„Wie?", stotterte ich. Wie stellte Aiden das nur immer wieder an? Sein Mund verzog sich zu einem süßen, fast gelösten Grinsen.

„Ich stehe zwar jetzt in seiner Schuld, aber das war es mir wert", antwortete er Stolz. Der Aiden von Sonntag blitzte durch. Wieso konnte er nicht immer so sein?

Ohne weitere Erklärungen beendete ich meine Arbeit. Wir liefen gemeinsam durch den Irrgarten aus Schreibtischen, bis wir schließlich im Fahrstuhl standen.

Wir waren allein. Meine Hände wurden feucht. Das letzte mal wo wir allein und so dicht beieinander standen, überkamen uns, oder viel mehr ihn, der Trieb. Mehr sollte es nicht gewesen sein. Das redete ich mir zumindest ein, um nicht wieder und wieder enttäuscht zu werden.

„Was gibt es denn neues?", fragte ich und durchbrach ein wenig die unangenehme Situation. Ich bemerkte im Augenwinkel das er mich ansah. Feige wie ich war sah ich auf meine Hände, die wie verrückt meine Handtasche festhielten.

„Wir können das ganze beim Frühstück besprechen", war seine Antwort. Stoßartig atmete ich aus. Ich wollte nicht spielen oder was essen. Mir war es nach wie vor nur daran gelegen, das alles komplett hinter mir zu lassen.

„Tut mir leid Aiden, aber ich habe wirklich keinen Hunger. Nicht bevor das alles erledigt ist", sagte ich, ohne groß drum herumzureden.

„Dann habe ich gute Nachrichten", warf er umgehend ein. Ich konnte nicht anders und sah ihn automatisch an. Er lächelte wieder dieses süße atemberaubende Lachen.

„Am Donnerstag haben wir die erste Anhörung wegen der einstweiligen Verfügung. Dann wird auch der Termin besprochen, wann die offizielle Anhörung stattfindet", sagte er erfreut.

Waren das wirklich gute Nachrichten? Kalter Schweiß trat auf meine Stirn.

„Am Donnerstag musst du nicht dabei sein", setzte er sofort nach. Komischerweise wusste er genau was mir Sorgen bereitete. War ich für ihn so durchschaubar? Doch die Aussicht, dass es bald vorbei sein würde, machte mich innerlich ruhiger. Ein Atemzug später, überrannte der Gedanke, John bei der offiziellen Anhörung wieder zu sehen, meine kompletten Emotionen. Ich schloss die Augen und legte meine Hand in den Nacken. Dieses Gefühls auf und ab war so anstrengend. Das laute Ping des Aufzugs ließ mich hochschrecken und die Augen wieder öffnen. Aiden war nähergekommen. Ich ließ mir keine Zeit, dass die Gefühle erneut durcheinanderliefen, und trat als erster aus dem Fahrstuhl. Aiden folgte mir.

Plötzlich nahm er von hinten meine Hand.

„Und trotzdem gehen wir jetzt erst was frühstücken", sagte er
abschließend. Erst mehre Schritte weiter, fand ich meine Atmung
wieder. Widerspruch war vollkommen zwecklos.

Aiden führte mich zu seinem Auto. Es war ein schicker schwarzer
Mittelklasse Wagen und passte gut zu ihm. Er hielt mir die Tür auf
und ich stieg ein. Erst hier drin viel mir die Eleganz auf, welches
dieses Auto besaß. Aiden stieg kaum später zu mir.
Aiden verhielt sich anders. Er wirkte verändert. Genau das war der
Aiden, den ich am liebsten hatte. So losgelöst und zufrieden. Sein
Lächeln sagte alles. Wir sprachen kein Wort, als er losfuhr.

Vor einem Cafe hielten wir an. Es war ein nobles Viertel, deswegen
kannte ich mich hier nicht so aus. Wir stiegen aus und gingen
hinein. Ein leckerer Waffel-Duft kam mir entgegen. Jetzt bekam
mein Magen tatsächlich Appetit. Ein Stück Normalität machte sich
in mir Breit. Fast ein wenig Zufriedenheit.
Wir nahmen platz. Die Bedienung kam sofort zu uns herüber.
„Guten Tag. Was darf ich ihnen bringen?", sagte die freundliche
Dame. Sie war höheren Alters, aber irgendwie jung geblieben.
„Wir nehmen das große Frühstück für zwei. Mit Tee und fischen
Orangensaft. Das wäre alles", bestellte Aiden wie auf Knopfdruck.
Schweigend saß ich da und schaute zu, wie die Dame etwas auf
ihren Block schrieb. Als sie verschwand, überlegte ich, ob ich Aiden
irgendwelche Zeichen gegeben hätte, das ich so viel essen wollte.

„Ist alles okay?", fragte er über den Tisch hinweg.

Ich nickte monoton. Zwar war mir klar, dass meine Antwort nicht der Wahrheit entsprach, beließ ich es dabei. Meine Gedanken schwirrten mehr und mehr.

„Aiden. Ich weiß nicht was ich davon halten soll. Was ist das hier?", fragte ich kraftlos.

„Ein Frühstück. Also gleich hotte ich das.", er lächelte. Ich wollte nicht das er wieder die Maske aufsetzte, dass dieses tolle lächeln erneut in eine Kiste gesperrt wurde und verschwand. Trotzdem war es mir wichtig, alles geklärt zu haben. Ich beschloss erst mal mit dem geschäftlichen Thema anzufangen.

„Du sagtest etwas mit einer Anhörung am Donnerstag?" Aiden war sichtlich erstaunt, dass ich jetzt von diesem Thema anfing. In seiner Mimik war der gut betuchte Anwalt zu erkennen.

„Ja. Aber da musst du nicht dabei sein. Es reicht deine Aussage und die Vorfälle was geschehen war. Aber du kannst damit rechnen, das in der Woche danach schon die Anhörung ist. Das geht meistens sehr schnell", erklärte er kurz und schmerzlos.

Ich schluckte hart.

„Und da muss ich dann aussagen? Über alles?", wollte ich genauer wissen. Aiden nickte. In seinen Augen war zu erkennen, dass es ihm unangenehm war das zu bestätigen.

„Aber darüber reden wir, wenn es soweit ist", beendete er das Thema. Wie auf Kommando kam die Kellnerin mit einem großen Tablett und deckte uns ein imposantes Frühstück auf. Wer sollte das nur alles essen?

Aiden zeigte das ich anfangen sollte. Er begann ebenfalls und wir ließen es uns schmecken. Es war köstlich. Aiden begann über alles mögliche zu reden. Er fragte mich noch ein wenig über meinen Bruder aus. Von da an sprangen wir von Thema zu Thema. Selbst ich konnte etwas von Aiden erfahren. Er war schon einmal verheiratet. Mehr wollte er aber nicht darüber erzählen, sondern lenkte schnell ab. Aiden sah auf seine Uhr.

„Ich muss langsam zurück ins Büro", entschuldige er sich. Ich warf schnell einen Blick auf meine Uhr. Erschrocken stellte ich fest dass wir es bereits kurz vor zwölf hatten.

„Oh, so spät schon", raunte ich mehr für mich selbst.

Aiden zahlte schnell die Rechnung. Ich wollte mich eigentlich beteiligen, doch die Aussage das er es als Dienstessen absetzen konnte, überzeugte mich. Ganz Gentleman-like half er mir in meine Jacke. Wie aus dem nichts ergriff er plötzlich wieder meine Hand und führte mich zum Auto. Mit hoch roten Wangen stieg ich ein. Er fuhr mich schweigend nach Hause. Nach einer kurzen Verabschiedung und mehreren Blicken auf die Uhr wusste ich, dass Aiden wohl einen Termin hatte. Ich ließ ihn ziehen, ohne weitere Fragen zu stellen.

Aiden

Meine Gedanken und mein innerer Schweinehund prügelten mich gerade windelweich. Doch es war mir egal. In dem Moment als meine Hand, die ihre streifte, war es für heute vorbei. Ich würde den Tag, Tag sein lassen und nicht gegen mein inneres ankämpfen. Mir war sowieso klar, dass in nicht mal zwei Wochen alles vorbei sein würde. Dann würden wir uns wohl, wie davor auch, nie wiedersehen.

Wir saßen im Diner. Eine ältere Dame kam an unserem Tisch und fragte freundlich, was wir gerne hätten.

„Wir nehmen das große Frühstück für zwei. Mit Tee und fischen Orangensaft. Das wäre alles", sagte ich, ohne zu zögern. Sarah sollte auch in diesem Fall wissen, wer das Sagen hatte. Wobei ich es auch unter normalen Umständen richtig fand, für eine Frau mitzubestellen. Das gehörte für mich zum guten Ton.

Ich sah zu Sarah rüber. Ich musste unwillkürlich lächeln, als ich sah, wie verdutzt sie schaute. Jetzt wusste sie mal, wie es mir immer ging, wenn ich in ihrer Nähe war. Dass meine Gefühle heute einen Freifahrtschein hatten, fühlte sich ungewohnt gut an. Wie im Rausch. Noch immer sah ich sie an. Sie wirkte nachdenklich.

„Ist alles okay?", fragte ich vorsichtshalber nach. Sie nickte nur.

„Aiden. Ich weiß nicht was ich davon halten soll. Was ist das hier?", kam es fraglich aus ihrem Mund.

Ich war überrascht das sie jetzt mit diesem Thema anfing.

„Ein Frühstück. Also gleich hoffe ich das", sagte ich amüsierend, in der Hoffnung das Thema erst nach dem Frühstück mit ihr zu besprechen.

„Du sagtest etwas mit einer Anhörung am Donnerstag?" Bohrte sie weiter nach. Ich gab auf und stand ihr Rede und Antwort.

„Ja. Aber da musst du nicht dabei sein. Es reicht deine Aussage und was vorgefallen war. Aber du kannst damit rechnen, das in der Woche danach schon die Anhörung ist. Das geht meistens sehr schnell", fasste ich zusammen.

„Und da muss ich dann aussagen? Über alles?" Ihre Stimme war dünn. Als Anwalt musste ich ihr natürlich die Wahrheit sagen. Aber als Freund, wollte ich sie soweit es ging, von diesen Themen beschützen. War ich tatsächlich wie eine Art Freund für sie? Ging das überhaupt? Freund auf Zeit?

Ich nickte kurz, um ihr eine Antwort auf die Frage zu geben.

„Aber darüber reden wir, wenn es soweit ist", beendete ich das Thema. Vielleicht würde sie diese Aussage ein wenig beruhigen und auf andere Gedanken bringen. Die Kellnerin war gerade auf den Weg zu uns und deckte auf. Wir begannen zu essen. Es schmeckte gut. Und dafür das Sarah keinen Hunger hatte, war ich zufrieden mit dem, was sie aß.

Wir begannen uns beiläufig zu Unterhalten. Es war ein leichtes und wir sprangen von Thema zu Thema. Ich strich mir nervös über die kurzen Haare. Meine Losgelöstheit hatte mich dazu gebracht ihr tatsächlich über meine Ehe mit Amal zu erzählen. Doch nur das ich mal verheiratet war. Mehr würde sie nie erfahren. Niemand würde darüber je wieder etwas hören.

Ein prüfender Blick zur Uhr zeigte mir, das es Zeit war zu gehen.

„Ich muss langsam zurück ins Büro", erklärte ich mich. Auch Sarah war überrascht das es bereits so spät war.

„Oh, so spät schon", flüsterte sie.

Auf dem Weg nach draußen ergriff ich ein letztes Mal für heute ihre Hand. Ich wollte nur noch einmal ihre weiche Haut unter meiner spüren. Es kribbelte als wir uns berührten. Unsere Hände passten perfekt ineinander, was meinen inneren Kater zum Schnurren brachte.

Schnell fuhr ich die Straße entlang. Mittags war hier zum Glück nicht so viel los wie am Abend. Ich war fünf Minuten vor dem Termin im Büro. Abgehetzt trat ich aus dem Fahrstuhl.

„Aiden", rief Natalia im Vorbeigehen. Ich blieb ruckartig stehen und drehte mich um. Sie wackelte in ihrem viel zu kurzen Rock auf mich zu.

„Hier", sagte sie, drückte mir eine Akte in die Hand und rückte näher.

„Das ist die Akte des Termins für dich gleich. Die wichtigen Punkte habe ich markiert. Und wenn du mich danach noch brauchst." Zärtlich fuhr ihr Finger über meinen Oberarm. „Du siehst ein bisschen gestresst aus."

Ich klappte die Akte auf und laß schnell das Thema. Es war ein kleiner Fall - zum Glück.

„Nein, danke. Ich brauche nichts mehr", sagte ich und ließ Natalia ohne anzusehen stehen. Mir war klar das sie sich fragen würde was los sei. Mir war aber auch klar, dass von meinem Gefühlsurlaub heute niemand etwas wissen durfte.

Knapp eine Stunde später war alles überstanden. Mein Mandant war weg und für mich fing die Arbeit erneut an. Lange suchte ich nach ähnlichen Fällen und bereitete einen Schlachtplan vor.

Mein Handy vibrierte. Sarah hatte eine Nachricht geschrieben.

‚Würde mich gerne für das Essen revanchieren. Donnerstag nach Feierabend?', war darin zu lesen.

Meine Hand begann zu kribbeln. Allein der Gedanke an sie, an das Gefühl wie sich ihre Hand in meiner anfühlte, reichte dafür aus.

„Fuck!", stieß ich aus und schmiss mein Handy auf den Schreibtisch. Es würde schwerer werden, nach der Anhörung von ihr loszukommen, als ich zugeben wollte. Ich konnte jedoch nicht anders und nahm die Einladung an. Das Kind war eh schon in den Brunnen gefallen. Nach der offiziellen Anhörung würde der Kontakt einfrieren. Davon war ich fest überzeugt. Ich schnappte mir mein Handy und tippte einen kurzen Text zurück.

‚Gerne. Um sieben vorm Coffeeshop?'

Sekunden später bestätigte sie es mit einem kurzen Ja.

Heute war Donnerstag. Der gestrige Tag ging für Vorbereitungen,

Terminen und diversen anderen Bürokratischen dingen drauf. Ich freute mich auf heute Abend. Zwar stand mir noch eine Anhörung bezüglich der einstweiligen Verfügung bevor, doch aus Erfahrung war ich sehr zuversichtlich.

Um halb zwölf war es soweit. Ich hatte die Verfügung erwirken können und John durfte sich Sarah nur bis auf hundert Metern nähren. Erleichtert schrieb ich Sarah eine Nachricht. Dann hätten wir heute Abend ebenfalls noch einen Grund anzustoßen. Ihre Lippen flogen mir am inneren Auge vorbei. Der Moment wo sich unsere beiden Münder zum ersten Mal so intim trafen, ließ mich nicht mehr los. Konnte ich auch heute meinen Gefühlen Urlaub gönnen und die Maske für einen Abend ablegen?

Sarah

Heute früh zog ich mir bereits extra etwas Angemessenes für heute
Abend an. Denn heute war Donnerstag. Aiden und ich würden
heute Abend ausgehen. Wobei, war das überhaupt ein Date? Ich
wollte mich lediglich für das Geschäftsfrühstück bedanken. Meine
enge Blue-Jeans kombinierte ich mit schwarzen Boots. Eine
schwarze Long Jacke bedeckte mein leicht freizügiges Tanktop, dass
ich für heute Abend herausgesucht hatte.
Im Büro war kaum noch jemand zu sehen und draußen war es
bereits dunkel. Schnell packte ich die restlichen Akten in die Ablage
und machte ebenfalls Feierabend.
Als ich im Fahrstuhl stand mischten sich meine Gefühle. Nahezu
den ganzen Tag konnte ich die Tatsache, dass heute die Anhörung
war, beiseiteschieben. Erst als Aiden mir eine SMS schrieb, dass er
die Verfügung in der Tasche hatte, fiel mir ein Stein vom Herzen.
Der erste Schritt in die richtige Richtung war gemacht.
Erleichtert trat ich aus dem Fahrstuhl und begrüßte kurz darauf die
frische Luft. Ich schloss die Augen und nahm einen tiefen Atemzug,
bis es schmerzte. Ein leichtes Flackern lag mir vor den Augen, als
ich sie wieder öffnete. Ich musste noch etwas essen, bevor wir
anstießen. Sonst würde ich den Abend nicht im Stehen überleben.

Geschickt lief ich um die mir entgegen laufenden Menschen herum.
Nicht nur mein Schritt, sondern auch mein Herzschlag

beschleunigte sich, umso näher ich dem Coffeeshop kam. Schon von weitem sah ich ihn dort stehen. Er war kaum zu übersehen. Die Beleuchtung vom Coffeeshop und den Reklameschildern schenkten mir einen guten Einblick. Plötzlich verlangsamte sich meine Schrittgeschwindigkeit drastisch. Aiden stand nicht allein da. Bei ihm war eine Frau. Sie sah natürlich aus wie ein Supermodel. Irgendwie kam sie mir bekannt vor. Ich hatte sie einmal mit Aiden zusammen im Coffeeshop gesehen. Das war ziemlich zu Anfang, als wir uns so noch gar nicht kannten.

Bedacht daran nicht stehen zu bleiben, lief ich weiter und beobachtete scharfen Auges. Es sah aus, als würden sie streiten. Doch ich konnte nicht hören worum es genau ging. Aiden gestikulierte ein paar Mal vor sich hin, als die blonde Schönheit die Arme vor der Brust verschränkte und näher zu ihm ran trat. Sie sprachen nicht mehr miteinander, sondern sahen sich nur an. Ich wurde ebenfalls langsamer, zog mir meine Jacke weit ins Gesicht. Meine dunklen langen Haare umschlossen mich wie ein Umhang. Ich war dankbar für den Schutz.

Wie von einem Magneten angezogen, wand Aiden sich in meine Richtung. Unsere Blicke lagen sofort aufeinander. Auch ich stand nun unmittelbar vor den beiden. Miss Supermodel beachtete mich zuerst nicht. Bis Aiden mir einen Schritt entgegen machte und mir einen Kuss auf die Wange gab. Meine Nervenbahnen waren zum Zerreißen angespannt.

„Hallo", sagte er ein Stück weit erleichtert. Vielleicht weil er sich jetzt nicht mehr mit der Blondine abgeben musste?

„Hi", antwortete ich. Meine Worte waren nur ein Hauch, mehr nicht.

„Wie schön das du da bist", ergänzte Aiden. Ich bemerkte sofort, dass der Aiden den ich am liebsten hatte, vor mir stand. Auf meinen Lippen breitete sich ein überdimensionales Lächeln aus. Im nächsten Moment wand er sich der anderen Frau zu.

„Wir sind dann hier fertig. Bis morgen Natalia."

Aiden beendete sofort den Blickkontakt mit ihr. Als wäre sie eine Puppe, ließ er sie einfach zurück. Achtete kein Stück mehr auf sie. Die Blondine klappte der Mund auf. Sie sagte jedoch nichts mehr, drehte sich um und verschwand.

„Wollen wir dann?", fragte Aiden mit einem Strahlen auf dem Gesicht. Wow – dieses Lächeln im Schatten der sanften Lichter war umwerfend.

„Oh", sagte er schnell. Diese ruckartige Bewegung löste meine Starre. „Bevor ich es vergesse." Er griff in seine Innentasche vom Mantel und holte einen Umschlag raus.

„Das hier ist für dich. Es ist die offizielle Verfügung", erklärte er. Aiden hielt mir den Umschlag vor die Nase. Ich nahm ihn an mich.

„Ich danke dir", sagte ich erleichternd. Das ganze auf und ab, mit der Blondine, Aidens Erscheinung und dann noch diese Last, die er mir ein Stück weit abgenommen hatte, hauten mich um. Ohne drüber nachzudenken, ging ich auf ihn zu, und nahm ihn in den Arm. Es war mir ein Bedürfnis dieses jetzt gerade zu tun. Er ließ es ohne Einschränkungen zu und hielt mich fest.

In der Bar angekommen, ließen wir uns an einem Tisch in der Ecke nieder. Die Bar war uns beiden bekannt. Wir waren schon einmal hier. Das war allerdings kein schöner Gedanke. An dem Abend hatte Aiden mir ziemlich unmissverständlich zu verstehen gegeben, dass er kein Interesse an mir hatte. Das Ganze hatte sich allerdings mittlerweile geändert. Oder war der Kuss eine Überreaktion seiner Entschuldigung? Noch immer wusste ich nicht, woran ich bei ihm war. Von mir konnte ich allerdings sagen, dass ich mich schon ein wenig in ihn verguckt hatte. Wer würde das nicht. Er war der attraktivste Mann, dem ich je begegnet war. Auch wenn er so seine Macken hatte, was die emotionale Seite anging, machte ihn das für mich umso interessanter.

Ein Tablett mit zwei Bier und zwei Shots standen vor uns. Oh je - erinnerte mich mein Verstand, das ich noch nichts richtig gegessen hatte.

Aiden verteilte die Gläser und schmunzelte zu mir rüber. Er hob den Shot.

„Auf dich", sagte er kurz und knapp. Meine Wangen wurden heiß. Ich wurde rot, auch wenn ich noch keinen Schluck getrunken hatte. Ich erhob ebenfalls mein Glas und gab dieses Lob zurück. Denn er war es, auf den wir heute trinken sollten. Schließlich war er es, der mir mit John geholfen hatte.

„Auf dich. Ich danke dir für alles was du für mich getan hast", prostete ich. Die ganze Zeit sahen wir uns in die Augen. Aiden wurde ein wenig verlegen, als ich es aussprach. Doch es war mein voller Ernst. Wir stießen an und tranken. Das war der erste von vielen an diesem Abend.

Die Bar wurde voller und wieder leerer. Wir saßen lange zusammen.

„Kannst du Spielen?", fragte Aiden plötzlich.

„Was?", antwortete ich gut gelaunt, dank der vielen Shots.

„Kannst du Dart spielen?", fragte er deutlicher nach. Noch während er sprach, stand Aiden auf. Er reichte mir die Hand und half mir hoch. Ich nahm es an. Als ich stand, ließ Aiden meine Hand nicht los. Erst lange Sekunden danach gab er mich frei. Gleich darauf drehte er sich um und lief auf einen Dart Automat zu, der nur ein kleines Stück neben unserem Tisch stand. Aiden besorgte die Pfeile, schmiss Geld in den Schlitz, und stellte sich auf einer kleinen gelben Markierung, ein Stück vom Automaten entfernt. Er warf mir einen dunklen Blick zu, hob die Hand und winkte mich zu sich heran. Ohne nachzufragen, folge ich seinen Anweisungen. Das letzte mal Dart spielen, lag bestimmt schon sechs oder sieben Jahre zurück. Aiden reichte mir die Pfeile. Ich übernahm seine Position auf der gelben Markierung und fing an zu werfen.

Es war traurig. Aiden gewann nahezu jedes Match. Natürlich sorgte Aiden auch für Nachschub was Getränke anging.

„Das ist schieeeeebung!", lallte ich schmollend in Aidens Richtung.

Er zog die Pfeile aus dem Automaten und kam auf mich zu. Sein Duft umhüllte mich als er vor mir stehen blieb.

„Ich würde sagen, du könntest noch ein bisschen Hilfestellung gebrauchen", sagte er leicht arrogant und doch mit einer geheimnisvollen, dunklen Art, der ich nicht widerstehen konnte. Ohne darauf eine Antwort zu erhalten, umrundete er mich, stellte sich hinter mir und umfasste meine Hütten. Langsam schob er meine Becken so, das ich schräg vorm Automaten stand.

„Das", hauchte er mir ins Ohr. Ich bekam eine Gänsehaut. „Das ist der richtige Stand, welchen du brauchst, um überhaupt richtig zu werfen." Seine rechte Hand löste sich von meiner Hüfte und fuhr hoch über meinen Oberarm, herunter zu meiner Hand, in der ein Pfeil lag.

„Jetzt", sprach er weiter. Meine empfindlichste Stelle begann zu kribbeln. Oh mein Gott, wenn mich diese nähe und die wenigen Worte, so erregten, was könnte dieser Mann noch mit mir anstellen?

„Verlagere dein Gewicht auf das vordere Bein, ziele, halt den Atem an und werfe", sagte er abschließend. Aiden ließ mich frei. Ich wollte am liebsten schreien das er zurückkommen sollte, doch die Blöße würde ich mir, selbst mit meiner Promillezahl, nicht geben. Ich ging die Schritte von Aiden erneut im Kopf durch, machte es genauso, und traf tatsächlich die Doppel zwanzig. Überwältigt von mir selbst, drehte ich mich zu ihm um und sprang ihn um den Hals.

„Es hat geklappt!", quietschte ich auf. Wie ein Schulmädchen an ihrem Geburtstag wippte ich auf und ab.

Beim nächsten klaren Gedanken löste ich mich wieder von ihm.

„Wenn ich jetzt noch die Mitte treffe, dann werde ich", ich tippte mir ans Kinn. Was könnte ich ihm bieten, was er nicht so oft hatte? Mir fiel etwas ein.

„Wenn ich tatsächlich die Mitte treffen sollte, dann werde ich dir noch heute meine weltberühmten Spiegeleier machen." Was Besseres viel mir einfach nicht ein. Aiden lachte auf.

Mit verengten Augen ging ich auf ihn zu. Nahezu schleichend.

„Traust du mir das etwa nicht zu?", sagte ich mit leicht belegter Stimme. Erneut waren wir uns so nah, dass alles andere um uns herum ausgeblendet war.

„Doch. Natürlich", entgegnete er sofort. Seine Worte klangen ironisch. Mein Kampfgeist war geweckt. Ich drehte mich um, nahm Position ein und warf. Was ich dann allerdings auch nicht erwartete, dass ich tatsächlich die Mitte traf. Triumphierend drehte ich mich in Aidens Richtung. Dieser sah angenehm überrascht aus.

„Dann wollen wir dir mal was zu essen machen."

Wir stiegen in ein Taxi.

„Wo darf es hingehen?", fragte der Taxifahrer. Er war bestimmt Ende fünfzig bei den vielen grauen Haaren.

„Second Avn. 3002", sagte ich selbstsicher. Der Taxifahrer sah in den Rückspiegel und nickte kurz.

„Sarah. Ich", sprach Aiden schnell. Er wollte etwas dagegen sagen, doch ich stoppte ihm.

„Nein Aiden. Ich habe gewonnen und werde dir dafür jetzt was kochen. Ehrenschulden bei Wetten sind gute Schulden. Oder wie heißt das noch?", grinsend plapperte ich einfach so weiter. Aiden holte noch einmal tief Luft, doch ich unterbrach ihn erneut.

„Du kannst sagen, was du willst, ich lasse mich von meinem Vorhaben nicht abbringen!", erklärte ich deutlich und hob die Nase in die Luft. Aiden sagte nichts mehr, er begann zu lachen. Dieses unbeschwerte Lachen, welches ich so sehr an ihm mochte, verlieh das Taxi in diesem Augenblick eine ganz besondere Atmosphäre.

Fünf Minuten später waren wir vor Aidens Tür angekommen. Er zahlte das Taxi mit dem Kommentar, dass wir darüber ja keine Wette hätten abgeschlossen. Ich gab klein bei. Er stieg aus, ich rutschte nach. Aiden streckte mir eine Hand entgegen und half mir hoch. Mit zu viel Schwung landete ich gegen seine Brust. Ich krallte mich an seinem Mantel fest. Aiden hielt mich sofort schützend unter den Armen.

„Huch", hauchte ich nervös. Diese Nähe mit diesem Duft war zu viel für mich. Wenn ich mich jetzt nicht von ihm entfernen würde, dann müsste ich ihn küssen. Und ich wollte nicht, dass er dachte, dass ich nur deswegen zu ihm wollte. Ich wollte ihn doch überhaupt nicht verführen. Wobei der Gedanke daran mich unglaublich reizte. Mein Gewissen klopfte noch rechtzeitig an und ich nahm ein wenig Abstand.

„Entschuldige", setzte ich noch schnell hinterher.

„Dafür bestimmt nicht", flüsterte er. Diese paar Worte trieben mich am Rande des Wahnsinns. Wollte er vielleicht doch mehr von mir? Aiden kramte aus seiner Tasche den Schlüssel hervor und wir betraten das riesige Gebäude.

Aiden

Wir stiegen in ein Taxi. Ich spürte die Drinks, wie sie mich ganz
schön locker werden ließen. Eine zu weite Entspanntheit durfte ich
aber nicht zulassen. Diese Losgelöstheit durfte nicht die Oberhand
gewinnen. Sarah hingegen war so locker und frei von Schuld und
einfach nur glücklich. Sie genoss jeden Moment dieses Abends. Wie
gerne würde ich die Welt einmal durch ihre Augen sehen.

„Wo darf es hingehen?", fragte der Taxifahrer. Ich überlegte schnell,
wie Sarahs Adresse noch war, doch sie war schneller.

„Second Avn. 3002", sagte sie wie aus der Pistole geschossen. Das
war allerdings meine Adresse.

„Sarah. Ich", wollte ich gerade erklären, doch sie ließ mich nicht
ausreden.

„Nein Aiden. Ich habe gewonnen und werde dir dafür jetzt was
kochen. Ehrenschulden bei Wetten sind gute Schulden. Oder wie
heißt das noch?" Das leichte lispeln, welches sich durch den
Alkohol bei ihr bemerkbar machte, wirkte unglaublich anziehend.
Ich konnte mir ein Schmunzeln nicht verkneifen. Sie war wirklich
süß. Ganz besonders in diesem Moment, erreichte sie einen Punkt
in meinem innersten, wo schon lange kein Licht mehr hinkam.
Doch ich musste ihr sagen, dass ich so gut wie nichts zu essen zu
Hause hatte. Wie wollte sie etwas kochen, ohne Zutaten zu haben?
Ich versuchte es erneut, ohne Erfolg.

„Du kannst sagen was du willst, ich lasse mich von meinem

Vorhaben nicht abbringen!", schmetterte sie mich sofort ab. Zwar war es mir unangenehm, wenn mir jemand so das Wort abschnitt, doch in diesem Augenblick, überließ ich ihr die Zügel. Und es fühlte sich gut an.

Kaum später waren wir angekommen. Ich zahlte das Taxi und stieg aus. Natürlich half ich ihr raus. Mit ein wenig zu viel Schwung, viel sie in meine Arme. Ihre Haare vielen nach vorne und der sanfte hauch von Kokos kam zu mir herüber.

„Huch", flüsterte sie und schaute sie zu mir auf. Dieser Blick, diese Augen. Mein Schwanz zuckte. Wenn wir jetzt nicht irgendwie etwas Abstand zwischen uns bekamen, dann würde sie merken wie hart ich war.

Ihre Gedanken liefen ebenfalls auf Hochtouren. Das sah ich in ihren Augen. Welcher Gedanken dann auch immer sie überkam, ließ sie etwas Abstand nehmen.

„Entschuldige", sagte sie nervös. Vorsichtig schob sie sich die Haare hinter die Ohren.

„Dafür bestimmt nicht", flüstere ich. Wenn sie nur im Ansatz wüsste, was in mir vorging, wäre sie schon längst über alle Berge. Ich musste einfach jeden Moment bis zur Verhandlung mit ihr genießen. Dann wäre alles vorbei. Sarahs Lippen begannen zu beben. Es war äußerst kalt hier draußen. Unverzüglich nahm ich die Schlüssel aus meiner Tasche und wir gingen rein.

Nervös schloss ich die Tür zu meiner Wohnung auf. Wieso reagierte ich so? Was würde ich mir hier überhaupt erhoffen? Schließlich hatte Sarah, sexuell gesehen, in letzter Zeit genug durch gemacht. Es würde nie so weit zwischen uns kommen.

„Wo war noch gleich die Küche?", strahlte sie mich an. Wir hatten noch unsere Jacken an und sie wollte gleich loslegen. Voller Tatendrang. Das gefiel mir.

„Wollen wir nicht erst mal ablegen?", fragte ich vorsichtig nach. Sarahs Blick wurde starr.

Ich lachte auf. Sarah hatte mich jetzt gerade völlig falsch verstanden.

„Die Jacken?", sagte ich deutlicher. Sarahs Blick lockerte sich sofort. Das wundervolle rot trat ihr ins Gesicht. Sie war wie ein offenes Buch, zumindest wenn man genau hinsah.

Ohne weiter zu fragen, gab sie mir ihre Jacke. Dann folgte sie mir in die Küche.

„Sarah, was ich dir noch sagen wollte", versuchte ich erneut auf die fehlenden Lebensmittel hinzuweisen. Wieder unterbrach sie mich.

„Das können wir alles nach dem Essen besprechen. Du wirst begeistert sein. Es war nicht gelogen das ich die Weltbesten Spiegeleier mache!", lobte sie sich selbst.

Ich gab auf. Sie würde es früh genug merken.

Ich lehnte mich gegen den Türrahmen und verschränkte die Arme vor der Brust. Sarah ging quer durch die Küche und öffnete den Kühlschrank. Langsam drehte sie sich zu mir um. Dieser Blick als sie in den Leeren Kühlschrank schaute, war zum Anbeißen. Ich begann zu lachen und konnte nicht aufhören. Eine wahrer Lachflash überflog mich. Es steckte Sarah an. Sie begann ebenfalls zu lachen.

„Du hast ja überhaupt nicht zu essen im Hause?", prustete sie zwischen ihrem Lachen hervor.

„Das wollte ich dir ja die ganze Zeit sagen!", sagte ich übertrieben. Ich machte einen Schritt auf sie zu.

Wir lachten gemeinsam. Bestimmt noch mehrere Minuten lachten wir einfach so weiter. Zum Schluss brachte uns das Lachen dicht zusammen. Ich wollte nicht mehr ohne sie sein. Wollte mich nicht mehr zurückhalten. Zärtlich legte ich meine Hand an ihre Wange. Wie in ihrer Wohnung, als ich mich entschuldigt hatte, schmiegte sich ihr Gesicht perfekt in meine Hand. Ich wusste nicht, ob ich mir das einbildete, aber ich hatte das Gefühl, das ihre Haut noch weicher war als sonst.

„Sarah, ich", stotterte ich. Sarah hatte mich erneut entwaffnet. Sie machte mich Mundtod. Bis sie daraufhin den ersten Schritt machte. Ihre Lippen lagen auf meinen. Der Alkohol ließ uns beide mutig werden. Der Kuss wurde wilder. Automatisch packte ich sie an der Hüfte und hob sie auf die Arbeitsplatte. Ihr Atem stockte. Wir ließen den Kuss kurz auf uns wirken. Jetzt war ich es, der erneut ihre Nähe suchte. Ich legte meine Lippen auf ihre. Vorsichtig begann ich mich sanft an ihren Hals herunter zu arbeiten. Sarah stöhnte auf, als ich die Beuge zwischen ihrem Hals und der Schulter erreichte. Sie war erregt. Für mich - wegen mir. Mein Schwanz wurde noch härter. Wie gerne würde ich sie hier und jetzt ficken. Mich tief in ihr verlieren. Innerlich nahm ich mich zurück. Dazu würde es nicht kommen. Ich löste mich, um ein wenig klar zu werden. Wir sahen uns in die Augen. Das Feuer zwischen uns fachte erneut auf. Gleichzeitig begannen wir uns hart und wild zu Küssen. Meine Zunge fand die ihre und nahm jede Berührung um ein Vielfaches intensiver wahr, als es eigentlich der Fall war. Jetzt war es Sarah, die kurz aufhörte, mit einem Ruck ihr Top über den Kopf zog, und es neben sich auf die Ablage fallen ließ. Ich konnte nicht anders und sah an ihre herunter. Ihr praller Busen bewegte sich durch ihre Atmung schnell auf und ab. Wenn ich nicht bald den Druck in meiner Leiste lösen könnte, würde ich platzen.

„Sarah", pressten meine Lippen hervor. Wie könnte ich von ihr verlangen, dass wir Sex hatten? Nach alledem.

Ihr Blick veränderte sich. Sie hielt sich die Hand vor dem Mund. Erschrocken sah sie zu mir auf. Ich ging ein Stück zurück. Sie schnappte sich ihr Shirt und sprang von der Platte.

„Es", schüchtern hielt sie sich ihr Shirt vor die Brust. „Es tut mir leid. Ich dachte nur", versuchte sie die richtigen Worte zu finden.

Was war mit ihr los? Hatte ich was falsch gemacht? War ich zu weit gegangen?

Sie drehte sich um und lief aus der Küche.

„Sarah warte!", rief ich ihr nach und lief schnell Schrittes hinterher. Sie war im Wohnzimmer und zog sich gerade das Shirt über den Kopf.

„Aiden. Es ist okay. Es tut mir leid", sagte sie zutiefst peinlich berührt.

„Nein!", rief ich etwas lauter. „Es tut mir leid!", entschuldige ich mich bei ihr. Angestrengt strich ich mir über die kurz geschorenen Haare. Wie konnte ich nur soweit mit ihr gehen?

Sarah blieb stehen und sah mich an.

„Was?", fragte sie nach. Ihr Augen verengten sich. Ich holte tief Luft. Es auszusprechen, was ich vorhatte, war weit unangenehmer als auch nur daran zu denken.

„Ich weiß nicht, wie ich auch nur daran denken konnte, so etwas von dir zu verlangen. Es tut mir leid Sarah. Bitte denk jetzt nicht das ich so ein Arsch wäre. Ich bin zwar oft ein Arsch, aber so was würde ich nie machen!" Meine Worte waren, vom Grunde meines verkorksten Herzens her, ehrlich gemeint.

Sarah legte sich ihre Haare zurück. Ihre Augen schlossen sich angestrengt. Als Sarah sie wieder öffnete, gut über das nachgedacht was ich gerade gesagt hatte, sah sie mich an.

„Du dachtest, ich würde es nicht wollen?", fragte sie nach. Ich ließ den Kopf hängen. Dank des Alkohols verlief in meinem Kopf alles viel schneller ab. Erneut schaute ich auf zu ihr.

„Es tut mir leid, wie ich nur denken konnte, du könntest so schnell wieder mit jemanden intim werden, nach dem was passiert war", sprach ich schließlich aus, was von mir nie ausgesprochen werden sollte. Sie begann zu lächeln. Ich war mehr und mehr verwirrt. Sarah kam einen Schritt auf mich zu.

„Aiden", ihr Blick fest auf meinen. „Ich dachte gerade, als ich mich ausgezogen hatte und du so geschaut hast" Sie beendete den Satz nicht. Es war ihr so peinlich. Dann platze auch endlich bei mir der Knoten.

„Du dachtest was?", fragte ich in der Hoffnung nach, wirklich recht zu haben.

„Ich dachte, du würdest mich nicht wollen. Nicht so wie ich bin, wie ich aussehe. Ich dachte, du würdest nie mit so einer wie mir Sex haben." Am Ende wurden Sarahs Worte immer leiser.

Erleichtert atmete ich aus, ging auf sie zu und nahm ihr Gesicht fest in beide Hände.

„Sarah, du bist wunderschön, wie du bist. Ich hatte nie zuvor jemanden gesehen, geschweige denn durfte mit jemanden vergleichbaren wie dir intim werden, der so unbeschreiblich ist. Und das ist jetzt positiv gemeint.", mit einer gewissen Stärke sprach ich die Worte aus. Ich hoffte sehr das Sarah mir glauben würde. Denn das war die absolute Wahrheit.

Sarah veränderte sich spürbar, noch während ich sprach. Ihre Schultern wurden lockerer. All die Anspannung zwischen uns war abgefallen. Trotzdem meldete sich mein Gewissen.

„Ich möchte so gerne mit dir schlafen. Nur weiß ich nicht, ob du ebenfalls schon dafür bereit bist", eröffnete ich ihr meine Bedenken.

Sarahs Lippen öffneten und schlossen sich. Sie wog die Worte genau ab, die sie sagte.

„Ich weiße es auch nicht", flüsterte sie und atmete tief durch. „Aber

wenn ich es ausprobieren wollte, dann mit dir", erklärte sie. Ein
weiterer Lichtstrahl durchdrang die tiefe in meinem Herzen. So viel
Vertrauen, hatte mir noch nie jemand entgegengebracht.

„Bist du dir ganz sicher?", hackte ich nach. Ich musste es noch mal
eindeutig von ihr hören.

Sarah nickte.

„Ja. Lass es uns herausfinden."

Sarah

Aiden führte mich an der Hand in sein Schlafzimmer.

„Wenn dann aber hier", sagte er mit einem Lächeln auf den Lippen, wie nur er es zaubern konnte.

Er zog mich zu sich ran, dass unsere Körper aneinanderstießen. Mir stockte erneut der Atem. Ich spürte, wie meine Mitte kribbelte, erfreut darüber, was gleich passieren würde. Doch konnte ich es wirklich? Wenn wir das hier allerdings nicht probieren würden, käme ich nie dahinter.

Aiden begann mich zu küssen. Unsere Lippen fanden schnell erneut diesen wunderbaren gleich Rhythmus. Es war anders als mit John - schoss es mir sofort durch den Kopf. Wenn John und ich damals soweit waren, dass wir Sex haben wollten, dann war es von Anfang an eher grob und ruppig. Auch wenn ich nicht vergleichen wollte, waren die positiven Unterschiede, die mir sofort auffielen.

Aiden schob mir seine Hände unter das Top und half mir es abermals auszuziehen. Es fiel zu Boden. Wieder sah er mich mit diesem Blick an. Prüfend und stolz zugleich. Er ebnete sich mit sanften Küssen den Weg, von meinen Lippen, hinunter zu meinen Brüsten. Mein Kopf viel mir in den Nacken. Unwillkürlich kam ich leicht ins Wanken. Sofort hielt ich mich an seinen Schultern fest.

„Wollen wir uns aufs Bett legen?", fragte er mit rauer Stimme. Ich nickte zustimmend.

Aiden nahm meine Hand und führte mich zum Bett. Ich zog die

Schuhe aus und legte mich hin. Er stand vor dem Bett und zog sich sein Hemd über den Kopf. Mein Mund wurde trocken. Zwar war es hier nur spärlich beleuchtet, konnte ich kaum glauben, was ich sah. Aiden war perfekt, von Kopf bis Fuß. Automatisch presste ich meine Schenkel zusammen. Ich war bereit für ihn. Aiden lächelte leicht triumphierend, als er meine Reaktion von mir über ihn sah. Er kam zu mir auf das Bett. Die Matratze unter uns ging weiter in die Tiefe. Ohne zu zögern, begann er mich erneut zu küssen. Langsam bahnten Aidens Lippen sich den Weg runter zu meinen Brüsten. Dort schob er mir den BH herunter, das meine Brüste frei lagen. Er liebkoste jede Stelle von ihnen aufs zärtlichste. Ein Stöhnen entrann meinen Lippen als er meine Nippel berührte. Das bestätigte ihn in seinem sein und er setzte seinen Weg weiter fort. Über meinen Bauch bis hin zu meiner Hose. Ich wölbte ihm das Becken entgegen. Ohne zu reden, gab ich ihm somit das Einverständnis mir die Hose auszuziehen. Noch immer unmöglich mit welch einer Zärtlichkeit er vorging, öffnete er meine Hose und zog sie, samt Slip, herunter.

Völlig nackt lag ich jetzt vor ihm. Auch Aiden stand kurz auf und entledigte sich seiner restlichen Kleidung. Ich beobachtete ihn und nahm wahr, dass sein bestes Stück eine beträchtliche Größe hatte. Automatisch schluckte ich trocken. Konnte ich das wirklich? Wie würde es sich anfühlen? Würden die Schmerzen zurückkommen? Aiden schaute auf mich herab, während er sich wieder zu mir legte. Er vergrub seine Nase in mein Haar und küsste mich unterm Ohr.

Mir wurde warm, auch wenn die Luft hier ziemlich kühl war.

„Sarah, wenn es zu viel wird, musst du es mir sagen", flüsterte er zur Sicherheit. Ich nickte nur. Meine Augen schlossen sich, als Aiden weiter meinen Hals küsste. Seine rechte Hand fuhr über meine Brüste und bahnte sich den weg in meine empfindliche Mitte. Mein Atem wurde flacher. Mein Herz hingegen schlug immer wilder. Aidens Hand ruhte zärtlich auf meinen Scharm, damit ich mich einen Moment daran gewöhnen konnte. Er bewegte sich nicht, sah mich nur hungrig an. Auf einmal war mir klar, dass ich nicht mehr ängstlich war. Es war ganz anders als mit John. Aiden ging auf mich ein, voll und ganz nach meinen momentanen Bedürfnissen. Und somit wusste ich, dass ich das hier schaffen würde. Und ich würde es genießen können.

Langsam begann Aiden auf und abzureiben. Mehr und mehr glitten seine Finger zwischen meine Spalte. Erst jetzt bemerkte ich selbst, wie unglaublich feucht ich war.

„Oh Sarah, wie bereit du für mich bist", sagte er brüchig.

„Aiden", stöhnte ich als er einen Finger sanft in mich gleiten ließ.

„Möchtest du mehr?", hauchte er.

„Ja!", erwiderte ich, ohne darüber nachzudenken. Das Wort war mehr ein Stöhnen. Ich wollte ihn in mir fühlen. Jetzt.

Aiden löste sich von mir, holte ein Kondom hervor und zog es sich über. Dann legte er sich wie gerade zu mir.

„Sie mich an", sprach er sanft. Ich suchte seinen Blick.

„Ist alles okay? Wollen wir wirklich soweit gehen?" Das Feuer in seinen Augen blitze auf. Aiden wollte es so sehr und hielt sich doch so zurück. Aber auch ich wollte es und nickte schnell. Wie sehr ich diese Gefühle vermisst hatte. Es waren pure schöne Gefühle, keinerlei Schmerzen.

Aiden beugte sich über mich und spreizte vorsichtig meine Beine. Zielsicher positionierte sich. In mir überkam eine Woge der Angst. Zwar war das bis hier hin alles toll, doch was, wenn der Schmerz zurückkäme? Aiden bemerkte mein zögern. Er vergrub erneut seinen Kopf in meinem Haar. Das zeigte mir, wie nah er mir war und das nicht nur körperlich.

„Ich bin bei dir. Ich werde dir nicht weh tun. Niemals", flüsterte er und verschaffte mir eine Gänsehaut. Seine Worte waren wie Balsam. Meine Angst ebbte ab.

Ich drehte meinen Kopf und küsste ihn ebenfalls am Hals, bis sich schließlich unsere Lippen fanden. Eine weitere Bestätigung, ohne Worte, das Aiden fortfahren sollte. Ich bemerkte, wie seine Spitze langsam in mich eindrang. Es war ein leichtes, unter diesen Küssen, entspannt zu bleiben. Schließlich füllte er mich weiter und weiter aus. Erlösend nahm ich ihn in mir auf. Als er schließlich ganz mein inneres erreicht hatte, war ich erleichtert. Es war kein Schmerz zu fühlen. Nur pure Lust.

Aiden atmete schwer.

„Ist alles okay?", hechelte er.

„Oh ja", bestätigte ich schnell. Ich wollte diesen Moment nicht zerstören. Es war zu schön.

Aiden atmete stoßartig.

„Ich werde mich jetzt bewegen", erklärte er kurz.

Ich nickte nur und schloss die Augen.

Als Aiden begann seine Hüften zu bewegen, zog sich mein inneres zusammen. Es war ungewohnt. Tat es weh? Oder war das normal? Auch wenn Aidens Duft mich umschloss, öffnete ich die Augen, um ihn zu sehen. Ich musste mich vergewissern, dass tatsächlich er es war, und niemand anders.

Zu meiner Überraschung sah auch Aiden mich an. Er bewegte sich langsam weiter vor und zurück. Unsere Blicke lösten sich nicht voneinander. Wir fanden nach kurzer Zeit einen gemeinsamen Rhythmus, den wir beide genießen konnten.

„Sarah, ich", stieß Aiden hervor. Wie aufs Stichwort spannten sich meine Beine an und es überkam mich eine warme Welle nach der anderen. Wir schaukelten uns gegenseitige bis an die Spitze unseres Höhepunktes. Ich zuckte unter Aidens pulsierendem Glied wieder und wieder zusammen. Dies war wie der Anfang eines neuen Lebensabschnittes.

Aiden

Leicht benommen erwachte ich. Neben mir bewegte sich jemand. Es dauerte ein paar Sekunden, bis mir in den Kopf schoss, was passiert war. Sarah – sie war bei mir. Wir hatten eine unglaubliche Nacht miteinander. Zwar wusste ich, wahrscheinlich besser als jeder andere Mann, was eine Frau sich wünschte, doch war ich letzte Nacht so aufgeregt wie vor meinem ersten Mal.

Ich drehte mich auf die Seite und betrachtete Sarahs Gesicht im sanften licht des Mondes. Es war eine klare eiskalte Nacht. Das zeigte mir der tief dunkle Himmel, mit den leuchtenden Sternen. Umso schöner war es Sarah so vor mir zu sehen. Jedes Mal, wenn ich sie berührte überkam mich ein Schauer. Als würden wir aufeinander reagieren. Wie eine chemische Mischung. Die Zartheit ihrer Haut, haute mich fast um. Hoffentlich hatte ich ihr letzte Nacht nicht weh getan. War das vielleicht der Grund weshalb ich so nervös war? Auch wenn ich es nicht zugeben wollte, war mir klar das ich Angst hatte. Angst derjenige zu sein, der ihr ein weiteres Mal weh tat. Dabei war Sex zwischen zwei Menschen etwas so Wunderbares. Mein Schwanz zuckte, als ich daran dachte, wie es sich in ihr anfühlte.

Ich drehte mich auf den Rücken und schlug eine Hand über den Kopf. Es war eindeutig. Selbst wenn ich es weiter leugnen würde, war mir klar das ich Sarah so nicht mehr gehen lassen konnte. Wie auch immer sie das geschafft hatte, an diese dunkle Stelle von mir

Licht zu bringen. Meine Faust ballte sich. Ich wurde wütend. Wütend auf mich, so etwas überhaupt zu empfinden.

Noch über eine halbe Stunde versuchte ich mir einzureden und Lügen auszudenken, wieso das hier einfach nur Sex war. Auch die Idee sie noch mal zu ficken und dann nach Hause zu bringen, ohne die Miene zu verziehen, schoss mir durch den Kopf. Ich war so ein Arsch. Das wäre nicht das erste Mal, das ich so mit einer Frau umging. Doch Sarah war anders. Ich musste Sarah von mir wegbringen, das war klar. Allerdings ohne ihr weh zu tun. Das hatte sie nicht verdient. Mein inneres Schrie auf. Ein großer Teil in mir wollte sie nicht gehen lassen. Insgeheim wusste ich, dass sie mir guttat. So tief wie die letzten Stunden, nach unserem Sex, hatte ich schon seit Wochen nicht mehr geschlafen. Und das mal davor, war ebenfalls neben Sarah.

„Nein", flüsterte Sarah neben mir. Sie wurde unruhig. Ein Schweißfilm hatte sich auf ihrer Stirn gebildet. Ich wischte ihr sanft über die Schläfe.

„Sarah", flüsterte ich ruhig.

Ihr Atem wurde flacher. Sie sah gequält aus. Es war eindeutig das sie einen Alptraum hatte.

„Sarah", sagte ich etwas lauter und strich ihr übers Haar. Sie wimmerte. Ich legte mich dichter zu ihr und versuchte sie zu beruhigen. War es bei mir ebenfalls so mit meinen Alpträumen? Sie waren zwar weniger geworden, doch noch immer sehr präsent.

Wenn sie über mich kamen, war es, als würde man alles noch einmal erleben, und einem die Haut bei lebendigem Leibe abgezogen.

Ganz in Gedanken drehte und wendete Sarah sich mehr und mehr.

„Sarah wach auf!", sagte ich noch ein wenig lauter. Es schien mir am besten sie aus diesem Mist heraus zu holen. Sie stöhnte auf und wimmerte mehr, bis sie ruckartig im Bett saß. Schwer atmend versuchte sie sich zu orientieren.

„Sarah", sagte ich sanft, und legte ihr meine Hand auf den Rücken. Was ein großer Fehler war. Sarah wich zurück und schubste sich panisch zur Seite, dass sie aus dem Bett fiel. Sofort stand sie auf. Ich sah sie nur schemenhaft im dunklen Zimmer hin und her laufen. Als ich endlich die Nachttischlampe eingeschaltet hatte, stand sie eingewickelt in der dünnen Bettdecke vor mir, und sah sich um. In ihrem Gesicht war es förmlich zu sehen, wie sie nach und nach in die Realität zurückkam. Sie war noch so sehr in ihrem Traum gefangen, dass sie kaum zwischen der Echter- und Traumwelt unterscheiden konnte.

„Sarah?", sagte ich vorsichtig. Mein Blick hielt sie ganz fest. So langsam es ging, stieg ich aus dem Bett.

„Es ist alles ok. Ich bins.", erklärte ich, um sie komplett in diese Welt zurückzuholen.

Sarah zog das Lacken enger vor sich zusammen. Mit der einen Hand schob sie sich das dunkle Haar nach hinten. Erst als ich einen Schritt auf sie zu machte, wurde sie klar.

„Aiden", flüsterte sie leise. Kurz darauf begann sie zu zittern. Ohne weiter darüber nachzudenken, lief ich zu ihr rüber und legte meine Hände auf ihre Schultern. Unsere Gesichter lagen dicht beieinander. Die Süße ihres Duftes empfing mich.

„Ich bin da", hauchte ich ihr entgegen. Sie nickte und atmete erleichtert aus.

„Es tut mir leid. Ich wollte nicht, dass du das siehst", entschuldigte sie sich. Sofort schnitt ich ihr das Wort ab.

„So was darfst du nicht einmal denken. Du kannst da nichts für", gab ich ihr deutlich zu verstehen. War das letzte Nacht zu viel für Sarah? War ich für diesen Zustand bei ihr verantwortlich?

„Hast du das öfter?", hackte ich vorsichtig nach.

Sie nickte zaghaft.

„Jede Nacht", flüsterte sie schließlich.

Wie eine zerbrechliche Puppe legte ich ihr sanft eine Hand an die Wange. Sie schmiegte sich hinein. Am liebsten würde ich sie nie wieder loslassen. Ich würde alles dafür tun damit sie wieder glücklich werden würde.

Wir blieben noch eine gewisse Zeit einfach so stehen genossen die Ruhe, die Stille und die Gewissheit das alles nur ein Traum gewesen war.

„Danke Aiden", sagte Sarah plötzlich. Ihre geröteten Augen blickten zu mir auf. Ich bekam eine Gänsehaut. Dann wand sie sich ab und suchte im Raum ihre Sachen zusammen.

„Was machst du da?", frage ich schroff.

Sarah hörte sofort auf und sah mich an.

„Ich", sie schluckte schwer. Verunsichert sah sie mich an. Fast ein wenig ängstlich.

Nervös strich ich mir durch meine Haare.

„Entschuldige. Aber für mich ist das auch alles", versuchte ich mich zu erklären. Doch es gelang mir nicht. Mir fehlten die Worte. Was zur Hölle sollte ich ihr denn erzählen? Was ich für ein Waschlappen war und wie ich mich dafür hasste Gefühle zuzulassen? Oder etwa wie wütend ich war, dass sie meine Schwäche erkannt hatte, und selbst zu dieser geworden war. Ich würde töten, wenn ihr noch einmal irgendjemand etwas antut. Genau solche Gefühle hatten mich damals fast zerstört. Und jetzt war ich es der ihr Angst machte. Sollte ich mich selbst verprügeln? Ohne sie weiter zu betrachten, lief ich aus dem Zimmer und lies Sarah allein.

Sarah

Die Dunkelheit lag über mir. Es fühlte sich kalt an. Ich schloss fest die Arme um mich. Oder zumindest wollte ich das. Doch irgendwas hielt mich fest. Mir wurde die Luft zum Atmen genommen. Als würde etwas auf meiner Brust liegen und immer schwerer werden. Meine Lippen bewegten sich, doch es kam kein Ton heraus. Ich wusste, dass meine Augen geöffnet waren, aber nichts und niemand war zu sehen. Ich drehte den Kopf zu allen Seiten. Auf der rechten Seite war ein Licht zu sehen. Der Lichtschein wurde immer größer, bis ich erkannte, dass es eine Tür war, die immer weiter aufging. ‚Hilfe', schrie ich, ohne ein Wort zu sagen. Ein großer Schatten kam auf mich zu. ‚Hilfe', rief ich erneut. Der Schatten, von dem ich lediglich einen Umriss sah, wurde größer. Von der ersten Erleichterung, dass mir irgendjemand helfen würde, kam die Panik, als ich an den Konturen erkannte das es John war. Ich konnte diese Qual nicht noch einmal durchleben. Das würde ich nicht überstehen. Johns Gestalt wurde klarer. Jetzt sah ich ihn direkt vor mir, wie er mich mit seinem fiesen Lachen direkt ansah, und ein schwarzes Tuch auf mein Gesicht drückte.

Ruckartig setzte ich mich auf. War es ein Traum? Oder erwachte ich gerade in einem Traum?

Etwas legte sich auf meinen Rücken. Ich wurde umgehend ins hier und jetzt zurückgeschleudert. Mir war bewusst das es kein Traum war. Das hier war die Realität und sie war noch nicht vorbei.

Ängstlich flüchtete ich über die Matratze. Zu allem Überfluss stieß ich gegen etwas. Im Dunkeln konnte ich nur schemenhaft erkennen, wo ich war. Mir fiel sofort auf, dass es nicht meine Wohnung war. Welchen Tag hatten wir heute? Ich raufte mir nervös durchs Haar. Als das Licht anging, zuckte ich zusammen. Der helle Schein blendete mich so sehr, dass es ein wenig in den Augen schmerzte. Mein Puls legte noch mehr an Tempo zu.

„Sarah?", sagte eine mir so bekannte Stimme. Diese Worte waren es, die mich endlich klarsehen ließen. Ich war nicht in meiner Wohnung, sondern in Aidens. Er war hier und nicht John. Das hier war die Realität und John nur ein Alptraum. Aiden kam sichtlich zögernd auf mich zu.

„Es ist alles okay. Ich bins.", erklärte er.

Wie musste das nur für ihn ausgesehen haben? Eine durchgeknallte Irre sprang wie angestochen aus seinem Bett. Ich zog das dünne Lacken, welches ich aus dem Bett mitgerissen hatte, enger zusammen. Aiden ging weiter auf mich zu.

„Aiden?", fragte ich, um sicher zu gehen. Ich brauchte eine Bestätigung, dass er es wirklich war. Als ich seinen Namen sprach, kam er direkt auf mich zu. Ich wich nicht zurück und ließ seine Berührung sofort zu.

„Ich bin da", flüsterte er sanft. Eine Gänsehaut übersäte meine Haut. Ich beruhigte mich auf der Stelle.

„Es tut mir leid. Ich wollte nicht, dass du das siehst", erklärte ich mein Verhalten. Unsere, was auch immer wir hatten, war eh schon so kompliziert, da fehlte es noch, dass er dieses Verrückte Verhalten von mir überhaupt mitbekam.

„So was darfst du nicht einmal denken. Du kannst da nichts für", fuhr er mir dazwischen.

„Hast du das öfter?", hackte er direkt nach. In seinen Augen war Ratlosigkeit zu sehen. Mir war das alles so unangenehm. Doch Aiden war mit der einzige, der überhaupt alles wusste. Wieso sollte ich ihn dann noch etwas verschweigen?

„Jede Nacht", sprach ich und senkte den Blick.

Ohne eine Antwort zu geben, legte er vorsichtig seine Hand an meine Wange. Wie ein Schutz nahm ich diese Hülle dankend an.

„Danke Aiden", sagte ich nach geraumer Zeit. Es war so schön das er für mich, da war, doch ich wollte nicht abhängig sein. Dies war der richtige Augenblick für mich zu gehen. Ich löste mich also von ihm und begann meine Hose und Shirt vom Stuhl zu nehmen.

„Was machst du da?", hallte es durch den Raum. Unsere Blicke lagen sofort aufeinander. Ich rührte mich nicht. Wollte Aiden etwa nicht das ich ging?

„Ich", stotterte ich unmöglich meine Situation in Worte zu packen. Ratlos stand ich vor ihm. Aiden wurde ungeduldig. Er wirkte verändert. Fast gequält. Aufgeregt lief er kurz zurück und strich sich durchs Haar und übers Gesicht.

„Entschuldige. Aber für mich ist das auch alles." Er beendete den Satz nicht, als er bereits aus der Tür stürmte. Wie eine Statue stand ich da. Sekunden später kam ein durchdringender Knall aus einem anderen Raum. Ich löste mich sofort. Schnell schnappte ich mir Aidens Hemd vom Stuhl und zog es mir noch im Laufen über.

Ich suchte die Wohnung nach ihm ab. Im Wohnzimmer war er nicht zu finden. Aus der Küche schien Licht. Ich verlangsamte mein Tempo und linste um die Ecke. Er stand, nur in seiner Shorts gekleidet, und mit dem Rücken zu mir gedreht, da. Wie angezogen bahnte ich mir, auf Samtpfoten, meinen Weg zu ihm. Er bemerkte mich erst, als ich direkt hinter ihn stand und ihn ansprach.

„Aiden", sagte ich vorsichtig und suchte zaghaft Kontakt. Kaum zu sehen und doch bei genauerem Hinsehen zu erkennen, spannte er sich an. Was war nur in ihm los? Ich legte den Kopf schief und versuchte weitere Reaktionen zu bekommen, doch es war nichts weiter zu sehen.

„Ich sollte dich besser nach Hause bringen", sagte Aiden in solch einem Ton, dass es mir Eiskalt den Rücken runter lief. Ich wollte es nicht und die Aussage von ihm zerriss mich förmlich in tausend Stücke. Doch mir war auch klar, dass ich seinen Willen respektieren musste. Und wenn es das war, was er wollte, sollte ich ihm nicht widersprechen. Schließlich war das hier auch seine Wohnung.

„Wenn du das möchtest", bestätigte ich. Das schlimmste überhaupt war, das ich an meiner eigenen Stimme hörte, wie ich ebenfalls Abstand von ihm nahm. Ich baute erneut eine Mauer um mich auf. Aiden drehte sich zu mir um und sah mich von oben bis unten an.

Bis sein Blick schließlich direkt auf meinem landete.

„Ich möchte dir keine Angst mehr machen. Das hast du nicht verdient." Brachte er zwischen seinen zusammen gebissenen Zähnen heraus.

Kopfschüttelnd versuchte ich ihn zu verstehen. Schließlich sah ich, dass er an der rechten Hand verletzt war. Sie war rot, geschwollen und aufgeschürft.

„Aiden! Was hast du getan?", stieß ich hervor. Umgehend nahm ich seine Hand vorsichtig in meine und schaute mir die Verletzung näher an. Aiden sah herüber zum Küchenschrank, der deutlich lädiert in der Verankerung hing. Ich schnaufte kurz auf. Dieser Moment war so absurd, dass ich mir ein Lächeln verkneifen musste. Im Kühlschrank zog ich aus dem Eisfach eine Packung Eiswürfel hervor. Ich legte sie, ohne zu zögern auf Aidens Hand, die er immer noch ausgestreckt vor sich hielt.

„Warum machst du sowas?", fragte ich benommen.

„Das bin ich nun mal", erwiderte er nur und zuckte mit den Schultern.

Aiden

Auf direktem Wege ging ich rüber in die Küche. Dort angekommen
schlug ich mit voller Wucht gegen die Echtholzplatte am Schrank.
Es krachte lauf und die Tür erhielt einen riss. Ein Riss. Genau das
war es, woraus mein inneres noch Bestand. Lauter Risse, hielten
mich nur noch stückweise zusammen. Der Schmerz in meiner Hand
wanderte hoch. Ich nahm ihn dankend an. Es war die Art von
Schmerz, die ich verdient hatte. Dieser Schmerz würde mich daran
erinnern, wer ich wirklich war – wer ich sein sollte.
„Aiden.", sagte Sarah die mittlerweile hinter mir stand. Ich drehte
mich nicht um. Was sollte ich ihr sagen? Meine Aktion hatte ihr
vermutlich noch mehr Angst gemacht. Mir wurde klar das es
tatsächlich das beste sei, wenn wir getrennte Wege gehen würden.
Sarahs Hand legte sich auf meine Schulter. Dieses Kribbeln, der
Kontakt. Das Licht in mir schien heller. Als würde es mich zu ihr
drängen.
„Ich sollte dich besser nach Hause bringen", sagte ich schließlich.
Bei dieser Antwort brannte ich innerlich. Es war genau das, was ich
eigentlich nicht wollte.
„Wenn du das möchtest", sagte sie lediglich. Ihre Hand zog sich
zurück. Ich drehte mich zu ihr um. Sie stand, in meinem Hemd, vor
mir und sah zu mir auf. Die starke Sarah stand vor mir. Ihr Blick
war gefasst und klar.
„Ich möchte dir keine Angst mehr machen. Das hast du nicht

verdient", erklärte ich kurz. Ich wollte das sie meine Entscheidung verstand. Eine Falte breitete sich auf der Stirn zwischen ihren Augen aus. Sie schüttelte leicht den Kopf. Ihr Blick wanderte an mir herunter und blieb an meiner Hand stehen.

„Aiden" Sarah kam näher. Sie umfasste vorsichtig meine geprügelte Hand. „Was hast du getan?", fragte sie entsetzt.

Ich sah zum Küchenschrank, der leicht schief und gerissen da hing. Sarah folgte meinem Blick, sah dann wieder zu meiner Hand. Sie ließ sie los, ging rüber zum Kühlschrank, öffnete das Eisfach und holte eine Packung Eiswürfel heraus. Ohne Rücksicht zu nehmen, legte sie mir diese direkt auf die Hand. Ein Blitz von Schmerz durchfuhr mich. Ich verzog jedoch keine Miene. Nicht vor ihr. Nicht schon wieder.

„Warum machst du so was?" Sie schüttelte den Kopf und redete förmlich mit sich selbst.

„Das bin ich nun mal", erwiderte ich nur.

Sie sah erneut zu mir auf. Ich fühlte mich aufgefangen. Und in diesem Moment, tatsächlich dankbar, dass sie einfach nur hier war.

„Und jetzt erklär mir doch mal was du meinst, dass du mir keine Angst mehr machen willst?", fragte sie nach, und drückte die Packung Eis ein wenig fester auf. Sie legte den Kopf schief und schaute unglaublich sexy dabei aus. Sarah wartete geduldig, bis ich ihr eine Antwort gab.

„Hör zu, es war wegen letzter Nacht. Du warst aufgelöst und panisch. Das hast du nicht verdient so zu fühlen. Ich werde dir in

Zukunft nicht noch einmal weh tun", sprach ich kurz um ihrer Frage eine Antwort zu geben.

Ich beobachtete ihre Reaktion ganz genau. Bei den Gedanken an letzter Nacht öffneten sich leicht ihre Lippen. Es schien mir, als hätte es ihr gefallen. Doch die Reaktionen auf mich. Mir war bewusst, dass ich so verkorkst war, dass ich nicht in ihr Leben passen würde.

Sarah nahm den Beutel von meiner Hand und legte ihn auf die Ablage. Sie ging ein paar Schritte zurück, drehte sich um und sah mich an. Abweisend schlang sie die Arme um sich selbst und versuchte sich zu erklären.

„Das lag nicht an dir Aiden.", sie machte eine Pause. „Das letzte Nacht war", nervös legte sie die Haare zurück. Sarah wurde rot. Es war ihr peinlich über so etwas zu sprechen. „Es war das schönste was mir seit langer Zeit passiert war." Der Tonfall, den sie verwendete war absolut ernst. Mir fiel erleichtert ein Stein vom Herzen. Also hatte mich der Eindruck von letzter Nacht doch nicht getäuscht.

„Und das mit den Alpträumen. Es ist schwer zu erklären", sprach sie weiter. „Sie sind so präsent und jede Nacht da. Als würden sie zu meinem Leben dazu gehören." Tränen sammelten sich in ihren Augen. Ruckartig drehte sie mir den Rücken zu, noch bevor sie überliefen.

„Das kann niemand verstehen", flüsterte sie nur.

„Doch", schoss es aus meinem Mund. Sarah wand sich erneut mir zu. „Ich kann das sehr gut verstehen."

Ihre Lippen öffneten sich. Noch bevor sie etwa sagen konnte, ging ich auf sie zu und drückte sie unsanft gegen den Kühlschrank.

Unser beider Atem war flach und kurz. Unsere Gesichter dicht aneinander.

„Ich bin nicht gut für dich", presste ich zwischen den Zähnen hervor. Mir war fast klar, dass ich ihr hiermit Angst machen würde, doch so war ich. Ich brauchte das. Meine Mitte war ebenfalls der Meinung. Sarah bewegte sich ein wenig. Ich spürte, wie mein Schwanz so hart war, dass es fast weh tat. Auch Sarah musste es spüren, so nah wie wir uns waren.

„Ich entscheide selbst, was gut für mich ist", schnaufte Sarah leicht, und presste die Lippen zusammen, bis sie nur noch eine schmale Linie ergaben. Wenn sie wüsste, wie gut ich es nachvollziehen konnte, von niemanden bevormunden zu werden. Und wenn sie es so wollte, dann würde sie es bekommen. Sie würde mich so bekommen, wie ich war. Mit all meinen Facetten.

„Ich will dich noch mal ficken", war meine Antwort. Es trieb ihr die Schamesröte ins Gesicht. Doch in ihren Augen lag das pure Verlangen. Da sie nicht widersprach, legte ich hart meine Lippen auf ihre. Dieser Kuss fachte das Feuer zwischen uns immer mehr an. Ich packte ihre Schenkel, hob sie hoch und drückte sie noch fester an die Wand. Ihr Hände, noch immer durchgekühlt von den Eiswürfeln, krallten sich an meinen Oberarmen fest. Das Verlangen wurde wilder – größer.

„Ich muss in dir sein. Jetzt", stieß ich hervor. Ich wusste das es gegen jedes Tabu war, doch ich wollte sie spüren. Nur ein paar mal voll und ganz, ohne das etwas zwischen uns war.

„Dann tu es!", stöhnte sie und streckte den Kopf nach hinten.

Da das nicht mein erstes Mal war, in so einer Position jemanden zu vögeln, war es ein leichtes für mich meine Shorts runter zu streifen. Vorsichtig schob ich mich mit meiner harten Erektion an ihrem Slip vorbei. Sie empfing mich voll und ganz. Ein erleichterter Aufschrei war von ihr zu hören, als ich sie ganz ausfüllte. Sie bewegte sich langsam weiter. Ich musste mich stark konzentrieren, als das Brennen in meinen Leisten zunahm.

„Sarah", stöhnte ich heiser. Ich schob mich ein Stück aus sie raus und ließ sie erneut auf mich nieder. Wenn ich das noch einmal machen würde, wäre es zu spät.

„Warte!", stieß ich hervor. Sarah bewegte sich nicht mehr. „Schling die Beine um mein Becken", befahl ich ihr. Ohne nachzufragen, tat sie es. Zufrieden sah ich sie an.

„Ich möchte spüren, wie du kommst", eröffnete ich ihr. Es würde bei ihr auch nicht mehr lange dauern, das konnte ich sehen. Sie antwortete nicht, sah mich nur an.

„Willst du kommen?", fragte ich brüchig. Diese kleine Frage reichte aus, um ein wildes Nicken zu erhalten. Ich musste grinsen. Ich werde sie glücklich machen. Hier und jetzt.

Langsam schob ich ihr die Haare zurück und begann sie unterm Ohr zu Küssen. Sarah war so kurz davor, dass selbst diese kurze

Berührung fast ausreichte. Ich schob meine eine Hand zwischen uns und streichelte sanft über ihren Kitzler. Meine Lippen noch weiter an ihrem Ohr. Sie wurde wilder. Es gefiel mir die Kontrolle über sie zu haben. Wie weit konnte ich wohl gehen? Sarah schob sich hoch, doch ich drückte sie mit meiner freien Hand wieder runter, so dass mein Schwanz sie erneut ganz ausfüllte. Ihr Beine spannten sich an, die Wellen begannen ihr inneres zu erreichen. Sie war kurz davor. Ich schmiss alle Bedenken über Bord, riss ihr mein Hemd auf, so dass ihre Brüste hervorragten. Ich packte ihren Nippel und kniff hinein. Zeitgleich trieb sie meine Hand in ihrem Schoss, weiter voran. Als ich schließlich an ihrem Ohrläppchen saugte, war sie verloren.

„Aiden!", schrie sie in einem erstickenden Laut. Ich spürte, wie sie sich um meinen Schwanz herum zusammenzog. Wieder und wieder durchfuhr sie ein Schub nach dem nächsten. Es verlangte mir alles ab, nicht auch zu kommen. Schließlich wurde sie weich und wie wachs in meinen Händen.

Schwer atmend sahen wir uns an.

„Danke", lächelte sie.

„Immer wieder gerne", sagte ich und küsste sie sanft. Ich war erleichtert, dass es ihr offensichtlich gut gefallen hatte.

„Ich möchte dich auch glücklich machen", brachte sie zwischen den Küssen hervor. Wir hörten auf uns zu küssen. Ich sah sie an.

„Schlaf mit mir so wie du es am liebsten magst", sagte sie. Ich schluckte schwer und schloss die Augen. Das wollte Sarah nicht wirklich. Ich hatte es am liebsten hart und von hinten. Wie in jeder Lebenslage hatte ich am liebsten die Oberhand.

„Aiden, bitte. Ich will dich so, wie du es möchtest." Sie hielt eine Hand an meine Wange. Konnte ich es ihr abschlagen? Meine Leisten begannen erneut zu brennen. Ich musste das Feuer löschen. Kurzum zog ich mich aus ihr zurück und stellte sie auf ihre Beine. Sarah schwankte ein wenig. Sie war noch immer vollkommen fertig von ihrem Orgasmus. Ihr kalten Hände wanderten über meine Brust. Immer weiter strich sie hinunter zu meiner Erektion, die stramm nach vorne ragte.

„Sarah. Es ist nicht gut für"

„Sch!", fuhr sie mir dazwischen. Ich riss die Augen auf. Das Feuer wurde angeheizt. Sie fuhr mir ins Wort. Hatte mir widersprochen. Ich würde sie jetzt am liebsten fesseln und ihr den Verstand rausvögeln.

Ohne weiter darüber nachzudenken, packte ich sie so sanft wie es mir gerade möglich war, an der Schulter und drehte sie herum. Langsam führte ich sie weiter, bis wir vor der großen Arbeitsplatte standen.

„Ich werde dich jetzt von hinten nehmen. Es wird hart, aber schnell gehen. Ist das okay?", zischte ich ihr ins Ohr. Sarah nickte bestätigend. Kaum ausgesprochen, nahm ich ein Kondom aus dem oberen Küchenschrank und zog es mir über. Meine Hände zitterten, so bereit war ich.

„Beuge dich vor und halt dich an der Platte fest", wies ich sie an. Sie machte, was ich sagte. Sarah wusste nicht, was sie erwarten würde. Das war ihr anzumerken. Doch konnte ich jetzt nicht mehr aufhören. Meine Triebe hatten die Oberhand ergriffen. Ich schob ihr den Slip runter und spreizte langsam ihre Beine. Stocksteif stand Sarah da. Ihr praller Hintern direkt vor mir. Ich konnte nicht anders und fuhr langsam mit meinem Finger über ihren Steiß, hinunter über ihren Po. Als ich an ihrer feuchten Stelle ankam, lief mir das Wasser im Mund zusammen. Sie war so bereit für mich. Ich ließ kurz einen Finger in sie hinein gleiten. Sarah bewegte einladend ihre Hüfte vor mir. Ruckartig zog ich meinen Finger zurück, positionierte mich und drang hart in sie ein. Das Feuer in mir wurde heißer. Sarah schrie auf. Es war eine Mischung aus Schmerz, Überraschung und Ekstase. Mein Kopf war leer und ich konnte nicht mehr klar denken. Das einzige was ich wollte, war Sarah voll und ganz in Besitz zu nehmen. Wild stieß ich wieder und wieder zu. Um Sarah besser zu halten, umfasste ich ihre Schulter und drückte mich fester in sie hinein.

Sarah schmisse den Kopf in den Nacken. Ich konnte sehen das es ihr Gefiel. Sie genoss es, was mich an meine Spitze trieb. Bewusst sah ich sie an. Wie sie willig vor mir lag, ich sie immer wieder ausfüllte und sie diese Art von schmutzigem Sex genoss. Mit meiner einen Hand griff ich um sie herum, packte ihren einen Nippel und drehte ihn. Sie schrie auf, was mich sofort kommen ließ. Ich pumpte und zuckte in ihr, während ich weiter meine Hiebe in ihr versank. Sarah spannte sich unter mir an. Sie wäre erneut fast soweit. Ich pumpte weiter, bis sie sich schließlich ergab, und wir gemeinsam den Orgasmus durchlebten.

Sarah

Meine Haut war noch immer übersensibel von den ganzen
Gefühlen, welche mich kurz vorher noch durchlebt hatten. Ich war
froh das Aiden mir diese Seite an sich gezeigt hatte. Wieso dachte er
nur das ich davonlaufen würde oder dass mir so etwas nicht gefallen
könnte? Machte er sich doch mehr Gedanken über mich und meine
Situation, als er zugeben würde?
„Was denkst du?", hackte er neugierig nach.
Wir lagen im Bett. Er hatte seinen Arm um ich gelegt. Mein Kopf
lag in der Kuhle zwischen seinem Arm und seiner Brust. Mit meiner
freien Hand streichelte ich seine demolierte rechte Hand.
„Ich habe nur an das Gedacht, was wir gerade in der Küche getan
haben", gesteht ich und wurde direkt rot. Die Wärme in meinen
Wangen war deutlich zu spüren. Bewusst senkte ich meinen Blick.
Sein umgelegter Arm schloss mich etwas fester ein.
„Ich bin sehr froh, dass es dir auch gefallen hat", sagte Aiden
erfreut. Noch immer war die Erleichterung ihm anzuhören. Ich hob
meinen Kopf und sah ihn an.
„Darf ich dich was fragen?", richtete ich das Wort an Aiden.
„Natürlich", sagte er, ohne darüber nachzudenken.
„Was ist das zwischen uns?", fragte ich. Langsam ließ ich meinen
Kopf wieder sinken und wartete auf eine Antwort. Denn ich wusste
keine auf diese Frage. Mir war nur klar, dass ich einfach nicht sein
Typ war. Zudem wusste ich noch nicht einmal, ob ich bereit wäre

für irgendwie so etwas wie eine Beziehung.

Aiden atmete tief aus. Mein Kopf senkte sich mit.

„Ich weiß nicht genau. Es ist", er machte eine unangenehm lange Pause. „Kompliziert", schloss er den Satz ab.

Ich setzte mich auf. Mein Blick war direkt auf ihn gerichtete. Wir sahen uns tief in die Augen. Mir gingen unsere vielen Unterhaltungen durch den Kopf. Ich wusste das er verheiratet gewesen war. Aber wenn wir zusammen wären, hieß das ja noch lange nicht das wir heiraten würden. Hatte er Bindungsangst oder steckte da mehr dahinter? Wie er in manchen Situationen reagierte, zeigte mir, dass auch er viel durchgemacht haben musste, und bestimmte Dinge noch lange nicht hinter sich gelassen hatte.

Als wir weiter stumm dasaßen, war mir klar das ich von ihm nichts erwarten konnte. Ich hatte es mir schon früh angewöhnt, von niemanden überhaupt auch nur irgendetwas zu erwarten. Deswegen würde ich Aiden gehen lassen. Ihn kein Druck machen und einfach dankbar dafür sein, dass wir so eine schöne Nacht hatten.

Ich beugte mich vor, schenkte ihm einen sanften Kuss, den er ebenso sanft erwiderte.

„Ich denke, wir sollten es hierbei belassen. Danke für die letzte Nacht", schloss ich dieses Thema ab.

Wir sahen uns weiter einfach nur an, ohne noch etwas zu sagen. Ein vibrieren durchzog den Raum. Mein Handy in meiner Tasche stand gar nicht mehr still. Ich stand auf und lief rüber. Doch ich war zu spät. Ich sah nur, dass Nancy mich angerufen hatte. Auf dem zweiten Blick wusste ich warum.

„Verdammt!", sagte ich erschrocken. „Ich muss in fünfzehn Minuten im Büro sein!"

Aiden fuhr mich ins Büro. Kaum fünf Minuten hatten wir vom Schlafzimmer ins Auto gebraucht. Es blieb keine Zeit mehr sich großartig zu verabschieden. Und zudem wussten wir beide, dass es bei dieser einen Nacht bleiben würde.

„Danke fürs Fahren", sagte ich außer Atem, obwohl wir im Auto saßen. Ich schaute auf dir große Glastür des Bürogebäudes, wo ich arbeitete. Dann wieder zurück zu Aiden. Dieses ging noch ein paar mal wie Ping-Pong hin und her. Schließlich rückte ich rüber zu Aiden, legte hart meine Lippen auf seine, und gab ihm einen letzten leidenschaftlichen Kuss. Dann stieg ich aus dem Wagen und lief, ohne zurückzublicken ins Gebäude.

Zwischen den Kaffeemaschinen und den Kühlschränken im Pausenraum löcherte Nancy mich mit fragen.

Das ich die letzte Nacht nicht zu Hause war, wusste sie bereits, da ich die gleichen Klamotten wie gestern anhatte.

„Erzähl. Hast du ihn in der Bar kennen gelernt?", begann sie mit dem Verhör.

„Nein! Für was für eine hältst du mich denn!", konterte ich. Schnell schenkte ich mir meinen Becher voller Kaffee ein.

„Du weißt ganz genau das ich nicht lockerlassen werde. Also such es dir aus. Ein paar echt nervige, anstrengende Wochen mit meinen Fragen, oder sag es mir einfach!" Nancy lächelte schief als sie mir ihr Ultimatum unterbreitete. Bei dem Wort ‚Wochen', schluckte ich hart.

Mit einem lauten Seufzer ergab ich mich schließlich.

„Es war Aiden. Mein Bekannter, der mich hier letztes Mal abgeholt hat", gestand ich nüchtern.

Nancy viel die Kinnlade runter. Der Neid stand ihr ins Gesicht geschrieben. Schnell versuchte ich das ganze noch ein wenig runter zu spielen.

„Aber es war von uns beiden klar, dass es nur diese eine Nacht war. Nicht mehr und nicht weniger." Das sollte als Erklärung reichen, beschloss ich.

„Ok", bestätigte sie nur. Ihre Mimik änderte sich wieder in komplette Neugier.

„Und? Erzähl. Wie war es?", fragte sie breit lächelnd. Da ich wusste, dass sie keine Ruhe gab, erzählte ich ihr nur die Eckdaten. Und davon auch nur das allernötigste.

Am Abend als ich aus dem Büro trat, lag ein weißer Film auf den Straßen und Dächern. In wenigen Tagen war Weihnachten und es begann pünktlich zu schneien. Ich lächelte unbewusst. Auch wenn mir gerade dieses Jahr nicht zu feiern zu Mute war, freute ich mich auf die Feiertage.

Mein Handy klingelte. Matt rief mich an.

„Hi Matt!", ging ich lächelnd ran.

„Hi Sarah. Wie geht es dir?", fragte Matt, mit Mühe nicht angestrengt zu klingen. Es war ihm noch immer unangenehm, dass er derjenige war, der John und mich wieder zusammenführen wollte. Doch Matt wusste vor dem ja nichts, also konnte ich ihm auch keine Vorwürfe machen. Er schrieb mir jedoch regelmäßig SMS, wo sein schlechtes Gewissen gut herauszulesen war.

„Es ist alles gut Matt. Wirklich. Wie geht es Christin?", erkundigte ich mich und lenkte somit geschickt das Thema in eine bestimmte Richtung.

„Gut danke", sagte er zufrieden. Danach lag ein langes Schweigen in der Leitung.

„Wolltest du noch etwas?", hackte ich nach geraumer Zeit nach. Matt stotterte los.

„Ich, ja. Also ich wollte dich fragen, da übermorgen doch Weihnachten ist, habe ich unsere Eltern zu uns nach Hause eingeladen. Wir feiern dieses Jahr alle bei mir und da du natürlich dazu gehörst, würde ich mich freuen, wenn du auch kommst. Natürlich kannst du auch jemanden mitbringen."

Ich sagte nichts, sondern lächelte. Das ich soeben an Weihnachten gedacht hatte und Matt jetzt anrief, zeigte doch, dass wir als Geschwister irgendwie verbunden waren.

„Sarah?", rief Matt am anderen Ende.

„Ja!", sagte ich schnell. „Ich meine, ja ich komme gerne."

„Schön. Wir freuen uns. Dann am Sonntag um acht bei uns", fasste

Matt zusammen.

„Alles klar. Ciao Matt.“

„Ciao“

Zufrieden und noch immer mit diesem Lächeln auf den Lippen, ließ ich mein Handy zurück in meine Manteltasche gleiten, und setzte meinen Weg nach Hause fort.

Aiden

Wie ein Irrer fuhr ich durch die Straßen. Der Kuss von Sarah war noch auf meinen Lippen zu schmecken. Diese Situation verschaffte mir einen Hormonüberschuss, den ich einfach nicht gebrauchen konnte. Riskant fuhr ich noch ein paar Blocks weiter, bis ich mich schließlich auf den Weg ins Büro machte. Ich musste mich ablenken. Sarah aus meinem Kopf verbannen. Egal wie.

Der Stapel Akten auf meinem Schreibtisch war, gerade jetzt zur Winterzeit, besonders hoch. Als würden sich alle noch einmal vor den Feiertagen die Köpfe einschlagen.

Es klopfte.

„Ja", mein gewöhnlich abwertender Ton kam aus meinem Mund. Ich wusste, dass mein Arschloch-Ich, endlich wieder da war.

Natalia kam herein. Ein besonders kurzer Rock, der mir sehr gut gefiel, zeigte fast ihr ganzes Bein.

„Hallo Aiden.", sagte sie in ihrer bekannt freundlichen Art. Sie wirkte allerdings verändert. Ich stand auf und ging um meinen Schreibtisch herum.

„Natalia", sagte ich und pirschte mich wie ein Löwe an sie ran. Die beste Methode Sarah aus dem Kopf zu bekommen, war eine schnelle Nummer. Zumindest wollte ich mir einreden, dass es so war. Natalias schiefes lächeln zeigte mir, dass sie doch noch die alte war, und im Augenblick genauso willig wie ich.

Wir standen dicht voreinander. Die Akten in ihrer Hand vielen zu Boden. Gerade als sie mich küssen wollte, hielt ich sie an den Schultern zurück. Es war wie eine automatische Reaktion. Als hätte mein Körper und nicht mein Verstand reagiert. Ich wollte nicht, dass sie mich küsste. Ich schob sie schnell und bestimmend auf die Knie. Natalia schaute von unten zu mir rauf und leckte sich die Lippen. Wenn ich nicht genau wissen würde, dass sie hier äußerst gut bezahlt wird, würde ich sie glatt für mich engagieren. Geschickt öffnete sie meine Hose. Ich ließ den Kopf in den Nacken fallen. Sarahs Duft kam mir in die Nase und ließ mich unweigerlich aufstöhnen. Bilder der letzten Nacht schossen mir durch den Kopf. Natalia war dabei gute Dienste zu leisten, während ich mit den Gedanken bei Sarah war. Wie gut sie sich anfühlte. Egal in welcher Position. Ich kam sofort. Natalia schluckte nur. Meine Augen öffneten sich wieder. Ganz Gentleman half ich ihr hoch. „Sorry Baby", entschuldigte ich mich. „Aber da wartet jede Menge Arbeit auf mich. Das nächste Mal kommst auch du auf deine Kosten okay?", sagte ich und setzte sie praktisch vor die Tür. Natalia wischte sich noch mit den Fingern über den Mund, damit auch keine Spuren mehr zu sehen waren. Sie nickte nur, lächelte und machte sich daran die Akten vom Boden aufzuheben. Sie drückte mir den Stapel in die Hand und verschwand schweigend aus meinem Büro.

Der Feierabend heute ließ auf sich warten. Es war schon lange dunkel und alle anderen ebenfalls gegangen.

Als ich aus der Kanzlei trat, sah ich, dass es ein wenig geschneit hatte. Noch immer fielen kleine Flocken vom Himmel. Zwar war ich kein Freund von solch einer Kälte, bewies sie jedoch, dass man noch am Leben war. Der Körper begann zu arbeiten, um warm zu werden. Ich beschloss noch in den Coffeeshop, um die Ecke zu gehen und mir dort einen Kaffee zu holen.

Dort angekommen, trat ich ein und stieß mit jemanden zusammen. Als wenn mich diese Situation nicht schon wütend machen würde, lief der Mann einfach weiter. Dann traf mich der Schlag. Der Mann, mit dem ich zusammengestoßen war, war John. Er war von hinten nicht genau zu erkennen, doch zeigte seine Football Jacke und das Cap, eindeutig von wo dieser Mann kam. John sah sich nicht weiter um, ging über die Straße und steuerte die Richtung von Sarahs Büro an.

Ich sah schnell auf die Uhr. Um diese Zeit war sie mit Sicherheit schon zu Hause. Der Kaffee musste warten. Schnellen Schrittes lief ich zurück zur Kanzlei, stieg in mein Auto und machte mich Quer durch die Stadt auf den Weg zu Sarahs Wohnung.

Dort angekommen sah ich, dass noch kein Licht in ihrer Wohnung brannte. Ich zögerte, doch gerade als ich beschloss sie anzurufen, sah ich sie im Dunkeln angelaufen kommen. Leider konnte ich nichts weiter unternehmen, denn ich musste eindeutige Beweise haben, dass John sich tatsächlich in ihrer Nähe aufhalten würde.

Ich beobachtete, wie sie in ihre Wohnung ging. Niemand anderes war zu sehen. War John vielleicht schon nach oben vorgegangen? Doch er wäre mit der U-Bahn nicht so schnell wie ich mit dem Auto. Wenn Sarah wirklich sein Ziel war, dann musste er noch unterwegs sein. Meine Hände verkrampften sich immer mehr am Lenker, umso weiter ich an diesen Bastard dachte. Um ein wenig meine Emotionen raus zu lassen, malte ich mir in Gedanken aus, was ich alles mit ihm anstellen würde, wenn das Gesetz nicht im Wege wäre.

Ungeduldig wartete ich weiter. Es kam mir vor wie endlose Minuten. Mein Telefon klingelte.

„Hallo", sagte ich kurz und knapp.

„Hi Aiden. Hier ist Sarah." Ihre Stimme ließ mich unwillkürlich weich werden. Natürlich wusste ich, dass sie es war. Ich hatte schon lange ihren Namen abgespeichert und somit blinkte dieser auf dem Display auf, wenn sie anrief.

Ich musste lächeln. Es war schön ihre Stimme zu hören.

„Hi Sarah. Was kann ich für dich tun?", fragte ich kühl. So gut es ging versuchte ich mir nichts anmerken zu lassen. Nicht das ich im Auto vor ihrer Wohnung war, noch das ich erfreut sei mit ihr zu sprechen.

„Es ist nur, also. Ich weiß gar nicht wie ich anfangen soll. Warte ich versuch es noch mal", begann sie zu erklären. Sie wirkte ein wenig durcheinander, was unglaublich charmant wirkte. Wir lachten beide auf.

„Ok, ich höre." Noch immer schmunzelte ich. Meine Wut und schlechte Laune waren wie weggeflogen.

„Also ich wollte dich fragen, ob du Lust hast, natürlich, nur wenn du noch nichts vorhast." Sarah hörte auf zu sprechen. Ein Rascheln kam durch die Leitung. Das Telefon knallte hörbar lauf auf den Boden.

„Sarah?", schrie ich ins Telefon. Im Hintergrund war eine männliche Stimme zu hören. Leider konnte man nicht verstehen, was die Stimme sagte. Plötzlich sagte Sarah immer wieder ‚Nein, nein, nein.'

Ohne zu zögern stieg ich aus dem Wagen und rannte hoch zu ihrer Wohnung. Als ich vor ihrer Tür stand, war diese verschlossen. Von drinnen hörte man laute Schritte und ein Scheppern.

„Verschwinde!", schrie Sarah. Sonst war niemand zu hören. Ich nahm kurz Anlauf, rannte auf die Tür zu, welche daraufhin mit Schwung aus dem Schloss gerissen wurde. Da es sich nur um eine kleine Wohnung handelte, stand ich mitten im Geschehen. Sarah stand völlig durcheinander in eine der hintersten Ecke des Raumes. Was jedoch gleich meinen Blick auf sich zog, war der Mann, welcher nur wenige Schritte vor ihr stand. Er trug ein Cap und eine Football Jacke. John.

„Lass sie in Ruhe!", warnte ich ihn lauthals.

Erst jetzt drehte John sich zu mir um. Sein Blick war kalt und es roch nach einer Menge ärger. Für wen das hier allerdings schlecht ausgehen würde, war mir bereits klar. Er wusste noch nicht, was ihm blühte.

„Sie gehört mir und ich werde sie mitnehmen. Das lass ich mir von niemanden verbieten!" John schnaubte, als er das sagte. Wenn das was er sagte, tatsächlich sein ernst wäre, dann müsste er zunächst an mir vorbei. Ohne nachzudenken, ging ich einen Schritt auf John zu. Dieser Stürme wie gestochen in meine Richtung. Er versuchte mir eine zu verpassen, rechnete doch nicht mit meinen Reaktionen. Blitzschnell schoss ich nach unten, nahm ihn über die Schulter und schleuderte ihn zu Boden. Ein Hauch von Alkohol schwang ihm nach. Er war betrunken. Ich drehte ihm die Arme auf den Rücken und fixierte ihn.

„Sarah, ruf die Polizei!", schrie ich. Nichts rührte sich. Ich sah zu Sarah rüber. Sie stand noch immer in der Ecke. Die Panik hatte sie vollkommen im Griff. Sie starrte stur nach vorne. Verdammt! Wie sollte ich nur John fixieren und gleichzeitig Verstärkung rufen? John bewegte sich heftig unter mir. Doch ich ließ ihn nicht locker. Jede Bewegung, die er machte, bereitete ihm sichtlich Schmerzen.

Sarah saß mittlerweile wie ein Haufen elend in der Ecke und hielt sich die Ohren zu. Ihre Augen waren fest geschlossen. Aus ihnen liefen die Tränen nur so runter. Am liebsten würde ich sie jetzt im Arm halten. Ihr sagen das alles wieder gut werden würde und das nichts passiert sei.

Ich fixierte Johns einen Arm mit dem Knie, während ich mit meiner freien Hand die Polizei und einen Notarzt rief.

Minuten später kamen zwei Polizisten, die noch immer offen stehenden Tür, herein. Sie nahmen einen kurzen Überblick der Situation, als sie John übernahmen. Er wehrte sich kaum noch. Der Alkohol gab ihm vermutlich den Rest. Noch während der Übergabe kam auch schon der Rettungsarzt. Ich wollte zu Sarah. Auch wenn die Ärzte ihr nur helfen wollten, war ich wütend, dass sie sich jetzt als Erstes um Sarah kümmerten.

Erst als die Polizisten mir jede Frage dreimal gestellt hatten, ließen sie locker. Ich drehte mich zu Sarah um, die sich mit einem der Notärzte unterhielt. Vielmehr sprach der Arzt mit ihr. Sarah sagte nichts. Sie schaute nur ins Leere.

Ich achtete nicht auf den Arzt, lief rüber zu Sarah, kniete mich zu ihr runter, direkt in ihr Blickfeld.

„Sarah", sagte ich sanft. Kaum einen Atemzug später lag ihr Blick fest auf meinen.

„Aiden", sagte sie sofort. „Ich wollte dich anrufen. Du bist hier." Weitere Tränen bahnten sich an.

Ich wusste nicht, was ich sagen sollte. Bis auf die Nacht als sie zu mir kam, hatte ich sie vorher noch nie so fertig gesehen. Wo war die starke, selbstbewusste Sarah. Ich streckte ihr die Hand entgegen. Sie nahm sie an. Auf dem Boden kniend hielt ich sie fest in meine Arme. Spürbar beruhigte sich ihre Atmung.

„Wissen sie, ob so etwas schon öfter passiert ist?", richtete der Arzt sein Wort an mich.

„Soweit ich weiß einmal. Es ist ihr etwas Schlimmes passiert. Aber ich werde mich um sie kümmern", sagte ich, in der Hoffnung das die Ärzte sie freigaben. Ich wusste, dass Sarah Krankenhäuser hasste. Und wenn sie schon so offen auf mich reagierte, wäre ich ein Unmensch, würde ich mich jetzt nicht für sie da sein.

Es brauchte noch ein wenig Überzeugung von meiner Seite, bis die Ärzte uns allein ließen. Auch die Polizisten waren mittlerweile gegangen – inklusive John.

Langsam strich ich Sarahs Haar. Immer wieder und wieder strich ich ihr sanft über den Kopf.

„Komm, wir setzten uns auf die Couch", schlug ich vor.

Sarah löste sich und hob den Kopf.

„Nein", sagte sie leise. „Ich kann hier nicht bleiben. Ich möchte weg von hier." Ihre Worte waren fast ein Flehen.

„Dann komm. Ich bring dich hier weg", sagte ich zustimmend.

Zittrigen half ich Sarah hoch. Sie konnte sich kaum auf den Beinen halten, so sehr saß ihr der Schock noch in den Knochen. Ich schnappte mir ein paar Sachen von ihr, als wir schließlich gemeinsam ihre Wohnung verließen.

Sarah

Die Frische Luft tat gut. Trotzdem wurde es Zeit nach Hause zu kommen. Ich war durchgefroren und freute mich jetzt erst mal auf eine heiße Dusche.

Ich öffnete meine Wohnungstür und hing meinen Mantel an den Hacken. Mit kalten und steifen Händen zog ich mein Handy hervor und wählte Aidens Nummer. Den ganzen Weg hier her hatte ich überlegt, ob ich ihn tatsächlich auch zum Weihnachtsessen bei Matt einladen sollte. Doch Matt sagte ja, ich könnte jemanden mitbringen. Und da ich von Aiden wusste, dass er kaum Kontakt zu seinen Eltern hatte, woran die Entfernung und seine viele Arbeit angeblich schuld waren, würde er vielleicht allein an Weihnachten sein. Das konnte ich mit meinem Gewissen nicht vereinbaren. Er hatte so viel für mich getan, dann war es mir ein großer Wunsch ihn auch ein wenig Freude zu bereiten. Auch wenn ich an dem Abend nicht in der Küche stehen würde.

„Hi Aiden. Hier ist Sarah", begrüßte ich ihn erfreut seine Stimme zu hören. Nervös strich ich mir meine Haare zurück. Obwohl es lächerlich war, denn Aiden sah mich eh nicht.

„Hi Sarah. Was kann ich für dich tun?" Aidens ruhige Stimme streichelte meine Seele. Es fühlte sich gut an mit ihm zu sprechen.

„Es ist nur, also. Ich weiß gar nicht wie ich anfangen soll. Warte ich versuch es noch mal", stotterte ich. Mit hoch roten Wangen blieb ich stehen. Es konnte doch nicht so schwierig sein ihn einzuladen.

Schließlich erhoffte ich mir davon nichts. Oder etwa doch?

„Ok, ich höre", hackte Aiden nach. Ich atmete tief durch. Schnell lief ich rüber zum Badezimmer, um schon einmal das Wasser in der Dusche heißlaufen lassen.

„Also ich wollte dich fragen, ob du Lust hast, natürlich, nur wenn du noch nichts vorhast", ich stoppte mitten im Satz. Gerade als ich im Badezimmer das Licht einschaltete, traf mich der Schlag. John stand direkt vor mir. Ich ließ das Handy fallen und versuchte zu flüchten. Doch so schnell kam ich nicht zum Ausgang. Schnellen Schrittes folgte John mir.

„Lass mich in Ruhe!", schrie ich. Meine Angst wurde immer größer. Die Worte kamen leiser raus, als ich es wollte. John folgte mir weiter und redete mit zusammenhangslosen Sätzen auf mich ein. Er drängte mich in eine Ecke.

„Nein, nein, nein! Verschwinde!", rief ich angsterfüllt. Ich suchte nach etwas, was ich als Waffe verwenden konnte, doch es war nichts Greifbares in meiner Nähe. Meine Lunge zogen sich zusammen, als ich begriff, dass diese Situation für mich nicht gut ausgehen würde. John sagte mittlerweile nichts mehr, sondern sah mich einfach nur an. Dieser Blick schleuderte mich zurück. Zurück an dem Abend wo er mich vergewaltigt hatte. Ich schluckte hart. Kein Wort kam mehr aus meinem Mund. Plötzlich krachte es laut und die Eingangstür sprang auf. Ich traute meinen Blick nicht, aber Aiden stand in der Tür.

„Lass sie in Ruhe!", schrie Aiden. John drehte sich zu ihm um.

„Sie gehört mir und ich werde sie mitnehmen. Das lass ich mir von niemanden verbieten!" Johns Tonlage versetzte meiner eh bereits überempfindliche Haut den Rest. Es schmerzte überall.

Dann sah ich nur noch wie John und Aiden aufeinander losgingen. Alles ging so schnell, dass ich nicht nachvollziehen konnte, wer zu welcher Zeit die Oberhand hatte. Erst als John am Boden lag und Aiden ihn festsetzte, wurde mir klar, dass es vorbei war. Ich sackte zusammen. Mein Körper war machtlos und viel praktisch in sich zusammen. Das Rauschen in meinen Ohren wurde lauter. Ich konnte es nicht abstellen. So sehr ich mich auch anstrengte. Es wollte nicht aufhören.

Ein fester Griff umfasste meine Handgelenke. Aiden – schoss es mir durch den Kopf. Ich öffnete die Augen. Doch es war nicht Aiden, sondern ein Rettungsarzt, der vor mir saß. Er sprach mit mir. Stellte viele Fragen, immer die gleichen, was mir alles zu viel war. Die Frage nach Aiden und nach dem was erneut hätte passieren können, schwebten mir im Kopf herum. Bilder von der schrecklichsten Nacht meines Lebens schossen wie Blitze an meinem inneren Auge vorbei.

„Sarah?", sagte Aiden. War er es wirklich? Doch seine Stimme könnte ich aus hunderten heraushören. Suchend blickte ich mich um und fand schließlich seine Augen. Diese Augen, welche mich gerade auffingen und mir halt schenkten. Wie oft er mir doch schon geholfen hatte.

„Aiden", flüsterte ich. Mein Mund war staub trocken. „Ich wollte dich anrufen. Du bist hier", flüsterte ich.

Ich hatte ihn angerufen. Doch wieso war er schon hier? Er kam zwar zur genau richtigen Zeit, doch musste er erneut mit ansehen wie ich am Boden zerstört, dasaß. Tränen sammelten sich und wollten überlaufen. Ich ließ es bewusst nicht zu.

Aiden streckte mir seine Hand entgegen. Es war, als würde ich aus einer Art starre erwachen. Die Bewegung tat weh. Als würde ich innerlich zerrissen werden. Das Ziel, Aidens Arme, waren jedoch jeden Schmerz wert. Ich zog tief seinen Duft ein. Trotz Schweiß und ich meine auch Blut gerochen zu haben, fühlte ich mich wohl. Angekommen – daheim.

Nur am Rande bekam ich, mit das der Rettungsarzt gegangen war. „Komm, wir setzten uns auf die Couch", schlug Aiden vor. Mir wurde Übel bei den Gedanken auch nur eine Sekunde länger in dieser Wohnung zu bleiben. Ich löste mich von Aiden und sah ihn an.

„Nein. Ich kann hier nicht bleiben. Ich möchte weg von hier."

Meine Lippen zitterten bei jedem Wort mehr.

„Dann komm. Ich bring dich hier weg."

Aiden half mir auf. Ich sammelte meine letzten Kraftreserven und stand auf den Beinen. Aiden sammelte schnell ein paar Sachen von mir zusammen, bis wir langsam runter zu seinem Auto gingen. Natürlich half er mir ins Auto und stieg schließlich auf der anderen

Seite ein. Mein Atem wurde unregelmäßig. Tausend Gedanken auf einmal prasselten auf mich ein.

Wo sollte ich jetzt nur hin?

Was würde mit John passieren?

Was, wenn diese Verhandlung nichts brachte und er davonkommen würde?

Mir war nicht wohl zu Mute. Die Gedanken zogen mich immer weiter nach unten.

Aiden, der bereits das Auto gestartete und losgefahren war, legte eine Hand auf mein Bein. Ich zuckte nicht zusammen, sondern wurde geerdet. Geerdet von ihm wie mein Anker. Er schob meine dunklen Gedanken, allein durch seine bloße Anwesenheit, einfach fort.

„Wo fahren wir jetzt hin?", erkundigte ich mich. Aiden konzentrierte sich weiter auf die Straße und antwortete, wie selbstverständlich, dass wir zu ihm fahren würden.

Dem hatte ich nichts mehr entgegen zu setzten. Auch die Kraft fehlte mir jegliche Entscheidungen anzufechten. Ich lehnte mich zurück und genoss den noch immer bestehenden Kontakt zwischen Aiden und mir.

Aiden

Der Wecker zeigte bereits drei Uhr früh an. Ich hatte noch kein Auge zugetan. Sarah schlief am Ende des Flures. Zumindest nahm ich, an das sie schlief. Der Arzt hatte noch Tabletten dagelassen, wovon sie eine genommen hatte. ,Vielleicht sollte ich die auch versuchen? ', sprach ich mehr zu mir selbst.

Mit einem Schwung stand ich auf. Der Dielenboden quietschte leise unter meinen Füßen. Der klare Mond schien durch die Fenster und bescherte mir somit einen guten Überblick. Ich lief über den Flur und linste vorsichtig durch den Spalt an Sarahs Tür. Da lag sie. Sie sah wunderschön aus. Ihr dunkles Haar lag wie schwarzer Samt über ihre Schulter. Ihre Augen waren geschlossen. Sie sah so friedlich aus. Mit diesem Bild von ihr in meinen Gedanken begab ich mich erneut ins Bett. Ich wusste das es zwischen uns nie wieder zu etwas kommen würde. Doch als Freund durfte ich schließlich für sie da sein.

Kaum lag ich daraufhin im Bett, folgte endlich der herbeigesehnte Schlaf.

Als ich das nächste Mal erwachte, zeigte der Wecker bereits neun Uhr an. Leicht benommen stieg ich aus dem Bett. Ich fragte mich, ob ich nicht doch im Halbschlaf eine von Sarahs Tabletten genommen hatte. Zwei Nächte hintereinander hatte ich ausgesprochen tief geschlafen. Mein Körper war dies überhaupt nicht mehr gewohnt.

Ich lief über den langen Flur. Mir fiel sofort auf das Sarahs Tür weit offen stand. Flüchtig sah ich hinein, nur um sicher zu gehen das sie nicht hier oben war. Das Bett war gemacht, kein Anzeichen von Sarah. Etwas schneller trugen mich meine Beine die Treppe hinunter. Ich bog schnell um die Ecke in die Küche. Dort stand Sarah an der Küchenzeile und kochte Kaffee. Als sich unsere Blicke trafen, lächelte sie. Mein Puls normalisierte sich wieder.

„Guten Morgen!", sagte sie über ihre lachenden Lippen.

„Guten Morgen", erwiderte ich. Meine Antwort war mehr eine Frage. Wobei ich lieber nichts hinterfragen sollte. Ich konnte froh sein das es ihr so gut ging, nach dem gestrigen Abend.

Ich löste mich aus meiner Starre und ging auf sie zu. Sarah drehte sich um und holte einen weiteren Becher aus dem Schrank. Sie schenkte mir Kaffee ein und reichte ihn mir.

„Danke" Ich musste schmunzeln. Daran könnte ich mich glatt gewöhnen.

Hör auf du Traumtänzer! Sei froh das du sie ficken durftest und dass ihr euch einig seid, dass ihr nichts miteinander mehr zu tun haben wollt!

Mein Verstand, gebrandmarkt mit der gemachten Erfahrung von damals, appellierte an meine Gefühle. Noch immer führte ich innerlich eine nie zu gewinnende Schlacht. Bauch gegen Kopf.

„Ich werde dann später noch zu Matt rüber gehen und von ihm aus heute nach Hause fahren", eröffnete mir Sarah.

Mein Blick war hart und eiskalt. Ich wollte sie nicht gehen lassen. Sie nicht allein lassen. Sie machte allerdings den Anschein, als hätte sie sich das alles gut überlegt. Um nicht den großartigen Beschützer zu spielen und damit eventuell noch falsche Hoffnungen zu wecken, nickte ich nur kurz. Ein großer Schluck von meinem Kaffee ließ mich wenigstens die Klappe halten.

Sarah nahm ihre Tasche. Wir standen drinnen, vor der Eingangstür. „Hast du alles?", fragte ich sie. Meine Manieren ließen es nicht zu, unfreundlich zu sein.

„Ja, ich denke schon", sagte sie und schaute zu mir auf. Die Stärke, mit der sie auftrat, war kaum zu übersehen. Doch tief in ihren Augen konnte ich noch immer die Angst sehen.

„Und du bist sicher nach Hause zu gehen? Matt hilft dir sicher gerne und lässt dich bei ihm unterkommen", erklärte ich ihr. Natürlich hätte ich ihr auch mein Gästezimmer anbieten können oder mein Bett. Bei dem Gedanken zuckte mein Schwanz. Schnell dachte ich um. Der Gedanke John die Fresse zu polieren, ließ mich genau an dem Punkt ankommen, wo ich vom Gefühl her hinwollte. „Das wollte ich dir auch noch sagen. Könntest du Matt bitte nichts davon erzählen?", bat Sarah mich. Sie zog die Augenbrauen angestrengt zusammen. Noch konnte sie nicht richtig über die letzte Nacht sprechen. Auch wenn Matt über das meiste schon Bescheid wusste, konnte ich gut Verstehen, sich den anfliegenden Fragen nicht stellen zu wollen.

„Natürlich", sagte ich kühl. Sie erlegt mir Auflagen, oder vielmehr bat sie mich um etwas, und ich konnte es nicht abschlagen. Diese Macht, welche Sarah über mich besaß, konnte ich nicht so hinnehmen.

„Danke", sagte Sarah, machte einen Schritt auf mich zu und drückte mich. Sie war so schnell das ich es nicht kommen sah. Mein Körper reagierte instinktiv und nahm sie ebenfalls in den Arm. Sie passte genau hinein. Es war, als wären sie und ich wie füreinander geschaffen. Wie Ying und Yang, das perfekte Match.

Wie in Zeitlupe lösten wir uns voneinander. Ihr Blick wanderte zu mir nach oben, ich sah auf sie herab. Umgehend musste ich daran denken, wie gerne ich sie einmal nur in dieser Position zwischen meinen Beinen gehabt hätte. Die Erektion in meiner Hose drückte. Ich achtete darauf, dass wir an der Stelle keinen Körperkontakt hatten. Mit den Gedanken an diese Wunschvorstellung entfernte ich mich Bewusst ein Stück weiter von ihr.

„Dann gute Heimfahrt", verabschiedete ich sie. Sarah trat ebenfalls zurück. Sie hob ihre Tasche hoch und ging aus der Tür.

Der Rest des Tages verlief gut. Es wurde bereits dunkel, als ich mich nach einer kalten Dusche vor den Fernseher setzte. Ich konnte mich nicht daran erinnern, wie lange es her war das ich den Fernseher eingeschaltete hatte.

Bestimmte eine Stunde zappte ich mich durch die Kanäle. Ich musste feststellen, dass es nichts gab, was mich interessierte. Kurz um schaltete ich das Gerät aus, verließ das Wohnzimmer und machte mich auf den Weg in die Küche. Dort angekommen schenkte ich mir ein Glas Wein ein. Der Alkohol half mir heute Abend hoffentlich schnell in den Schlaf zu finden.

Ein lautes Klopfen erregte meine Aufmerksamkeit. Jemand stand vor der Eingangstür.

Ich öffnete die Tür. Mitten in der Dunkelheit stand Sarah vor mir.

„Hi", hauchte sie.

Ich war verwirrt. Sollte Sarah nicht schon längst zu Hause sein?

„Sarah? Was machst du denn hier?", fragte ich nach. Eiseskälte wehte herein. Ich machte Platz und zeigte ihr, an das sie eintreten sollte. Sarah folgte, ohne ein Wort zu sagen. Ich schloss die Tür. Jetzt standen wir da, wo wir heute früh schon einmal waren. Sarah blickte zu mir auf, ich zu ihr runter. Sie öffnete die Lippen, als würde sie auf etwas warten, sagte sie jedoch nichts.

„Ich", kam nur raus.

Ich spürte bereits das Brennen zwischen meinen Leisten. Schnell lenkte ich vom Thema ab.

„Möchtest du vielleicht auch ein Glas Wein?", fragend machte ich mich auf den Weg in die Küche. Sarah folgte mir. In der Küche angekommen, zog sie ihren Mantel aus und rieb sich die Hände. Ich reichte ihr ebenfalls ein Glas Wein. Sie nahm es nickend entgegen.

Wir setzten uns an den Küchentresen und prosteten uns zu.

„Der Schmeckt sehr gut", lobte Sarah den Wein.

„Das finde ich auch", bestätigte ich ihren guten Geschmack.

263

Verstohlen blickte sie zu mir rüber. Fast schüchtern sah sie aus.

„Darf ich fragen, was dich so spät noch hierhertreibt?", fragte ich angetrieben von der Neugier.

Sarah verschluckte sich fast, erlangte jedoch schnell genug die Fassung zurück.

„Ich bleibe heut schon bei Matt. Es ist doch viel praktischer, wenn ich morgen eh hierherfahren würde", erklärte sie kurz und mit einem zittern in der Stimme. Mir war sofort klar, dass sie es zu Hause nicht hätte ausgehalten. Auch wenn mir tausend Fragen auf der Zunge lagen, wollte ich nicht noch weiter in der Wunde stochern.

„Das ist wirklich passend", erwiderte ich kurz.

„Finde ich auch. Meine Eltern reisen morgen früh auch an. Obwohl ich darauf auch hätte verzichten können", sprach Sarah wehmütig. Sie setzte das Glas an und nahm einen großen Schluck. Den letzten Satz sagte sie mehr zu sich selbst. Autsch! Dachte ich nur. Sie hatte mir zwar kurz über ihre Eltern berichtet, doch mehr war aus ihr nicht raus zu bekommen. Der Wein machte mich mutig und somit nahm ich es als Herausforderung, mehr aus ihr heraus zu bekommen.

„Darf ich Fragen wieso?", hackte ich nach. Direkt sein war an dieser Stelle wohl das beste.

Sarah sah mich an. Sie nahm den letzten Schluck Wein aus dem Glas, bevor sie antwortete. Geduldig sah ich sie an. Ihre Wangen behielten das leichte rosa von der Kälte draußen. Der Wein legte sich darüber.

„Es ist nur so", begann Sarah zu erzählen. „Sie sind sehr konservativ. Am liebsten hätten sie es gesehen, wenn ich und John geheiratet und eine Familie gegründet hätte." Sarah, so selbst wie sie war, nahm die Flasche, welche auf den Tresen stand und schenkte sich nach. Ich lächelte, setzte ebenfalls an und trank mein Glas leer.

„Aber dann ist es doch besser das es nicht dazu gekommen ist. Wissen Sie", vorsichtig wählte ich meine Worte aus. Sarah nickte noch, bevor ich die Frage zu Ende gesprochen hatte. An sich war ihr klar das ich so ein Verhalten nicht leiden konnte, doch in diesem Moment war es, selbst für mich, ein leichtes über meinen eigenen Schatten zu springen.

Sarah schenkte mir auch Wein nach. Anschließend stellte sie die Falsche zurück auf den Tresen.

„Sie wissen Bescheid", sprach sie weiter. „Aber ich habe manchmal das Gefühl, wenn ich mit ihnen telefoniere, dass sie von mir enttäuscht sind und es einfach gerne anders gesehen hätten. Das würde sich auch besser machen in der Nachbarschaft."

Ein weiterer großer Schluck von ihr. Ich setzte ebenfalls an.

„Ich glaube nicht, dass deine Eltern so denken", sagte ich direkt.

„Wie können sie nur bei so einem Arsch etwas anderes glauben?"

Ich trank erneut einen Schluck. „Wäre ich der Schwiegersohn in Spee, würde das natürlich ganz anders aussehen", sprach ich und versuchte die Stimmung ein wenig aufzuheitern. Wir lachten beide auf. Zum Glück verstand sie meinen Humor.

„Was ist mit deinen Eltern?", wollte Sarah wissen. Sie wollte den Spieß umdrehen. Ich antwortete ihr, aber nur das nötigste. Auch wenn ich den Wein spürbar im Blut hatte, wusste ich noch immer das ich niemanden zeigen würde, wer ich mal war. Oder irgendwo tief in mir sogar noch war.

„Sie wohnen in Italien. Allein die Zeitverschiebung macht es schwierig. Aber wir schreiben uns hin und wieder eine E-Mail." Ich beschloss das dies, als Erklärung ausreichen sollte.

Auf dem Ellbogen gestützt saß Sarah vor mir und hörte mir zu. Sie hielt den Kopf schief. Auch ihr brannten die Fragen unter der Zunge, das war ihr eindeutig anzusehen.

„Fehlen sie dir?", war die erste Frage, welche Sarah stellte.

Ich schüttelte den Kopf und versuchte es ihr zu erklären.

„Es war meine eigene Entscheidung nicht mitzugehen. Und ich bereue nichts." Damit war das Thema fürs Erste durch.

Der Abend wurde immer länger, die Gläser leerten sich zunehmend.

„Ich muss mal eben", entschuldigte Sarah sich und stand vom Hocker auf. Sie taumelte und landete fast neben mir, als ich sie so gerade noch auffing.

Eine typische Küss-mich Situation, die mir aber so klar war, dass ich es nicht dazu kommen ließ. Ich half ihr sich wieder auf den Beinen zu halten.

„Aiden.", sie nuschelte. Es klang sehr süß. Ich lächelte.

„Ja", bestätigte ich.

„Was willst du?", flüsterte sie.

„Ich versteh dich nicht", sagte ich zu ihr. Mir war nicht bewusst, auf was sie genau hinauswollte.

„Was willst du von uns Frauen?", fragte sie und atmete stoßartig aus. Unsere Blicke fest aufeinander. Der Wein, der unkomplizierte Umgang zwischen uns, oder was auch immer es war, ließen mich offen Antworten.

„Harten, schnellen und unkomplizierten Sex", war meine Antwort. Sarah schluckte. Sie schaute fremdschämend kurz zur Seite. Mir war klar das sie gerade an den Sex zwischen uns dachte. Sie wusste, wie es sein konnte. Und es hatte ihr Gefallen. Was mich in meiner Mitte erneut hart werden ließ. Wie gerne würde ich sie hier im Stehen von hinten Ficken.

„Ich muss wirklich mal eben", stotterte sie und entschuldigte sich. Erst nach einigen Minuten kam sie zurück.

„Alles okay?", fragte ich vorsichtig nach.

„Ja", entgegnete sie kurz. Sie setzte sich erneut auf ihren Hocker. Von da an war Sarah ganz still.

„Was geht dir durch den Kopf?", fragte ich, innerlich leicht amüsiert, nach. Wo wir gerade schon so offen zueinander waren, konnten wir dieses Spiel auch weiterspielen. Auch ich hatte eine offene und ehrliche Antwort verdient. Schließlich hatte ich ihr auch ehrlich geantwortet.

„Es ist nur", sie zögerte, sprach dann doch weiter. „Fehlt dir nicht manchmal eine richtige Beziehung? Jemand der da ist, wenn man nach Hause kommt? Der an deinem Leben interessiert ist und teilnimmt?"

„Nein", sagte ich kurz und knapp. Und es war mein Ernst. Ich wollte niemanden an meiner Seite, der mich auf Schritt und Tritt begleitete.

„Wirklich?", hackte sie erneut nach.

Ich schüttelte den Kopf.

„Und deine Ex-Frau. Vermisst du sie?"

Sarah

Aidens Blick wurde dunkel. Hatte ich die letzte Frage tatsächlich
ausgesprochen oder nur gedacht? Er räusperte sich.

„Nein", war seinen Antwort.

„Wieso?", fragte ich weiter. Wieso konnte ich nicht einfach meine
Klappe halten?

Er stand auf und ging um den Tresen herum. Sein gesamter Körper
spannte sich an. Ich hörte, wie er angestrengt atmete. Der Gedanke
an seine Ex, ließ in ihm eine schmerzvolle Seite zu, was er natürlich
mit allen mitteln versuchte zu verschließen.

„Aiden", gerade wollte ich mich entschuldigen, als Aiden sich in
einem Ruck umdrehte und mit seiner ganzen Kraft auf den Tisch
haute.

„Hör auf! Das geht dich überhaupt nichts an!", zischte er. Seine
Stimme war eiskalt und tief.

„Es tut mir leid", kam wie auf Kommando aus meinem Mund.

Ohne es zu wollen traten Tränen in meine Augen. Der Alkohol ließ
mich noch sensibler werden.

„Entschuldige", ergänzte ich. Ich wollte ihn nicht so wütend
machen. Irgendwie hatte ich das Gefühl ihn zu verstehen. Als würde
ich wissen wie es ihm ginge. Als ob ich wüsste, dass auch er schwere
Zeiten mitgemacht hatte. Was auch immer ihm widerfahren war,
wollte ich ihm nur sagen, dass ich ihn verstehen konnte.

Aiden lief um den Tresen herum, strich sich über sein kurzes Haar und blieb direkt vor mir stehen. Seine Haltung war verändert. Er war zurück, der Aiden, der die Kontrolle über sich hatte.

„Sarah, bitte hab keine Angst. Es tut mir leid", entschuldigte er sich. Aiden nahm meine Hand. Ich vertraute ihm, auch wenn er gerade ausgerastet war, fühlte ich mich weiterhin sicher.

„Das ist nur ein Thema in meinem Leben, mit dem ich absolut abgeschlossen habe. Für immer", erklärte er ungern. Ich nickte zustimmend. Die Spannung zwischen uns lockerte sich. Daraufhin sprachen wir so entspannt weiter wie zuvor. Er erzählte mir noch ein wenig über seine berufliche Vergangenheit und anderen Situationen aus seinem Leben. Das Thema Ex-Frau ließ ich komplett fallen. Solch eine Situation wie eben wollte ich kein weiteres Mal erzwingen.

Ich schlief lange. Das Tageslicht weckte mich schließlich. Ich öffnete die Augen und musste mich zuerst orientieren. In den letzten Wochen hatte ich öfters woanders übernachtet, dass mir nicht sofort klar war, wo ich war.

„Sarah Schatz!", rief jemand von unten. Es war meine Mutter. Meine Eltern waren schon da? Ein Blick zur Uhr verriet mir, dass es kurz nach Mittag war. Ich hatte lange geschlafen, wobei es gestern auch sehr spät geworden war. Aiden und ich hatten insgesamt zwei Flaschen Wein leer gemacht.

Ich richtete mich auf und spürte den Wein, als einen dumpfen Schlag, in meinem Kopf. Heute würde ich definitiv bei Wasser bleiben.

Der Nachmittag zog sich sehr in die Länge. Nach einer unnötig langen Dusche und frisieren meiner Haare, war es schon Nachmittag als ich mich aktiv meinen Eltern stellen musste. Mein Dad war mit Matt in der Garage beschäftigt. Mum, Christin und ich bereiteten das Essen vor.

„Für sechs?", fragte meine Mutter. „Hast du etwa einen Freund von den wir nichts wissen?", fragte sie in meine Richtung. Sie strahlte hoffnungsvoll übers ganze Gesicht. Ich lief weiter und deckte nebenbei die Teller auf.

„Nein Mum. Aiden ist nur ein sehr guter Freund. Er ist übrigens der Nachbar von Matt und Christin", erklärte ich ihr nüchtern.

„Ein Mann als Freund. Wenn das mal gut geht", sagte sie kalt. Ich reagierte nicht auf diese Aussage. Innerlich schürte sie schon die Glut, welche heute Abend hoffentlich kein Feuer entfachen würde.

Der Abend war gekommen.

„Willst du dir denn kein Kleid anziehen? Bei solch einem Anlass", rügte meine Mutter mich. Sie musterte mich von oben bis unten. Ich trug eine schwarze Hose und ein rotes Shirt mit Reißverschluss Ausschnitt, welches mit Wasserfallartigen Falten meine Hüften gut umschmeichelte. In meinen Haaren hatte ich mir große Locken gedreht. Bis gerade eben fand ich mich ausgesprochen hübsch. Doch dieser Seitenhieb von meiner Mutter war nicht der einzige heute.

Es klingelte an der Tür.

„Ich mache auf", bot ich mich schnell an. Das konnte nur Aiden sein.

Als ich die Tür öffnete, stand Aiden in einem schwarzen Mantel vor mir. In der Hand hielt er eine Flasche Wein. Ich musste lächeln. Dann endlich trafen sich unsere Blicke. Vielleicht war es auch nur Einbildung, doch Aidens Augen weiteten sich für einen Augenblick, als er mich ansah.

„Hi", sagte ich und strahlte ihn an.

„Hallo." Seine Stimme war rau von der Kälte. Ein Kribbeln überfuhr meine Haut.

„Komm rein", sagte ich schnell und machte ihm den Weg frei. Er trat ein und zog seinen Mantel aus. Gastgeber freundlich, zumindest war ich ja diejenige, die ihn eingeladen hatte, nahm ich ihn den Mantel ab und hing ihn auf. Als ich mich wieder zu Aiden herumdrehte, sah ich, dass er mich von oben bis unten betrachtete. Ich wurde rot. Zwar nicht so rot wie mein Shirt, aber eine schöne innerliche Wärme heizte mich auf.

„Du siehst umwerfend aus", sagte Aiden ehrlich.

„Danke", kriegte ich so gerade noch raus.

„Du musst Aiden sein!", preschte meine Mutter dazwischen und kam herein. Sie durchbrach die Stimmung und riss alle Aufmerksamkeit auf sich.

„Ja. Schönen guten Abend", bestätigte Aiden freundlich. Er gab meiner Mutter aufs vornehmste die Hand. Sie war sichtlich beeindruckt. Als mein Vater hinter ihm auftauchte und auch dieser einen beeindruckend männlichen Händedruck bekam, hatte Aiden alles richtig gemacht. Meine Eltern mochten ihn wahrscheinlich jetzt schon mehr als mich.

„Christin, das schmeckt wirklich köstlich", lobte mein Vater die Kochkünste von meiner Schwägerin in Spee.

„Danke. Aber das hätte ich ohne Sarah und Marie nie geschafft", sagte sie gerührt. Wir aßen alle weiter.

„Was machen sie denn beruflich Aiden?", fragte mein Vater.

Aiden nahm seine Serviette und putze sich den Mund ab, bevor er sprach. Es war unglaublich, was für Manieren dieser Mann besaß. Und dabei war er im Bett so versaut. Dieser Gedanke warf mich so aus der Bahn, dass ich mich verschluckte. Aiden rieb mir sanft den Rücken, bevor er antwortete.

„Also zu mir, ich führe mit zwei Kollegen eine Anwaltskanzlei in der Stadt."

Die Gesichter von meinen Eltern waren zum Totlachen. Es fiel ihnen tatsächlich für einen Moment jegliche Mimik aus dem Gesicht.

„Also, John hat ja sein Stipendium erfolgreich abgeschlossen", sagte meine Mutter völlig aus dem Zusammenhang gerissen.

Was sollte denn jetzt so ein Themenwechsel? Und was sollte dieses Hoch loben von diesem Schwein?

„Er hat uns auch vor einer Woche noch beim Schnee schieben geholfen. Aiden müssen sie so was auch machen oder gibt es da Angestellte, die das für sie machen?", begann meine Mutter Aiden übelst zu kritisieren.

„Mum!", fauchte ich sie an. „Was soll das? Wie redest du eigentlich mit ihm?"

Aiden legte mir eine Hand auf die Schulter.

„Ist schon okay Sarah", beruhigte Aiden mich und antwortete ganze gelassen.

„Also in der Stadt wird das vom Räumdienst erledigt und hier zu Hause mache ich das selbstverständlich selbst", antwortete Aiden mit einer Freundlichkeit, wie selbstverständlich.

Ich hingegen war stinksauer und überaus dankbar, das Aiden so sehr die Fassung halten konnte.

„Was verteidigen sie denn so für eine Klientel Aiden?", mischte mein Vater sich ein. Meine Mutter saß schweigsam daneben und stocherte in ihrem Essen rum. Mir war der Appetit komplett vergangen. Wann hatte dieses Verhör denn ein Ende? Aiden und ich waren ja noch nicht einmal zusammen.

„Hauptsächlich hochdotierte Mandaten. Und ihre Tochter."

Mein Vater sah mich argwöhnisch an und setzte ein Blick böswillig auf.

„Du hast ihn angezeigt?", fauchte mein Vater mit einem zu tiefst abwertend Tonfall. Ich biss mir auf die Zunge, um nicht ausfallend zu werden. Meine Eltern wussten es einfach nicht besser.

Zumindest versuchte ich mir das einzureden.

„Ja Dad. Natürlich habe ich ihn angezeigt!", antwortete ich und versuchte dabei ebenso gelassen wie Aiden zu wirken.

Mein Vater nahm ein Schluck aus seinem Glas. Ich dachte, hiermit sei das Gespräch beendet, doch da hatte ich die Abrechnung ohne meinen Vater gemacht.

„Du hättest dich vielleicht nicht so anstellen sollen. Schließlich wart ihr zusammen", sprach er aus vollster Überzeugung. Mir fiel die Gabel aus der Hand.

„Was?", fragte ich erneut nach, um sicher zu gehen, dass ich auch nichts falsch verstanden hatte.

„So etwas gleich zur Anzeige zu bringen ist doch sehr übertrieben", setzte mein Vater nach.

Ich hatte es tatsächlich nicht falsch verstanden. Mein inneres überschlug sich. Zwar war er mein Vater, empfand ich im Moment allerdings nichts als Verachtung für so eine Aussage. Ich stand vom Tisch auf.

„John hat mich Vergewaltigt. Das hat nichts mit Anstellerei zu tun. Er hat mir geschädigt und mich geschändet." Wütend warf ich die Serviette auf meinen Teller. „Dem ist denke ich nichts mehr hinzuzufügen", schloss ich meine kurze Rede ab.

Ich achtete nicht darauf, ob noch jemand anders etwas sagte, oder wie die Reaktionen waren. Im Flur zog ich meine Jacke über und schnappte meine Tasche. Noch bevor die Tränen meine Wangen herunterliefen, trat ich nach draußen in die Kälte. Dankbar für den Schmerz, der mir in diesem Moment ins Gesicht schlug.

Aiden

Ich ließ meine beste Seite spielen und ließ mich auf die Fragen von Maria ein. Jetzt wusste ich, was Sarah meinte mit der Aussage: Sie wäre froh von dort weg zu kommen.

„Hauptsächlich Upperclass Mandaten. Und ihre Tochter", antwortete ich direkt. Ich wagte einen leichten Blick zu Sarah. Diese kniff die Augen kurz zusammen. Als ihr Vater daraufhin weitersprach, wusste ich auch wieso.

„Du hast ihn angezeigt?", fauchte ihr Vater. Der Abwertung in seiner Stimme war zutiefst erniedrigend.

„Ja Dad. Natürlich habe ich ihn angezeigt", preschte Sarah hervor. Sie schnaubte vor Wut.

„Du hättest dich vielleicht nicht so anstellen sollen. Schließlich wart ihr zusammen", setzte ihr Vater nach. Bei den Worten ballte sich meine Hand zur Faust. Sarah viel die Gabel auf den Tisch. Alle blickten Sarahs Vater an

„Was?", flüsterte Sarah.

„So etwas gleich zur Anzeige zu bringen ist doch sehr übertrieben." Ihr Vater hörte einfach nicht auf nachzutreten.

„John hat mich vergewaltigt. Das hat nichts mit Anstellerei zu tun. Er hat mir geschädigt und mich geschändet." Wütend legte sie die Serviette auf den Tisch. „Dem ist denke ich nichts mehr hinzuzufügen." Sie wirkte stark. Ich wartete nur darauf, dass sie gleich auseinanderbrechen würde. Mein Blick blieb an Sarahs Vater hängen. Solch ein rücksichtsloses Verhalten seiner eigenen Tochter gegenüber, hatte ich noch nicht gesehen. Normalerweise sollten Eltern für ihre Kinder alles tun, damit ihnen kein Schaden zugetragen wurde. Und wenn so etwas Schreckliches passieren würde, wie es Sarah widerfahren war, dann sollte man hinter ihnen stehen. Wenn dies meinen eigenen Kindern passiert wäre, würde der Täter mit Sicherheit nicht mehr frei rumlaufen.

Sarah stand auf. Sie rückte den Stuhl zurück und lief mit schnellen Schritten aus dem Esszimmer. Sofort setzte sich mein Körper in Bewegung. Ich stand ebenfalls vom Tisch auf. Die Wut in mir wurde größer. Sarahs Vater sah mich an.

„Sie müssen das als Mann doch verstehen. Vielleicht können sie Sarah wieder zur Vernunft bringen", sprach er zu mir.

Die Eingangstür viel laut ins Schloss. Zwar ging es mich nichts an, doch dieses abscheuliche Verhalten konnte ich nicht tolerieren.

„Hören sie sich eigentlich selbst zu?", entgegnete ich in meinem gehässigsten Ton, den ich aufbringen konnte. Sarahs Vater schluckte. Ich gab ihm keine Chance zu antworten. „Ihre Tochter wurde misshandelt. Sie wurde vergewaltigt, was wohl das schrecklichste ist was einer Frau passieren kann. Sie haben sie nicht gesehen und erlebt, wie es ihr ging. Sie waren kein Stück für sie da und nehmen sich jetzt heraus über ihre Gefühle zu Urteilen?", brachte ich es zusammenfassend auf den Punkt. Sarahs Vater schnaubte abwerten auf.

„Aiden. Lass gut sein", mischte sich Matt ein. Ich sah ihn kurz an.

Matt wusste wie sein Vater tickte und dass es keinen weiteren Sinn hatte, sich darüber auszulassen.

„Danke für das Essen", richtete ich mein Wort an Christin. Christin nickte mir kurz zu. Ich lief um den Tisch herum und verschwand ebenfalls aus dem Zimmer, ohne mich zu verabschieden. Ich schnappte mir meine Jacke und lief nach draußen. Sarah war auf den ersten Blick nicht zu sehen. Schnell zog ich meine Jacke zu und machte mich auf die Suche. Ich lief rüber auf mein Grundstück. Dort saß sie einsam auf der Treppe zur Veranda.

„Sarah?", sagte ich fragend, um ihre Aufmerksamkeit zu erhalten. Sie sah zu mir hoch. Die Wut und Enttäuschung stand ihr ins Gesicht geschrieben. Ich setzte mich kurzerhand zu ihr. Eine ganze Weile sagten wir nichts. Der kalte Wind blies uns um die Nase. Sarah störte das kein Stück. Sie zuckte nicht einmal zusammen.

„Meinst du", setzte sie an. Ihre Stimme war leise. Doch es durchbrach die bittere Stille wie ein scharfes Messer. „Meinst du, er hat recht?"

Ich ließ sie nicht weiter aussprechen.

„Wenn du auch nur so was im Ansatz denkst, dann", unbegreiflich von dem was Sarah sagte, wusste ich selbst nicht genau, wie ich meinen Satz beenden sollte. Statt Worten ließ ich Taten folgen und legte meinen Arm um sie. Zärtlich zog ich sie zu mir rüber. Ihr Kopf viel auf meine Schulter. Ying und Yang. Noch immer perfekt!

„Rede dir das nicht ein. John hat etwas getan was in keinster Art und Weise zu entschuldigen ist. Und dafür wird er seine gerechte

Strafe bekommen", versprach ich ihr. Sarah sagte nichts. Ihr Körper und ihre Seele waren am Boden zerstört. Die Worte ihres Vaters hatten sie gerade erneut zu Boden geworfen und mit Füßen getreten.

„Wollen wir rein gehen?", bot ich ihr an. Sie hob den Kopf. „Ich meine zu mir rein", ergänzte ich schnell. Sie nickte bestätigend.

Ich schrieb Matt eine Nachricht, das Sarah für heute Nacht bei mir blieb. Sie stand im Wohnzimmer und sah sich ein paar Fotos an der Wand an. Mit zwei Gläsern Wein kam in der Hand, kam ich aus der Küche dazu. Bevor ich weiterlief, blieb ich kurz stehen und genoss den Augenblick. Dies war der Dritte Tag in folge, in denen Sarah bei mir sein würde. Eine innere Wärme durchfuhr mich. Was das alles zu bedeuten hatte oder wo das hinführte, wusste ich nicht. Nach dem Prozess wäre eh alles vorbei. Dann würden sich unsere Wege wieder trennen. Ich räusperte mich. Sarah drehte sich um und schenkte mir ein Lächeln.

„Oh, ich habe dich gar nicht gehört", lächelte sie, drehte sich wieder um und betrachtete erneut die Bilder.

„Bist du das?", fragte sie neugierig. Ich lief zu ihr rüber und sah auf das Bild, auf das sie zeigte. Es war ein Bild von einem Jungen, der in den Armen eines Mannes lag und lachte.

„Ja", sagte ich zustimmend.

„Niedlich", sagte sie überschwänglich aufgesetzt, um mich zu ärgern. Ich lachte leicht auf. Ohne Worte gab ich Sarah ihr Glas

Wein. Wir setzten uns auf die Couch.

„Soll ich dich morgen in deine Wohnung zurückbringen?", bot ich ihr an. Tränen schossen ihr in die Augen. Es war äußerst schwierig sich im Moment in Sarahs Lage zu versetzten. Sie tat mir unweigerlich einfach nur leid. Ich wusste allerdings auch, dass sie Mitleid von anderen nicht leiden konnte. Von daher bewegte ich mich, mit meiner nächsten Geste, auf äußerst dünnem Eis.

Ich nahm ihr das Glas aus den Händen und stellte es auf den Tisch. Sanft legte ich ihr die Haare nach hinten. Meine Hand ruhte an ihrem Gesicht. Ich sah sie auffangend an.

„Auch wenn du denkst, es wird nie besser, glaube mir, es wird besser", sprach ich aus Erfahrung.

Die Tränen liefen über. Sie nickte leicht und schaute zu mir auf. Die Versuchung sie zu küssen war groß. Aber das wäre falsch. Sie wäre eine leichte Beute, so verletzt und emotional am Boden. Meine Hose spannte sich in der Mitte. Ich war so scharf auf sie, dass ich tatsächlich kurz davor war, mein Arschloch-Ego freien lauf zu lassen. Mein Gewissen machte mir aber zum Glück früh genug klar, dass das keine Option war.

„Danke", flüsterte sie. Ich strich ihr sanft die Tränen aus dem Gesicht und löste mich wieder von ihr. Ich reichte ihr erneut ihr Glas Wein und stieß mit ihr an.

„Auf die Zukunft", prostete ich ihr zu.

„Auf die Zukunft", erwiderte sie.

Unbeschwerte Stunden folgten. So schrecklich der Abend auch begann, umso schöner wurde es von Stunde zu Stunde mit Sarah.

„Ich weiß nur nicht wo ich hinsoll. Zu Hause kann ich nicht hin. Es ist, als würde ich dort keine Luft mehr bekommen", gab Sarah traurig zu. Sie schlug überfordert die Hände vors Gesicht.

„Du kannst bei mir wohnen, wenn du möchtest", schoss es aus meinem Mund. Ob da jetzt mein Gewissen oder mein Trieb sprach, wusste ich nicht.

Sie linste über ihre Hände hervor.

„Als Freunde natürlich. In der City habe ich auch noch ein Gästezimmer. Das kannst du gerne haben", erklärte ich weiter. Innerlich versetzte ich mir selbst einen Arsch Tritt. Bist du von allen guten Geistern verlassen! Und was machst du mit den Frauen, die du mal die ganze Nacht vögeln willst? Was würden die von Sarah halten? Das verscheucht doch alle und verdirbt nur den Spaß!

Mit dem Alkohol im Blut war es ein Einfaches den Arsch in mir zur Seite zu schieben.

„Ich werde dann jetzt mal schlafen gehen", sagte Sarah leise und stand auf. Ich stelle mich ebenfalls hin.

„Aiden", holte sie aus, bevor sie losging.

„Ich weiß gar nicht wie sehr ich dir dafür danken soll. Für einfach alles", sagte sie erschöpft. Ich lächelte sie an und nickte nur. Dann verschwand sie ums Eck und begab sich nach oben ins Gästezimmer.

Sarah

Die letzten zwei Tage waren sehr angenehm. Keine blöden Fragen oder Stress. Aiden ließ mich einfach nur in Ruhe. Er erledigte hier und da selbst ein paar Besorgungen. Matt versuchte noch am Tag, nachdem es mit unseren Eltern eskaliert war, mit mir zu sprechen. Ich erinnerte mich daran zurück, wie wir an der Tür vor Aidens Haus standen.

„Matt ich möchte da nicht drüber sprechen", seufzte ich und verschränkte die Arme vor der Brust. Ich wusste, wenn das hier noch länger so gehen würde, dass die Tränen gleich erneut an die Oberfläche kommen würden. Mit allen Mitteln kämpfte ich dagegen an.

„Du weißt das unsere Eltern das so nicht gemeint hatten. Sie haben eben eine andere Sicht der Dinge. Auch wenn ich ebenfalls ihre Meinung nicht teile, sind es noch immer unsere Eltern", versuchte Matt die Situation zu erklären. Doch da gab es nichts zu erklären. Matt hatte einen inneren Drang immer zu vermitteln. Er war selbst sehr Familienbewusst und hasste es, wenn irgendwo ein Riss entstand. Doch er hatte schon mal danebengegriffen, als er John und mich wieder verkuppeln wollte. Matt sollte anfangen nicht alles in die Hand zu nehmen.

„Ist gut Matt. Ich möchte da nicht mehr drüber reden. Die Sache ist für mich erledigt", sagte ich genervt.

Wir standen noch einen kurzen Moment da. Matts

Gesichtsausdruck zeigte mir, dass er wusste, dass es aussichtslos war.

„Dann melde dich doch bitte, wenn du mal wieder reden möchtest, oder einfach nur so okay?", sagte Matt und schenkte mir ein warmes Lächeln. Meine Mundwinkel zogen sich ein wenig nach oben.

„Mach ich", versprach ich Matt und schloss die Tür.

Das war vorgestern. Bisher hatte ich mich noch nicht wieder bei Matt gemeldet. Ich wollte im Moment einfach nur für mich sein und meiner Arbeit nachgehen. Die Hälfte der Leute im Büro hatten Urlaub. Ich hatte jedoch keine Verpflichtungen oder Familie, bei denen ich zwischen den Feiertagen sein wollte. Also verkroch ich mich in meinen Akten.

Schnelle Schritte hallten durch den Raum. Sie wurden lauter und kamen in meine Richtung. Jemand blieb vor mir stehen.

Fingerspitzen lagen fordernd auf meinem Schreibtisch. Mein Blick wanderte von der Hand, hinauf über einen schicken Anzug. Ein Hauch von betörendem Duft schwang zu mir herüber. Aiden – schoss es mir durch den Kopf. Schnell sah ich in das Gesicht, des Mannes vor mir, um mich zu vergewissern.

„Sarah", begrüßte Aiden mich, als unsere Blicke sich trafen. Seine Stimme wirkte bedrückt und dunkel.

„Aiden. Was machst du hier?", fragte ich leicht nervös nach. Er antwortete nicht. Meine Beine wurden weich. Ein Glück saß ich noch auf meinem Stuhl. Mir war klar das es um John ging. Aiden holte einen Brief aus der Innentasche seines Jacketts und hielt ihn in meine Richtung.

„Wir haben den Anhörungstermin", erklärte er kurz und schmerzlos.

Zittrig nahm ich den Brief entgegen.

„Wann?", flüsterte ich. Wollte ich das hier alles wirklich noch? Vielleicht reichte es ja, wenn ich einfach auswandern würde? Noch mehr dieser abgedrehten Fluchtpläne schmiedete ich in nur wenigen Sekunden.

„Morgen", sagte Aiden. Es war nur ein Wort und doch hallte es noch lange in meinem Kopf nach. Aidens Stimme war kalt und klar. Seine Augen verengten sich. Es war ihm sichtlich unangenehm, obwohl es sein Job war.

Ich nickte kurz und wollte mich gerade wieder an die Arbeit machen, als sich Aidens Hand auf meine Schulter legte. Die warme Berührung spürte ich überall an meinem Körper.

„Lass uns nach Hause gehen Sarah", forderte er mich auf.

Ein weiteres warmes Gefühl durchfuhr mich. Meine momentanen Gefühle, gepaart mit der Mischung das Aiden und ich zusammen nach Hause gehen würden, verpackten meine Emotionen kaum noch.

Wortlos schloss ich meine Arbeit ab. Aiden wartete auf mich. Ich nahm meine Tasche und wir liefen hinunter zu seinem Wagen.

In meinem Vorübergehenden zu Hause angekommen, saß ich im

Wohnzimmer auf der Couch. Ich schaute nach draußen. Viel war nicht zu sehen, da es dunkel und mitten in der Nacht war. Doch irgendwie war es auch schön. Die Stille und Ruhe hüllten einen förmlich ein.

Aiden kam zu mir ins Wohnzimmer.

„Darf ich?", fragte er. Ich lächelte.

„Natürlich. Das ist doch deine Wohnung", verdrehte ich belustigt die Augen. Aiden nahm Platz. Ich beobachtete jede Bewegung, die er tat. Es war schön jetzt nicht allein zu sein.

„Muss ich morgen wirklich alles nochmal erzählen?", hackte ich nach, obwohl ich die Antwort kannte.

Aiden sah mich direkt an.

„Du wirst aufgefordert die Tatnacht zu schildern. Also ja, du musst alles erzählen", bestätigte Aiden meine Befürchtung. Mir wurde eiskalt. Aiden nahm eine Decke und legte sie mir über. Ich nahm diese Geste nur zu gerne an.

„Danke", flüsterte ich.

Mehr sprachen wir nicht miteinander. Mir ging der morgige Tag einfach nicht aus dem Kopf. Erst spät in der Nacht, als ich schon lange im Bett lag, überkam mich ein traumloser Schlaf.

Wir standen vor dem Gerichtssaal. Nervös knibbelte ich an meinen Fingernägeln herum. Ich hatte extra meinen schwarzen Hosenanzug herausgesucht, um seriös rüber zu kommen. Matt und Christin kamen von weit hinten auf uns zugelaufen. Ich schluckte und sah schnell zu Aiden.

„Hast du es ihnen gesagt?", fragte ich skeptisch. Ich fühlte mich unwohl die beiden hier zu haben. Aiden sah mich nicht an, sondern schaute sich nur in der Menschenmenge um.

„Ja und nein. Es kann sein das sie eine Aussage machen müssen und wurden offiziell vorgeladen", erklärte Aiden. Mir blieb der Klos im Halse stecken. Ich blickte zu Boden, als Aiden mich plötzlich an den Schultern packte und herumdrehte. Mir stockte der Atem. Was sollte das? Mein Kopf schwirrte.

„Sarah, John wird gerade gebracht. Schau einfach nur zu mir okay?" Ich nickte automatisch. Aidens Hände lösten die Stütze. Obwohl Aiden es nicht wollte, linste ich vorsichtig an ihm vorbei. Es kam mir vor wie in Zeitlupe, als John an uns vorbeilief. Er sah auf dem Boden, fast als würde er sich schämen. Zu wem war ich nur geworden, jemanden vor Gericht zu bringen?

„Die Verhandlung wird in fünf Minuten beginnen", rief ein Gerichtsdiener. Wir alle betraten den Saal und nahmen Platz.

Ohne groß darüber nachzudenken, sah ich die ganze Zeit zu John. In diesem Moment hatte ich keine Angst vor ihm. Wahrscheinlich, weil viele Menschen zwischen uns standen. Oder lag es an Aidens Anwesenheit? Was mir sofort auffiel, war das John die ganze Zeit zu Boden sah. Kein Blick, keine Regung. Was ging bloß in ihm vor? Der Richter betrat den Raum, durchbrach das Grummeln im Saal. Alle standen auf. Ein Prozedere von Abläufen wurde durchgeführt und eingehalten. Alles lief wie hinter einem Schleier vor mir ab.

„Sarah?", sprach Johns Anwalt mich an und riss mich aus den Gedanken. Ich saß im Zeugenstand. Der Anwalt von John forderte mich auf zu erzählen, was genau passiert war.

Er wird dir nichts mehr antun! Du hast aktuell keine Angst und brauchst es auch nicht zu haben. Hallte es in meinem Kopf.

Meine Aussage dauerte lange. Ich konnte niemanden in die Augen sehen. Es war die pure Scham davor, dass mir so etwas überhaupt passiert war.

„Danke das war dann alles", sagte der Mann im dunkelblauen Anzug zu mir. Aiden hatte ebenfalls keine Fragen mehr. Ich stand auf und lief hinüber zu meinem Platz. Aiden reichte mir die Hand. Zittrig nahm ich sie entgegen. Ungeschickt setzte ich mich auf meinen Stuhl. Kalte Schweiß trat mir auf die Stirn. Das schnelle schlagen meines Herzens pumpte viel zu schnell Blut durch meine Venen.

Aiden beugte sich zu mir rüber.

„Gehts?", fragte er besorgt.

Ich nickte nur.

Dann kam Johns Aussage. Er wurde ebenfalls gebeten den Abend zu schildern. In seinen Augen hatte ich ihn verführt. Er erzählte das alles so emotionslos, als wäre es einstudiert. Mir wurde schlecht. Im Gegensatz zu vorher konnte ich ihn jetzt nicht mehr in die Augen sehen.

Abschließend wurde noch die Ärztin befragt, welche mich im

Krankenhaus untersucht hatte. Ihrer Meinung nach war ich definitiv vergewaltigt worden. Dieses Wort wieder und wieder zu hören, tat weh. Bei jedem erwähnen, wurde es schmutziger. Ich wurde schmutziger. Tränen bahnten sich den Weg an die Oberfläche.

Dann war tatsächlich Matt an der Reihe. Er konnte nicht viel sagen, bezeugte jedoch das ich zusammengebrochen war, als John an dem einen Abend auf mich traf.

„Danke das war dann alles. Wir werden uns beraten und ein Urteil fällen", sagte die Vorsitzende Richterin und haute mit ihrem Hammer auf ihren Tisch.

Alle Menschen im Saal standen wieder auf. Aiden legte eine Hand auf meine. Die Berührung holte mich ein Stück weit in die Realität zurück. Aiden lächelte, als wüsste er, dass es gut ausgehen würde. In mir wurde ein inneres Bedürfnis geweckt meine Mum in die Arme zu fallen. Doch sie war nicht hier. Mein Dad ebenfalls nicht. Matt konnte ich im Moment auch nicht entdecken. Nur Aiden. Was hätte ich nur gemacht, wenn er nicht in mein Leben getreten wäre?

Aiden

Die Verhandlung zog sich. Sarahs Aussage war gut. Sie ließ nichts
aus. Ich ballte meine Hand unter dem Tisch, als ich es erneut aus
ihrem Mund hörte, was dieses Schwein ihr angetan hatte. Meine
Wut ließ ich in meiner Vernehmung von John raus. Auf einige
Fragen von mir hatte ihn sein Anwalt wohl nicht vorbereitet.
Stumm ließ ich John im Zeugenstand sitzen. Die anderen Aussagen
waren fast nur pro Forma. Es zeigte sich in den Gesichtern der Jury,
dass wir dabei waren, den Fall zu gewinnen. Im Abschlussplädoyer
zog ich noch einmal alle Register. Auch wenn Sarah mir keine Gage
gab, war es mein eigener innerer Antrieb, diesem Schwein so richtig
eins rein zu würgen.

Die Verhandlungspause war zu Ende. Die Jury hatte ein Urteil
gefällt. Wir betraten erneut den Sitzungssaal und nahmen platz.
Sarah sagte die ganze Zeit nichts. Erneut legte ich die Hand auf ihre,
als die Jury das Urteil verlas. Diese Berührung hatte sie eben auch
wahrgenommen. Und es wirkte tatsächlich. Sie sah zu mir auf.
„Wir halten den Angeklagten für Schuldig im Sinne der Anklage",
sprach die vorsitzende Jury.
Ihre Augen weiteten sich. Ein Stein fiel mir vom Herz. Der Richter
bestätigte es und machte alles Rechtskräftig.

„John McLoyd wird hiermit, zu einer gesamten Strafe von zehn Jahren verurteilt", erklärte die Richterin. Der Hammer viel. Sarah sah mich noch immer an. Ich stand auf, zog sie hoch, direkt in meine Arme.

„Es ist vorbei", flüsterte ich. Ihr Haar und der Duft von Kokos, ließen mich beinah in einen Dämmerzustand verfallen. Bis plötzlich ein lautes Geschrei hinter uns ertönte.

„Nein!", schrie John. Ich löste mich von Sarah. Wir drehten uns zu ihm um. Noch im selben Augenblick sah ich, wie John einen Wachmann, der ihm gerade die Handschellen anlegen wollte, überrumpelte, nach der Waffe griff und ihm an die Schläfe hielt.

„Keiner rührt sich!", schrie John auf. Ich schob mich vor Sarah. Mir war klar das er sie wollte, das konnte ich nicht zu lassen.

„Sarah!", schrie er wie von allen guten Geistern besessen.

Sarah legte mir eine Hand auf die Schulter. Sie wollte das ich den Weg frei machte. Wir sahen uns an. Ohne Worte, nur mit meinem Blick, wusste ich das Sarah genau wusste das ich es unter keinen Umständen zulassen würde. Doch auch ich wusste und sah es ihr an, dass sie so oder so an mir vorbeikommen würde. Ich trat zur Seite und machte den Weg frei.

John und Sarah sahen sich an. Zunächst sagte niemand etwas. John drückte dem Wachmann nur noch fester die Pistole an die Stirn.

„John hör auf. Das bringt doch nichts", sagte sie direkt an John gerichtet. Die Gefühlskälte von Sarahs Stimme wirkte fremd. Sie überlegte genau, was sie noch sagen sollte.

„Ich wollte das nicht Sarah. Du gehörst doch mir", wimmerte John.
Fast sah es so aus, als würde Sarah John erreichen. Vielleicht konnte
sie es tatsächlich schaffen ihn zur Vernunft zu bringen.

„John", sie machte einen Schritt in seine Richtung. Instinktiv hielt
ich Sarah an der Schulter fest. Sie sah mich nur an. Ich wusste das
sie nicht wollte, dass ich mich vor ihr stellte. Sie wollte selbst
entscheiden. Wieder blickte sie zu John. Sein Kopf war hochrot.
Jede Berührung, die ich Sarah gegenüber machte, brachte ihm aus
dem Konzept. War das die Möglichkeit ihn aus der Reserve zu
locken? Ich sah mich um. Mindestens vier Polizisten standen mit
gezückter Waffe und schussbereit, in Richtung John. Mein Puls
beschleunigte sich. Mir kam eine Idee. Wenn dieser Plan allerdings
nach hinten losging, wäre ich schuld an dem Tod von mindestens
einer Person. Doch was war die Alternative. Das Sarah zu John ging
und womöglich dabei ums Leben kam. Kurz entschlossen legte ich
erneut meine Hände auf Sarahs Schultern, drehte sie zu mir um und
küsste sie.

„Sar", hallte es gepaart von Schüssen durch den Raum. Ich ließ sie
los, blickte über ihre Schulter und sah das John am Boden lag.
Allein. Der Wachmann, welcher gerade noch in seiner Gewalt war,
stand daneben. Meine Schultern sackten ab. Sarah drückte mich weg
und wollte sich umdrehen. Ich hielt sie fest.

„Sieh nicht hin. Schau mich an", forderte ich sie auf, und betete,
dass sie wenigstens in diesem Augenblick das tat, was ich sagte.
Ihr Augen suchten eine Antwort in meinem Gesicht. Ich beugte

mich vor und flüsterte in ihr Ohr.

„Es ist endgültig vorbei." Sarah begriff, was passiert war. Ihre Knie gaben nach. Schnell stützte ich sie und setzte sie auf einen Stuhl. Ich kniete mich neben ihr.

„Alles okay?", fragte ich besorgt. Um uns herum herrschte wilde Aufruhr. Doch ihr Blick war starr auf mich gelegt. Meine Hand legte sich an ihre Wange. Sie zuckte zusammen. Sofort nahm ich meine Hand zurück. Suchend sah Sarah auf mich runter.

„Aiden", flüsterte Sarah. Sie stand kurz vor einem Nervenzusammenbruch. Ich musste sie hier rausbringen.

„Komm", sagte ich schnell und nahm sie an den Händen. Vorsichtig half ich ihr hoch. Gemeinsam liefen wir aus dem Saal. Ich legte schützend einen Arm um sie. Ohne weiter Rücksicht auf etwas zu nehmen, gingen wir schweigend zu meinem Wagen, und stiegen ein. Ich sah sie an. Sie begann sich zu schütteln, schweres Atmen kam stoßartig aus ihrer Brust. Sie weinte so stark das ihr Körper es kaum verkraften konnte. Ich öffnete meine Arme, Sarah ließ den Kopf zur Seite Kippen und ließ ihren Gefühlen freien lauf.

Ich saß im Büro. Die Akte vor mir las ich bestimmt zum dritten Mal. Mit der Hand am Kopf gestützt, kreisten meine Gedanken um Sarah. Am gestrigen Tag sprach sie sehr wenig. Zwar hatte sie nach dem Ausbruch im Auto nicht mehr geweint, war sie dennoch anders. Was natürlich verständlich war. Ich selbst konnte es ebenfalls kaum glauben. Zwar hatte ich als erfahrener Anwalt eine

Menge gesehen, doch so ein Erlebnis, hatten die wenigsten aus meiner Branche.

Sarah war heute ebenfalls ins Büro gegangen. Ihr fiel auch die Decke auf den Kopf. Doch vielmehr war es die Ablenkung von dem erlebten. Ob es ihr jetzt wohl einfacher viel den Tag zu überstehen?

Es klopfte an der Tür.

„Ja", zischte ich.

Die Tür öffnete sich einen Spalt. Natalia linste herein. Ein schelmisches Grinsen konnte sie sich nicht verkneifen.

„Hatte ich doch richtig gesehen das hier noch Licht an war?", sagte sie kokett und trat ein.

Ich lehnte mich im Stuhl zurück und atmete tief aus.

„Was gibts?", fragte ich nur.

„Nichts Besonderes. Ich wollte einfach mal fragen, wie es dir geht? Hab gehört, was da gestern passiert war", angespannt sah sie mich an.

„Es ist komisch", rutschte mir raus. Mein inneres schrie auf. Wieso fängst du an, dich mit deinen Gefühlen auseinander zu setzten? Reicht es nicht schon das du vor Sarah dein Liebeskrankes Ego nicht ausschalten kannst? Schnapp dir, die geile Braut vor dir und vögel sie richtig durch das du endlich mal wieder klar denken kannst!

Natalia kam näher und setzte sich auf den Stuhl vor mir.

„Willst du reden?", bot sie sich an.

„Um ehrlich zu sein nein. Lass mich einfach arbeiten. Das lenkt mich wenigstens ab", sagte ich kühl.

Wortlos stand sie auf und ging erneut zur Tür.

„Also wenn du willst, dann können wir gerne quatschen. Oder auch was anderes, wenn du willst. Melde dich." Sie zwinkerte mir zu und verließ mein Büro. Ohne einen weiteren Gedanken an sie zu verschwenden, durchflog ich weiter die Akten, ohne etwas zu verstehen.

Sarah

Ein lauter Knall hinter mir ließ mich aufschrecken. Ein
Arbeitskollege ließ ein Stapel Akten fallen und war gerade dabei
diese wieder aufzuheben.

Mit schnell schlagendem Herz ließ ich mich zurück an meinen
Schreibtisch rollen und versuchte einen klaren Gedanken zu
bekommen. Dieses viel mir heute besonders schwer.

„Sarah!", Nancy kam strahlend auf mich zu.

„Hi", sagte ich leise.

Nancy setzte sich mit ihrem kurzen Minirock auf meine
Schreibtischkante und sah mich lächelnd an.

„Was machst du denn morgen?"

„Wieso? Nichts." Um abzulenken, versuchte ich weiter in meine
Akten zu lesen. Kurzerhand griff Nancy nach der Akte und schlug
sie zu. Ich sah genervt zu ihr rauf. Nach Spielchen war mir jetzt
wirklich nicht zu Mute.

„Nancy bitte. Heute ist nicht mein Tag. Ich möchte einfach nur hier
fertig werden."

Ihr Blick veränderte sich. Sie merkte das etwas nicht stimmte.
Manchmal hatte sie ziemlich gute Antennen für so etwas.

„Ist es wegen deinem Anwalts-Freund? Hat er dich versetzt oder
fallen gelassen?" Umso mehr sie sich in den Gedanken rein
steigerte, zogen sich die Falten auf ihrer Stirn mehr und mehr
zusammen.

„Nein", sagte ich schnell. Innerlich würde ich ihr gerne alles erzählen. Besonders dieser Kuss von Aiden hatte mich im Nachhinein am meisten verwirrt. Doch mit wem sollte ich über solche Dinge sprechen, wenn derjenige nicht alles wusste.

„Wollen wir vielleicht einen Kaffee trinken?" Ich stand auf. Mir war klar das ich Nancy alles erzählen muss. Jetzt wo John tot war, fiel es mir auch irgendwie leichter. Dieses Kapitel war für mich endlich abgeschlossen.

Nancy und ich saßen im Coffeeshop und hielten uns an unserem Kaffee fest. Ich erzählte ihr alle Fakten, die sie wissen musste. Die Vergewaltigung, von Aiden und der Tatsache das ich mich in meiner Wohnung überhaupt nicht mehr wohl fühlte. Allein der Gedanke daran das ich dort wieder hin musste, ließ mir das Blut in den Adern gefrieren.

Noch immer hielt sie meine Hand.

„Es tut mir so leid, was dir passiert war." Tränen standen in ihren Augen. „Und es tut mir leid, dass ich, als deine Freundin nichts gemerkt hatte."

Ich schüttelte mit dem Kopf.

„Nancy bitte. Das musst du nicht. Ich war es, die niemanden an mich rangelassen hat. Nehme dir das bitte nicht an."

Nancy zog die Hand zurück, kramte ein Taschentuch hervor und tupfte sich die Augen ab.

„Ok.", nuschelte sie.

Ich nippte an meinem Kaffee. Ein Glück war zwischen den Feiertagen nicht viel los im Cafe, so dass wir schnell drankamen und unsere Pause gut nutzen konnten.

„Aber wegen der Wohnsituation, habe ich vielleicht schon die perfekte Lösung für dich." Ich sah sie schief an. Nancy sprach weiter. „Also mein Nachbar über mir, der hat vor den Feiertagen Bescheid bekommen das er in eine andere Stadt versetzt wird. Dieses soll bereits im neuen Jahr sein. Er zieht dieses Wochenende aus und hat soweit ich weiß noch keinen Nachmieter."

Meine Stimmung erhellte sich deutlich. Wenn das kein Schicksal war, wusste ich auch nicht, was das sonst zu bedeuten hatte. Mit breitem Grinsen sahen wir uns an. Nancy wohnte nur wenige Straßen von mir entfernt. Sie wohnte mit zwei anderen Parteien in einem Reihenhaus. Unten wohnte, soweit ich das wusste, eine ältere Dame, Nancy in der mittleren Wohnung und über ihr wie ich gerade erfahren hatte der junge Mann. In mir sprudelte es vor Euphorie und Freude das sich alles zum besseren wand.

Die weiteren Stunden liefen gut von der Hand. Auch wenn es noch nicht sicher war, spürte ich, dass es nach vorne ging. In meinem Leben gab es wieder Licht und nicht nur Schatten. Bei dem Gedanken an ein Licht kam mir Aiden in den Sinn. Unsere Zusammenarbeit war vorbei. Doch ich wollte mich so gerne noch bei ihm bedanken. Es konnte doch nicht sein das wir so viel miteinander durchgemacht hatten und jetzt sollten wir keinen

Kontakt mehr haben.

„Sarah!", rief Nancy überschwänglich und kam auf mich zu. Ihr Lächeln alleine zeigte mir, dass es mit der Wohnung geklappt hatte.

„Und?", fragte ich neugierig.

„Es hat geklappt. Wenn du willst, kannst du am Montag bereits einziehen." Ich sprang vom Stuhl auf und viel Nancy um den Hals.

„Danke, danke, danke!", rief ich voll mit Adrenalin.

„Aber", Nancy löste sich von mir. „Dafür bist du mir ein gefallen Schuldig."

„Was du willst!", rief ich glücklich.

„Du gehst mit mir morgen auf die Silvesterparty in der fünften Straße." Nancy wusste das ich nichts für Partys über hatte. Doch in diesem Moment war ich ihr so dankbar, dass ich nahezu alles für sie getan hätte.

Ich nickte zustimmen.

Die letzte Nacht war mit wenig Schlaf verbunden. Sobald es hell wurde, stand ich auf und fing an schon einige meiner Sachen zusammen zu packen. Der Tag zog somit schneller an mir vorbei, als mir insgeheim lieb war. Ich saß im Auto und wollte gerade zu Nancy fahren, als mir einige Dinge durch den Kopf schossen. Dieses Jahr war unglaublich für mich. Positiv und auch negativ. Die Negative Seite wollte ich nicht zu sehr betrachten. Und das positive war nicht nur das Ende mit der neuen Wohnung, sondern auch dass ich so gute Freunde gefunden hatte wie Nancy und auch Aiden. Mir war zwar nicht klar, was Aiden für mich war oder als was ich ihn gerne sehen würde, doch ich wusste das er ein großes Stück von meinem Herz in Besitz genommen hatte. Kopflos zückte ich mein Handy und tippte eine Nachricht.

Ich wünsche dir einen guten Start ins neue Jahr. Danke für alles. Deine Sarah

Meine dunklen Haare trug ich offen und auf große Locken gedreht. Ich hatte eine enge schwarze Hose und ein Silber schimmerndes Top an. Meine Augen hatte Nancy mir für meinen Geschmack zu stark geschminkt. Sie argumentierte dies allerdings, damit das man es an Silvester richtig krachen lassen sollte. Also ließ ich sie sich an mir austoben.

Wir standen am Tresen. Um uns herum hunderte von Feier willigen Leuten. Die Freude war ansteckend. Nancy und ich tanzten mit, während wir auf unsere Bestellung warteten. Plötzlich wurde Nancys Blick ganz starr.

„Nancy?", ich rüttelte an ihrer Schulter. Sie sah mich an und begann bis über beide Ohren zu grinsen.

„Was ist denn?"

Sie sah wieder in die Menge hinter mir. Ihr Grinsen verschwand. Ich drehte mich ebenfalls um. Und dann sah ich wieso. Aiden war im Gedränge zu erkennen. Er hielt die Hand von einer Frau, mit der ich ihn schon öfter gesehen hatte. Sie arbeitete, glaube ich auch in seiner Kanzlei.

Ich drehte mich erneut zu Nancy.

„Und das soll uns jetzt die Laune verderben." Wie aufs Stichwort stellte uns der Barkeeper die Drings vor die Nase. Ich trank meinen fast in einem Atemzug aus.

Die nächsten zwei Stunden, viele Drinks und Tänze später, klebte Nancy an so einem Typen. Die beiden knutschten die ganze Zeit rum. Ich fühlte mich ein wenig außen vor, doch genoss ich auch gerade die kurze Pause unserer Party.

„Ich geh kurz vor die Tür!", rief ich Nancy entgegen. Sie winkte ab und gab ihr okay.

Draußen empfing mich die kühle, klare Luft, welche ich dankbar annahm.

Jemand legte eine Jacke über meine Schultern. Ich zuckte zusammen und rückte ein Stück vor. Hastig drehte ich mich um. Ich konnte es kaum glauben, aber Aiden stand vor mir.

„Aiden", meine Stimme war viel zu hoch. Der Alkohol ließ mich taumeln. Ich fiel ihm in die Arme und hielt ihn fest. Aiden erwiderte meine Umarmung.

„Danke", murmelte ich nur. Er atmete tief ein.

„Hier bist du ja." Eine fremde Frauenstimme durchbrach unseren intimen Moment. Wir lösten uns voneinander. Die weibliche Begleitung von Aiden stand vor uns.

„Natalia", sagte Aiden kühl. Es war ihm sichtlich unangenehm uns in diesem Moment erwischt zu haben. Was wusste sie wohl über mich oder uns?

„Ich komme gleich zu dir."

Natalia fragte nicht lange nach, drehte sich um und ging wieder hinein.

„Aiden!", schimpfte ich schon fast mit ihm. Er sah mich sprachlos an. Ich stemmte die Hände in die Hüfte.

„Wie kannst du so eine Frau nur abblitzen lassen.", herablassend schüttelte ich den Kopf. Aiden noch immer sprachlos. Meine Maske konnte ich aber nicht lange auf recht erhalten. Im gleichen Augenblick begann ich wie ein kleines Mädchen zu kichern. Ohne darüber nachzudenken, ging ich auf Aiden zu und legte meine Arme um ihn. Er entgegnete meine Geste und legte seine Hände auf meine Hüfte.

„Aiden", wir sahen uns tief in die Augen. „Ich weiß nicht was das zwischen uns war oder ist. Aber du bedeutest mir eine Menge."

„Sarah", versuchte er dazwischen zu gehen.

„Ich bin noch nicht fertig." Er schwieg. Ich schmunzelte und redete weiter. „Du bist mir wichtig und ich weiß denke ich schon ganz gut, was dich glücklich macht. Und das ist keine Beziehung mit Bienchen und Blümchen, sondern sie. Etwas Schnelles, einfaches ohne Hintergedanken und Verpflichtungen. Nicht jemand wie ich." Aiden schluckte. So sprachlos hatte ich ihn noch nie erlebt. Ich legte den Kopf schief und genoss für einen Moment meine Oberhand. Kurz sah ich auf meine Uhr am Handgelenk. Es waren noch knapp zwanzig Minuten bis Mitternacht. „Nicht mehr lange und es ist neues Jahr. Beende das alte und fang das neue so an wie es dich Glücklich macht. Also Geh und schnapp sie dir." Gedankenlos gab ich ihm ein Kuss auf die Wange, löste mich aus seinen Armen und ging mit einem gemischten Gefühl zurück in die Bar.

Aiden

Die laute Musik dröhnte bis nach draußen. Natalia hatte sich bei mir eingehakt. In ihrem sehr kurzen schwarzen Kleid hätte ich sie am liebsten schon hier auf dem Gehweg flachgelegt. Wir drängten uns in die Bar. Als der dritte halbstarke betrunkene Typ mich anrempelte, wurde ich langsam ungehalten. Wenn ich hier nicht bald etwas zu trinken oder Sex bekam, würde ich durchdrehen. „Lass uns da rüber gehen", rief Natalia mir zu, und zog mich an der Hand noch tiefer in die Menge, bis an den Tresen. Natalia bestand darauf, die Getränke zu bestellen. Ich steckte daraufhin der Bedienung bereits zwanzig Dollar zu, damit Natalia nicht noch auf den Gedanken käme, selbst zu bezahlen. Damit zeigte ich ihr erneut, wer von uns heute Abend die Zügel in der Hand hatte. Sie sah zu mir auf und grinste schief. Willig rückte ich zu ihr ran und kniff ihr erbarmungslos in den Po. Sie quietschte, ein wenig vor Schmerz, auf. Ich war verrückt, wenn Frauen so auf mich reagierten. Natalia kam näher und rieb ihre Hüfte an meinen Schwanz. Kurz darauf verabschiedete sie sich für einen Moment und ging auf die Toilette. Als Natalia aus dem Blick war, rückte ich unauffällig meine Erektion zurecht. Zwar hatte dieses kleine Abenteuer einen gewissen Reiz, wusste ich jedoch, dass Sarah mir allein durch ihre bloße Anwesenheit, schon eine wahnsinnige Latte verschafft hätte. Ich schüttelte den Kopf. Um auf andere Gedanken zu kommen, sah ich mich ein wenig um. Zwar waren viele Männer hier auch in meinem Alter, waren sie von ihrem Verhalten her weit hinter mir. Die ein oder andere Frau ließ sich auf solche Machos ein. Darüber konnte ich nur lächeln. Plötzlich fiel mir eine Frau auf. Sie stand fast am anderen Ende des Tresens und mit dem Rücken zu mir. Trotz alledem, konnte ich sie sehr gut erkennen. Diese Rundung, diese Figur, das Haar, konnte ich so schnell nicht vergessen. Es war Sarah. Ich schluckte trocken. Schnell nahm ich einen tiefen Schluck aus meinem Glas. Neben ihr stand ihre Arbeitskollegin. Diese fixierte mich. Sofort löste ich den Blick und ließ ihn schweifen. Eine ungewöhnliche Wärme auf meiner Wange ließ mich fühlen das Sarah zu mir her sah. Mein inneres Kämpfte mit mir. Warum war ich überhaupt hier mir hier gegangen?

Die Zeit verging. Natalia trank mit mir, tanzte vor mir. Doch seit ich bemerkt hatte, dass Sarah ebenfalls hier war, konnte ich an nichts anderes mehr denken. Ich wollte bei ihr sein. Ich wollte nicht, dass sie mich mit einer anderen Frau sah. Ich wollte sie am liebsten über die Theke beugen und von hinten ficken. So hart wie ich es in meiner Küche getan hatte. Oh Gott, bei dem Gedanken erhielt ich sofort einen harten Schwanz. Natalia, die gerade zufällig dich neben mir tanzte, deutete meine Erektion falsch. Das zeigte mir ihr schamloses lächeln.

„Ich muss mal kurz raus. Warte hier", befahl ich ihr förmlich. Hoffentlich würde sie auf mich hören. Ohne ihr Zeit zu geben oder weitere Erklärungen anzumelden, trat ich nach draußen.

Der kühle Wind tat gut. Hier draußen standen einige Leute herum. Hauptsächlich Pärchen. Wie ein Magnet zog mich die Aufmerksamkeit einer Frau an. Sie stand ein wenig Abseits. Sarah. Ein Déjà-vu durchflog meinen Kopf. Letztes Mal jedoch, war ich derjenige, der Sarah folgte und ihr Angst machte. Jetzt wollte ich sie am liebsten einfach nur halten. Sie fröstelte sichtbar. Ihre dünne Jacke war dagegen auch kein wirklicher Schutz. Unverzüglich zog ich mein Jackett aus und legte es ihr von hinten über. Der kurze Moment in dem meine Fingerspitzen ihre Haut berührten, durchströmte mich wie eine Welle. Sarah zuckte zusammen und dreht sich ruckartig um. Mein Herz machte einen Satz.

„Aiden", sagte sie atemlos. Der Schrecken wich sofort aus ihrem zauberhaften Gesicht. Auch wenn sie noch nichts sagte, zogen wir einander magisch an. Sarah, ein wenig tollpatschig wie ich es liebte, fiel mir in die Arme. Sie drückte sich fest an mich ran. Alles um uns herum blendete sich automatisch bei mir aus.

„Danke", hauchte sie. Ein einziger Klang ihrer Stimme reichte aus, um mich zu entwaffnen. Ich war ihr vollkommen ausgeliefert. Wortlos erwiderte ich ihre Umarmung.

„Hier bist du ja", durchbrach eine andere weibliche Stimme die Situation. Natalia. Ich löste mich widerwillig von Sarah.

„Natalia", sagte ich kühl. Der Wunsch von hier zu verschwinden, füllte mich vollkommen aus. Doch nicht allein, sondern mit Sarah. Einen Atemzug später hasste ich mich für diesen Gedanken. Dieses gefühlsgesteuerte, gedankenlose Stück, war nicht ich. Scheiß Alkohol!

„Ich komme gleich zu dir", antwortete ich kurzerhand. Natalia drehte sich um und ging wieder hinein. In mir tobte ein Sturm aus Vernunft und Verlangen. Ich sah zu Sarah. Diese stand leicht wütend vor mir. Was sie erneut unglaublich sexy ausschauen ließ. „Aiden!", lallte sie leicht. Ich lächelte und ließ sie ausreden. „Wie kannst du so eine Frau nur abblitzen lassen?", sprach sie weiter. Meine Augen verengten sich. Wollte Sarah jetzt hier ein auf Dom machen? Ich ändere meine Haltung, straffte die Schultern und sah sie erneut an. Sekunden später verlor sie die Fassung und begann zu kichern. Ohne es kommen zu sehen, lag sie mir erneut in den Armen. Sie war umwerfend und schlagfertig von Anfang an und ließ mich wortlos stehen. Das hatte noch nie jemand geschafft. Nicht auf diese Art und Weise.

„Aiden. Ich weiß nicht was das zwischen uns war oder ist. Aber du bedeutest mir eine Menge", gestand sie ein wenig schüchtern. Das Licht in meinen schwarzen Herzen wurde heller. Ich kämpfte dagegen an. Wie sollte das zwischen uns nur überhaupt funktionieren?

„Sarah", sprach ich brüchig.

„Ich bin noch nicht fertig", fuhr sie mich an. Widerspruchslos ließ ich sie weiter ausreden und verlor mich, wahrscheinlich für ein letztes Mal, in dem tiefen grün ihrer Augen. Auch wenn ich nicht wusste, auf was Sarah hinauswollte, fühlte sich das alles hier, wie eine Art Abschied an.

„Du bist mir wichtig", sprach sie weiter. „Und ich weiß, denke ich, schon ganz gut was dich glücklich macht. Und das ist keine Beziehung mit Bienchen und Blümchen, sondern sie. Etwas Schnelles, einfaches ohne Hintergedanken und Verpflichtungen. Nicht jemand wie ich."

Ich schluckte. Sie hatte den Nagel auf den Kopf getroffen. Wir wussten beide nicht, was das zwischen uns überhaupt war. Und doch waren wir so klar bei Verstand, dass wir beide wussten, dass wir zu unterschiedlich seien.

„Nicht mehr lange und es ist neues Jahr. Beende das alte und fang das neue so an wie es dich Glücklich macht. Also Geh und schnapp sie dir", beendete Sarah ihre Ansprache.

Die nächsten Sekunden vergingen wie in Zeitlupe. Sie kam näher und küsste mich auf die Wange. Wo ihre Lippen gerade noch geruht hatten, entstand ein warmes Kribbeln. Jede meiner Nervenzellen reagierten auf Sarahs Berührungen äußerst intensiv. Schließlich löste sie sich, drehte sich um und ging zurück in die Bar.

Mein harter Schwanz pochte schmerzhaft in meiner Jeans. Das körperliche Verlangen war gerade viel präsenter als alles andere. Umgehend betrat ich die Bar und hielt nach Natalia Ausschau. Sie stand an unserem Platz am Tresen. Ich ging auf sie zu. Noch bevor sie etwas sagen konnte, presste ich meine Lippen auf ihre. Ihr Lächeln unter den Küssen war deutlich zu merken. Ihre Brüste pressten sich gegen meine harte Brust. Sie atmete schwer und war ebenso bereit wie ich. Schnell schnappte ich ihre Hand und zog sie zur Toilette. Da es kurz vor Mitternacht war und alle anderen schon fast vor Tür warteten, konnten wir so in eine Kabine durch gehen. Wild und hemmungslos. Genau das was Sarah sagte, bekam ich soeben.

„Sarah", stöhnte ich. Natalia hörte ruckartig auf. Ich presste sie weiter gegen die nackte, kalte Toilettenwand.

„Aiden", sagte sie deutlich. Was sollte dieses Theater jetzt? Mit Küssen an ihrem Hals und Dekolleté, versuchte ich sie erneut in Stimmung zu bringen.

„Aiden!", rief sie lauter und drückte mich weg.

„Was?", sagte ich schroff. Genervt schaute ich sie an.

Unsere Blicke trafen sich auf eine andere Weise als sonst. Zum ersten Mal sah ich etwas in Natalias Augen, was ich vorher nie gesehen hatte. Etwas wie Wärme, etwas Reifes und Erwachsenes.

„Wir sollten das nicht mehr machen. Und du weißt genau warum", sagte sie, ohne den Augenkontakt zu unterbrechen. Die Ernsthaftigkeit in ihrer Stimme war deutlich zu hören. Natalia war nicht dumm und sie wusste das ich mich verliebt hatte. Sie wusste auch, nach der Szene draußen, dass es sich dabei um Sarah handelte. Ein ehrliches Lächeln legte sich auf Natalias Lippen. Sie legte eine Hand auf meine Brust.

„Versau es nicht. Hol sie dir und halt sie ganz fest. Es ist etwas Besonderes so jemanden zu begegnen." Ähnlich wie Sarah vorhin, gab Natalia mir ein Kuss auf die Wange. Ihre Berührung war anders. Es war eine Geste der Zuneigung, mehr jedoch nicht. Schnell zog sie ihr Kleid zurecht und verschwand aus der Kabine.

Ein paar Minuten noch stand ich da. Was hatte ich überhaupt noch zu verlieren? Natürlich war das damals mit Amal eine der schrecklichsten Zeiten, die ich in meinem Leben hatte. Doch konnte man Sarah und Amal überhaupt nicht miteinander vergleichen? Sollte ich der Frau, die mein Herz zum Leuchten gebracht hatte, nicht eine Chance geben. Uns eine Chance geben?
Ich ging aus der Toilette und stürzte mich ins Getümmel. Ich musste Sarah finden. Was wenn es schon zu spät wäre und sie bereist mit uns abgeschlossen hatte? Die Worte, welche sie draußen zu mir sprach, hallten in meinem Kopf nach. Mein Herz machte einen Sprung, als ich Sarah noch immer an Tresen stehen sah. Es war, als würde, umso näher ich ihr kam, mein Herz heller und heller erscheinen.
Bei Sarah angekommen, legte ich ihr meine Hand auf die Schulter. Sofort sah sie mich an.
„Aiden", sagte Sarah erfreut. Als unsere Blicke sich trafen, erkannte ich dieses ganz besondere strahlen in den Augen. Es fühlte sich richtig an.
„Sarah, ich wollte noch mit dir sprechen", sagte ich ihr ein wenig lauter ins Ohr. Sie sah auf die Uhr.
„Jetzt? Es ist aber gleich Mitternacht. Kann das nicht noch etwas

warten?", fragte sie.

Ich schüttelte den Kopf. Ich musste das hier einfach durchziehen.

„Nein. Das kann nicht warten", rief ich. Ihr Blick wurde besorgt.

Verständlich, denn dieses ich, kannte sie kaum.

„Sarah, du hast gesagt das du wüsstest, was mich glücklich macht",

begann ich zu erklären.

Sie schüttelte besorgt den Kopf.

„Aiden. Was ist denn los?", fragte sie und kam ein kleines Stück

näher. Sie verstand nicht, worauf ich hinauswollte. Um uns herum

wurde es immer lauter. Alle Leute zählten laut den Countdown

runter.

„Sarah. Du machst mich glücklich", sagte ich ein wenig zu leise. Sie

verstand mich nicht richtig.

„Was?", fragte sie nach.

Es war einfach zu laut. Die Leute um uns herum zählten weiter.

Drei, zwei.

„Sarah", schrie ich schließlich. „Ich will nur dich. Du machst mich

glücklich. Ich liebe dich!"

Ein lautes Jubeln und Klatschen erhellte den Raum. Sarah hingegen

war still. Ganz still. Sie rührte sich nicht. Hatte sie mich noch immer

nicht verstanden? Gerade als ich erneut sprechen wollte, fasste sie

mir in den Nacken, zog mich zu sich runter und küsste mich.

Unsere Lippen versprühten mehr funken als das Feuerwerk

draußen. Es war unmöglich aufzuhören und doch wussten wir

beide, das wir einander nie genug haben werden.

Epilog

„Du bist sicher das du nicht zu mir ziehen willst?", fragte Aiden ungefähr zum zehnten mal. Sarah lag mit dem Kopf auf seinem Schoß. Nur ein leichtes Lacken umhüllte ihren Körper. Er trug lediglich eine Shorts.

Sie blickte auf und schenkte ihm ein sanftes Lächeln.

„Ich bin doch gerade erst vor ein paar Monaten dort eingezogen. Wir sollten es langsam angehen lassen. Deine Worte", zitierte sie ihn. Aiden verdrehte die Augen.

„Ich weiß was ich gesagt hatte. Aber ich kann nie genug von dir bekommen." Er beugte sich zu ihr herunter und küsste sie. Sie brach den Kuss ab und setzte sich auf.

„Das geht mir doch aus so. Trotzdem. Lass uns nichts überstürzen. Ich möchte nicht das du denkst" Sarah sprach nicht weiter. Aiden wusste, auf was sie hinauswollte. Sie wollte es nicht zu schnell angehen, wie er damals mit Amal. Aiden hatte ihr alles erzählt. Sarah zeigte Verständnis und war so emotional, dass sie sogar teilweise zu weinen begann.

Aiden ging näher auf Sarah zu. Sie rückte ein wenig zurück. Wie eine Raubkatze schlich er zu seiner Beute vor.

„Ich weiß wie du das meinst. Und auch wenn ich es ungern zugebe, hast du recht", raunte Aiden mit seiner bekannt dunklen Stimme.

An seinem Ziel angekommen, küsste er sie zunächst sanft. Sarah erwiderte es. Auch sie begann erst sanft und biss dann kurz zu. Das Feuer in Aiden wurde schlagartig entfacht. Er fuhr nach vorne und drückte Sarah in die Kissen. Sie lachte herzerfreuend auf. Sie liebte es die Kontrolle über Aiden zu haben. Zumindest war es ein gutes für sie zu wissen, welche Knöpfe sie bei Aiden drücken musste. Und er liebte es, sie glücklich zu machen.

Losgelöst von allem, genossen die beiden noch viele unzählige glücklich Stunden, bevor sie noch viele lange Jahre ein glückliches gemeinsames Leben miteinander verbrachten.

Herstellung und Verlag:
BoD – Books on Demand, Norderstedt
ISBN: 978-3-7448-1605-2

FSC
www.fsc.org

MIX

Papier aus ver-
antwortungsvollen
Quellen
Paper from
responsible sources

FSC® C105338